LISBOA: UM SONHO, UM PESADELO

Regina Drummond   Rosana Rios

LISBOA: UM SONHO,
UM PESADELO

Regina Drummond   Rosana Rios

Ilustrações de
Jorge Mateus

© Editora do Brasil S.A., 2017
Todos os direitos reservados
Texto © Regina Drummond e Rosana Rios
Ilustrações © Jorge Mateus

Direção-geral: Vicente Tortamano Avanso
Direção adjunta: Maria Lucia Kerr Cavalcante de Queiroz

Direção editorial: Cibele Mendes Curto Santos
Gerência editorial: Felipe Ramos Poletti
Supervisão de arte, editoração e produção digital: Adelaide Carolina Cerutti
Supervisão de controle de processos editoriais: Marta Dias Portero
Supervisão de direitos autorais: Marilisa Bertolone Mendes
Supervisão de revisão: Dora Helena Feres

Coordenação editorial: Gilsandro Vieira Sales
Assistência editorial: Paulo Fuzinelli
Auxílio editorial: Aline Sá Martins
Coordenação de arte: Maria Aparecida Alves
Produção de arte: Obá Editorial
   Supervisão editorial: Diego Rodrigues
   Assistência editorial: Patrícia Harumi e Leonardo do Carmo
   Edição e projeto gráfico: Julia Anastacio
   Editoração eletrônica: Julia Anastacio e Hettore Santiago
Coordenação de revisão: Otacilio Palareti
Revisão: Sylmara Beletti e Maria Alice Gonçalves
Controle de processos editoriais: Bruna Alves

Dados Internacionais de Catalogação na Publicação (CIP)
(Câmara Brasileira do Livro, SP, Brasil)

> Drummond, Regina
>
>   Lisboa : um sonho, um pesadelo / Regina Drummond, Rosana Rios ; ilustrações de Jorge Mateus. – 1. ed. – São Paulo : Editora do Brasil, 2017. – (A sete chaves)
>
>   ISBN: 978-85-10-06601-3
>
>   1. Ficção - Literatura infantojuvenil I. Rios, Rosana. II. Mateus, Jorge. III. Título IV. Série.
>
> 17-07448   CDD-028.5

Índices para catálogo sistemático:
1. Ficção : Literatura infantil   028.5
2. Ficção : Literatura infantojuvenil   028.5

1ª edição / 1ª impressão, 2017
Impresso na Meltingcolor Gráfica e Editora

Rua Conselheiro Nébias, 887
São Paulo, SP – CEP: 01203-001
Fone: +55 11 3226-0211
www.editoradobrasil.com.br

Para Isabella, minha neta de olhos
brilhantes.

Regina Drummond

Dedico este livro a todos os meus parentes
que descendem dos Fernandes, família
originária do município de Sabugal,
no Distrito da Guarda, em Portugal; não
conheço a todos, infelizmente. Quem sabe,
um dia, os conhecerei?

Rosana Rios

O BLOG DA DOROTEIA

> Viajar? Para viajar, basta existir. Vou de dia para dia, como de estação para estação, no comboio do meu corpo, ou do meu destino, debruçado sobre as ruas e as praças, sobre os gestos e os rostos, sempre iguais e sempre diferentes, como, afinal, as paisagens são.
>
> Bernardo Soares

• • •

 Dô
Postagem 1 • A herança
28 de outubro, sexta-feira

Todo mundo anda me perguntando a mesma coisa: e a viagem? Vai rolar mesmo?

Como não aguento mais me repetir, resolvi criar um blog dentro do meu blog só pra ficar falando nisso. As postagens estavam paradas mesmo; faz meses que não posto as minhas costumeiras resenhas de livros. Então... o blog vai me servir pra contar as novidades.

Atenção, pessoal, apertem os cintos, que lá vamos nós! Agora vocês vão comigo!

Confirmando o que todo mundo já sabe, sim, estou de malas prontas. Ou quase.

Destino: a Europa. Mas não vai ser uma alegre turnê com as amigas para conhecer a Torre Eiffel ou o Big Ben, fazer umas comprinhas na Itália ou posar de princesa na Áustria. Nada disso. Vou para Lisboa. Não é nem de longe a mesma coisa... E estou em missão especial.

Meu nível de alegria é zero. Entusiasmo? Nenhum. Estou empolgada como uma flor murcha. Sem ilusões.

Sei que é difícil de acreditar... Afinal, quem não gosta de viajar?

Pulo da cadeira, levanto a mão e informo:

– Eu.

A pergunta é inevitável:

– Então, por que está indo?

Eis a questão!

Explico. No começo deste mês, faleceu em Lisboa dona Maria Otília, irmã mais velha da minha avó, a mãe do meu pai. Como ela não tinha coisa melhor pra fazer na vida, resolveu complicar tudo onde colocou seu dedo e, em vez de deixar a herança para o meu pai, como faria qualquer pessoa sem filhos, com um sobrinho-neto querido num país distante, ela achou por bem me designar como sua herdeira (pareço uma advogada falando).

Até aí, nem daria pra reclamar de nada, muito antes pelo contrário. Só que, para receber a grana, tenho de cumprir a missão...

Ela resolveu me mandar pra terra dela (que eu nem aprecio muito), por seis (tenebrosos) meses, pra ficar na casa de uma amiga dela (também uma senhorinha, claro), e que eu nunca vi mais gorda (ou magra) em todos os meus (longos) 17 anos de vida.

É isso. Uma dura realidade. Mas tenho de enfrentá-la, senão... Adeus dindin!

Quem quiser, leia a carta que ela deixou pra mim, que está no Anexo.

Anexo • A carta

Carta que a senhora Maria Otília deixou nas mãos dos advogados, para que fosse entregue à sua sobrinha-neta Maria Doroteia. Está datada de seis meses antes de seu falecimento.

Pelo presente documento, escrito de próprio punho e em total domínio das minhas faculdades mentais, podendo dispor dos meus bens depois da minha morte, quero e determino que, por ocasião da abertura de minha sucessão, toda a parte disponível dos meus bens seja entregue à menina Maria Doroteia Mello de Castro e Silva Albuquerque, filha única do meu sobrinho-neto, Teodoro Manoel de Castro e Silva Albuquerque Filho.

Como condição para que tome posse da herança que lhe deixo, a referida herdeira terá de viver pelo menos seis meses na minha terra, como hóspede da minha amiga Fernanda Fátima Silveira Fortuna de Alencar, morando na sua residência e convivendo com ela durante o período, na cidade de Lisboa, em Portugal.

É minha vontade que a primeira parte da herança lhe seja entregue da seguinte maneira:

1. Mil euros, ou seja, o valor correspondente ao preço de uma passagem São Paulo-Lisboa-São Paulo, em voo regular, classe econômica, incluídas as taxas e os impostos, quantia que deverá ser depositada numa conta a ser indicada pelo meu sobrinho-neto, já citado, 30 (trinta) dias antes da data estipulada para a viagem.

2. O mesmo valor uma segunda vez, assim que o bilhete for emitido, para a compra de roupas, pagamento dos documentos, do seguro de viagem e demais providências que se fizerem necessárias.

3. No primeiro dia útil de cada um dos seis meses que a estadia durar, a quantia de quinhentos euros, em dinheiro, para as despesas pessoais da viajante no meu país.

3.1. Caso minha herdeira decida estender sua estadia, permanecendo mais tempo em solo português, poderá fazê-lo ao seu gosto, mas o dinheiro destinado às despesas da estadia não será alterado, devendo, portanto, ser dividido em parcelas menores, sempre mensais e consecutivas.

4. No último dia da estadia deverá ser feito um depósito no valor de dois mil euros na mesma conta indicada pelo meu sobrinho-neto ou em qualquer outra que ele indicar.

5. Somente então deverá ser aberto o meu testamento, que confiei lacrado aos meus advogados, e todos os meus herdeiros poderão tomar posse, oficialmente, da herança que lhes deixo, correspondendo à totalidade do meu legado.

6. Para encerrar, nomeio meu sobrinho-neto já citado como meu testamenteiro.

Lisboa, 2 de Abril de 20**
Maria Otília de Almeida Castro e Silva

Sentiram a firmeza da decisão dela? Não deixou espaço para uma recusa... Então resolvi que, já que tenho de descobrir a terrinha, postarei aqui de uma maneira que permita a vocês fazerem isso comigo. E inventei também a página "Sobre Portugal", que vou alimentar com informações a respeito do país. Vamos lá, gente, que o tempo não para! Talvez com vocês eu possa curtir essa coisa horrível que me aconteceu (desculpem, ainda estou meio chocada).

 Sobre Portugal: dados gerais
Capital: Lisboa, que é também a cidade mais populosa.
População estimada em 2009: 10.650.000 habitantes e densidade demográfica de 115,3 habitantes por km².
Área total: 92.090 km².
Língua: português.
Moeda: euro.
Clima: temperado.
Website governamental: www.portugal.gov.pt.

• • •

 Dô
Postagem 2 • Decisões importantes
6 de novembro, domingo

Após tudo explicado, lá vou eu para a terra dos meus avós... E, na família, começou a confusão!

Os filhos são os herdeiros naturais dos pais. Na ausência deles, a lei estabelece os possíveis herdeiros, mas, de qualquer maneira, uma pessoa pode deixar para quem quiser, em testamento, 50% dos seus bens. Assim, a Tivó deixou a metade do que possui para mim e a outra metade será dividida entre os herdeiros dos irmãos e irmãs dela. Como eles são numerosos, não vai sobrar muita coisa no final. A felizarda fui eu.

Mesmo assim, o povo todo se agitou...

A opinião deles é unânime: Doroteia deve ir logo e encerrar esse assunto, o que quer dizer, exatamente, "trazer essa graninha para nós o mais rápido possível".

Meu pai achava que a viagem deveria ser dividida em duas, para não atrapalhar o colégio. Minha mãe discordou, lembrando que eu ainda tinha de prestar o vestibular e fechou questão. Na opinião dela, estudar é prioridade absoluta.

– Imagine se vou deixar a coitadinha (eu) passar o Natal sozinha... Além disso, é inverno. Vai estar frio e provavelmente chovendo. E se ela adoecer?

Ficou ansiosa, com falta de ar, só de pensar nisso (ela é assim, "pré-ocupada" com tudo).

Meu pai argumentou que o ano letivo na Europa é diferente, mas minha mãe cortou no ato:

– Ela vai prestar vestibular. Se passar, trancará a matrícula por um semestre; se não passar, vai fazer cursinho no ano que vem, então pode pegar uma turma que começa em agosto. Melhor viajar em fevereiro.

Mas restava a questão da grana. E estávamos precisando muito de algum...

Minha mãe não teve dúvidas em decretar:

– O dinheiro pode esperar. Vivemos apertados até hoje, ficaremos apertados até julho e fim.

Quando decide algo – e ela é rápida nas decisões! – não há conversa com a minha mãe. Assim, o assunto foi encerrado.

Eu queria me livrar logo dessa missão, mas concordo que o jeito dela é melhor: viajarei em fevereiro para passar seis meses na casa da dona Fernanda Fátima, a tal amiga da Tivó.

Quando eu era criança, misturei as palavras *tia* e *avó* e inventei esse nome. Até hoje é assim que falo, inclusive com ela própria, nas vezes que conversamos por telefone.

A hospedagem na casa da amiga dela foi outra exigência. *Nada de ficar em hotel, que é muito caro, mesmo quando é barato* (esse é o meu pai falando). Muito menos *com quem a gente nem conhece* (agora é a voz da minha mãe). *Vai ficar na casa da minha amiga, que é velhinha e precisa de companhia* (essa é a opinião da Tivó, quase posso ouvir a voz dela decretando isso, mesmo depois de morta, a quase dez mil quilômetros de distância, com sotaque e tudo).

O advogado que trata dos assuntos da herança parece legal, mas é discreto. Não conta nada sobre o que estamos ansiosos para saber! Só sabe repetir: "O testamento será aberto na data programada". Duro, viu! Ai, ai, só é!

As conversas pelo telefone com a dona Fernanda também não antecipam nada. Ela é superformal, e a tudo que minha mãe ou meu pai questionam, responde com uma frase feita do tipo "Vamos a ver quando a menina aterrissar na cidade"... Pode? Isso me deixa ainda mais insegura!

Para encerrar, alguns dados sobre Portugal. O pedacinho de que mais gostei é o que fala do sol, que vou contar já!

Li que Lisboa é uma delícia de cidade, parece que é sempre verão, pelo menos aos olhos dos europeus. Quando neva na Alemanha, por exemplo, o céu lisboeta está azul, o sol brilha, as ruas fervem de gente. Que bom, pelo menos isso! Nada de gorro, cachecol, luvas, botas, casacos pesados... Nem preciso dizer que passarei longe dos lugares onde cai neve (por exemplo, a Serra da Estrela, mesmo sendo ela uma famosa estação de esqui).

Sobre Portugal: o país

Portugal, oficialmente República Portuguesa, é um país localizado no sudoeste da Europa. Seu território se situa na zona ocidental da Península Ibérica e em arquipélagos no Atlântico Norte; compreende a parte continental e as regiões autônomas: os arquipélagos dos Açores e da Madeira. É delimitado a norte e a leste pela Espanha e a sul e oeste pelo Oceano Atlântico.

País desenvolvido, economicamente próspero, social e politicamente estável e com índice de desenvolvimento humano elevado, encontra-se entre os 20 países com melhor qualidade de vida, apesar de o seu PIB *per capita* ser o menor entre os países da Europa Ocidental. É o 13º país mais pacífico do mundo, membro das Nações Unidas e da União Europeia.

• • •

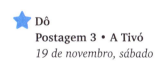

Dô
Postagem 3 • A Tivó
19 de novembro, sábado

O povo não para de perguntar: quem é essa tal de Tivó? E cobram: você nunca falou nada sobre ela.

Olha a curiosidade! Tá bom, agora eu conto mais sobre a tal senhorinha.

Antigamente, as famílias eram grandes. E todo mundo sabe que isso quer dizer briga e confusão. Além delas, as guerras e revoluções costumam separar as pessoas. Após a Segunda Guerra Mundial, houve uma época difícil em Portugal, a ditadura de António Salazar. Durou 41 anos e terminou em 1974, com a famosa Revolução dos Cravos. Conta-se que foi por problemas políticos que meus bisavós (do lado da minha avó paterna, os Castro e Silva do meu nome) vieram pro Brasil, trazendo seis filhos na bagagem. Entre eles, a avó Filomena (que já morreu e era a mais nova) e a Tivó, a mais velha e que foi a última representante dessa parte mais antiga da família.

Dizem que ela voltou a morar em Lisboa, aos vinte e poucos anos, por causa de uma paixão; mas a história nunca ficou clara para mim. Mesmo porque ela não se casou... Confesso que também nunca tinha me interessado por nada disso. Só agora, pensando na situação, fiquei curiosa. Se ela não tivesse morrido, eu iria me informar! Mas não adianta. Ela levou seu segredo para o túmulo.

Minha avó gostava particularmente dessa irmã e, apesar da distância, elas nunca deixaram de manter contato. A Tivó até veio ao Brasil e a visitou em São João del-Rei. Não sei direito como foi, só sei que meu pai tem uma foto em que ele está no colo dela. Mesmo depois que minha avó morreu, ele continuou se correspondendo com a Tivó e telefonando nas datas importantes. E sempre se referiu a ela como a tia Otília. Tiotília. Meio difícil de falar, não acham? Tivó é muito mais fácil.

Como ela vivia, do que gostava, quais eram seus hobbies? Pelo que entendi, ela tinha alguma grana. Nunca se casou, mas trabalhou a vida toda, estava aposentada e vivia de renda. Parece que, além do imóvel onde morava, também tinha um outro, que alugava. De certo, informo que ela vivia sozinha num apartamento vizinho ao de uma grande amiga – a tal dona Fernanda. Raramente saía de casa. Nos últimos tempos, passava o dia lendo, assistindo à televisão (adorava as novelas brasileiras) e brincando com suas coleções de moedas e miniaturas.

Eu não ligo para moedas, mas adoro miniaturas. Acho que herdei dela a paixão. Tenho uma coleção pequena, mas muito fofa, de casinhas de todos os tipos. A maioria comprada nas feiras de antiguidades (aquelas cheias de tralhas, uma delícia!), mas também ganhei outras de presente.

Ficou claro, agora, pessoal?

Mudando de assunto: ainda falta um bom tempo, mas decidi organizar uma festa de despedida. Mandarei o convite pra todo mundo pelas redes sociais. Vamos nos reunir num lugar gostoso, cada um paga o que consumir e a gente se diverte.

Mas antes... preciso passar no vestibular. Tenho pilhas de apostilas para rever antes do exame da primeira fase!

E para quem quiser saber mais um pouco de Portugal, aí vão novas informações.

Sobre Portugal: o nome

O nome "Portugal" apareceu entre os anos 930 a 950 da Era Cristã e no final do século X começou a ser usado com mais frequência. Fernando Magno denominou oficialmente o território de Portugal, quando, em 1067, deu-o ao filho, Dom Garcia, que se intitulou rei com o mesmo nome. Mas há quem afirme que Portugal deriva de "Portogatelo", nome dado por um chefe oriundo da Grécia, chamado Catelo, ao desembarcar e se estabelecer junto à atual cidade do Porto.

Dô

Postagem 4 • A caloura gastadeira
28 de novembro, segunda-feira

Para os São Tomé de plantão, vale conferir meu nome na lista dos aprovados na primeira fase do vestibular. Agora é me preparar para a segunda!

Não consigo parar de pensar que, depois de todo o estresse, em vez de começar as aulas de Jornalismo – já tenho certeza de que vou passar! – será a hora da famigerada viagem. A Lu fica dizendo que vai ser como um prêmio para mim, que vou adorar as férias prolongadas... Mas como tenho de ir contrariada, sei que vou apenas esperar o tempo passar, cumprir o prazo. Não gosto de ficar sem fazer nada. Se levarem em consideração que tudo o que eu queria era poder ir à facul... talvez me entendam. Quem me conhece um pouquinho sabe que adoro estudar! Ainda mais se puder me dedicar exatamente ao que gosto: escrever. Mas ainda preciso cumprir essa penitência...

Deixa pra lá. No meio do caminho, faço planos: como vou gastar a minha herança?

Não, obrigada. Não preciso de sugestões... Gastar dinheiro é a coisa mais fácil da face da Terra! Claro, ajudaria se eu soubesse o valor da herança.

Vou herdar o que, exatamente? Ou, em outras palavras, quanto?

Muita gente já me fez essa pergunta...

Bem, pessoal, mansões e outras propriedades maravilhosas espalhadas pelo mundo, automóveis luxuosos, iates, títulos, rendas... ai, nem pensar! A Tivó não era nenhuma milionária. Além dos dois imóveis, talvez tivesse algum dinheiro guardado... Enfim, deve ter sobrado alguma coisa, senão ela não iria se dar ao trabalho de me escolher como herdeira e inventar essa complicação toda de viagem, não acham?

De fato, não sei MESMO de nada. O testamento será aberto seis meses depois que eu viajar, já contei. A vantagem é que vem em euros. Negociei com meus pais para gastar uma parte do jeito que eu quiser. E ficamos os três sonhando... Pelo menos, nesses momentos, fico mais alegre.

Meu pai só pensa em quitar o nosso apartamento (para se livrar das prestações).

Minha mãe quer um carro novo (realmente precisa, o dela está velhinho).

E eu? Ah, eu vou tomar um banho de loja!

Sempre que vou ao shopping, penso: "Deve ser bom demais entrar em todas as lojas que tiver vontade e comprar tudo o que eu quiser, como fazem as garotas ricas". Muitas vezes me imaginei comprando (sem nem olhar o preço) tudo de bonito que encontrasse pela frente, pagando com o cartão sem conferir a conta, saindo carregada de sacolas para encher um enorme closet... Sonho de consumismo puro, claro, mas quem não sonha fazer festa nas lojas?

Eu também! Então, vou começar comprando coisas bonitas para mim, mas também quero comprar presentes pra vocês, minhas amigas queridas, claro... Vou andando pelos corredores, olhando as vitrines e escolhendo coisas do agrado de cada uma. Vai ser gostoso. Divertido.

E os garotos? Ouvi a pergunta daqui.

Igual. Vou escolher aquilo que tiver "a cara" de cada um de vocês. Uau, já estou ficando cansada, só de pensar! Maaaaas... enquanto esse dia não chega, quem quiser pode se divertir com o que eu vou enfrentar na terra dos meus antepassados no próximo "Sobre Portugal".

🌱 Sobre Portugal: pré-história 🌱

A região onde Portugal está situada já era habitada há mais de 80 mil anos. Naquele tempo, as pessoas viviam em pequenos grupos de não mais do que trinta viventes e eram nômades. Dedicavam-se à caça, à pesca e à colheita de frutos e raízes silvestres. Seguiam as manadas procurando lugares agradáveis onde houvesse água doce e árvores, para ali construir suas cabanas ou tendas com troncos, folhagens e peles de animais. Usavam peles para cobrir o corpo. Quando fazia frio, procuravam as grutas. Utilizavam o fogo para cozinhar os alimentos, se aquecer e também para afugentar os animais ferozes. Com o tempo, aperfeiçoaram os instrumentos para suas tarefas do dia a dia: lanças com ponta de pedra, facas de pedra, agulhas de osso, odres de peles para transportar líquidos etc.

• • •

Dô
Postagem 5 • Sentimentos
6 de dezembro, terça-feira

Quanto mais eu penso, mais inconformada me sinto. Isso lá era hora de viajar? Eu estava muito mais a fim de estudar, me formar, ter uma profissão, me virar na vida. Queria estar com meus amigos, ir pra praia, pra balada, pro shopping. Queria arrumar um namorado, agora que me livrei daquele "fantasma" (vocês conhecem a história).

Além do mais, todo mundo sabe que eu detesto viajar. Odeio aeroportos, rodoviárias e estações de qualquer espécie, fazer (e principalmente carregar) malas. Sinto ansiedade ao ficar trancada, morro de medo de avião. Fico nervosa quando tenho de me relacionar com estranhos. Aprecio o conhecido, o velho, o rotineiro, o que já é do meu agrado. Gosto mesmo é de ficar em casa, no sossego. Ir para a mesma praia, encontrar tudo que conheço, gosto, aprecio, tenho na memória. Não sinto a menor necessidade de vivenciar coisas diferentes. Aventuras excitantes me deixam mais estressada do que feliz. Confesso: fico cansada só de assistir a um filme do gênero!

Sim, sou uma garota acomodada. Por que todo mundo tem de ser agitado, de gostar de novidades, de arriscar? O mundo seria monótono se todas as pessoas fossem iguais. E eu não ligo para o que os outros acham que eu deveria fazer. Está na moda ser agitado, correr, se comunicar, fazer mil coisas ao mesmo tempo. Mas eu sou da paz, da vida calma, do devagar – e olha que moro em São Paulo! Pensar que vou trocar de estilo de vida me deixa apavorada. Está tão bom assim...

Mas a maioria dos meus amigos está com inveja. Tem gente que diz que é uma oportunidade maravilhosa. Que piada! Eu trocaria na hora, sem piscar. Vá você, Fulano. Quer ir no meu lugar, Beltrana? Só vamos combinar uma coisa importante: a grana da herança é minha, tá?

Pode ser só ansiedade, claro. Estou infeliz por ter de partir. Sei que seis meses passam depressa (será mesmo?), mas tenho meus motivos para não gostar de Portugal. Na próxima postagem eu conto, já que vocês não param de perguntar...

Ando lendo mais ainda a respeito, pra ver se me animo. Quem quiser ver o que mais descobri, visite o "Sobre Portugal".

Sobre Portugal: arqueologia

Há cerca de 20 mil anos, na Idade da Pedra ou Período Paleolítico, os primeiros habitantes da região começaram a desenhar e pintar nos próprios objetos e nas paredes das cavernas onde moravam. Usavam pedras afiadas, gorduras, gemas e claras de ovos, plantas esmigalhadas, pedrinhas transformadas em pó e até mesmo sangue.

O conjunto de gravuras ao ar livre mais importante do mundo foi descoberto no fantástico Vale do Rio Côa, no norte do Portugal de hoje.

A agricultura mudou a vida das pessoas. Quando descobriram que podiam plantar, descobriram também que tinham de esperar pela época da colheita – e foi assim que os iberos (nome dos habitantes da Península Ibérica) se tornaram sedentários. A população de cada grupo aumentou e as pessoas passaram a ter outras necessidades. As construções ficaram mais sólidas e resistentes, novos utensílios para o trabalho foram inventados.

Os vasos mais antigos que os arqueólogos descobriram pertencem ao Período Neolítico. Como as pessoas usavam uma concha chamada "cardium", o tipo de cerâmica que faziam ganhou o nome de "cerâmica cardial". É possível ver alguns exemplos dessa cerâmica no Museu Nacional de Arqueologia, em Lisboa.

• • •

 Dô
Postagem 6 • Histórias da família
17 de dezembro, sábado

Como muita gente me perguntou por que resmungo tanto sobre Portugal, resolvi confessar tudo. Serei sincera e espero não horrorizar ninguém. Mas é o que eu sinto...

De sangue totalmente português, meu pai é nascido no Brasil. Meu avô, o pai dele, saiu do Porto para morar em São João del-Rei, Minas

Gerais, onde conheceu minha avó, filha de portugueses, que vivia em Tiradentes. Ele ainda mora lá, com a minha "nova" avó, a mulher com quem se casou depois que minha verdadeira avó morreu. A gente não se vê muito.

Meu pai conheceu minha mãe, que morava em São Paulo, e acabou vindo para cá quando eles se casaram. Tudo normal, igual a todo mundo. Mas... O problema veio do outro lado.

A vida inteira ouvi a família da minha mãe debochar da família do meu pai, porque nela sempre se gabavam as maravilhas europeias. Na opinião dos primeiros, elogiavam "demais", um exagero, e de nariz empinado!

– Se lá é tudo melhor, o que eles estão fazendo aqui? – diziam, rindo disfarçadamente, uma pontinha de ciúme escapando da pergunta.

– Isso é coisa dos tempos coloniais! – decretavam, dando detalhes para quem quisesse ouvir: – Era proibido à colônia publicar livros, ter uma universidade, fazer as próprias leis, qualquer coisa que significasse autonomia. Mas isso já acabou faz tempo! Então, por que tanta arrogância?

E sempre alguém acrescentava o pior de tudo que falavam, na minha opinião:

– Os portugueses só queriam roubar nossas riquezas! Sabem quantas toneladas de ouro eles levaram embora? Fora o pau-brasil, as pedras preciosas, os diamantes?

Assim, aprendi a não gostar de Portugal. Agora, como é que alguém pode esperar que eu vá para lá toda feliz? Talvez eu tenha descrito em cores fortes demais o que sinto diante da perspectiva de ficar longe de tudo que eu gosto, num lugar que não é do meu maior agrado – e sozinha. So-zi-nha, sem ninguém ao meu lado. Abandonada. Então, vamos combinar assim: quem não concorda com o que eu escrevo, por favor, pare de me ler. Mas tenho o direito de ficar chateada em paz.

Enfim... paciência! Na esperança de ter um mínimo de alegria com essa viagem, sigo fazendo pesquisa nos intervalos entre uma apostila e outra. Divirtam-se com as novas informações que postei e também com uma nova palavra que descobri: *cromeleque* (não é xingamento, não!).

🕊 Sobre Portugal: arqueologia 🕊

Os iberos enterravam seus mortos em antas ou dólmenes, pedras amontoadas de uma maneira ritual, e sempre colocavam junto ao corpo objetos de cerâmica, armas de caça e algumas placas que sugerem amuletos. Depois cobriam de terra, formando montículos: as mamoas.

Havia ainda os menires, pedras enormes que eram cravadas no solo ninguém sabe para quê. O alinhamento de menires era conhecido como cromeleque. Os cientistas julgam que os cromeleques eram recintos sagrados, destinados a festejos em honra a divindades celestes. O mais grandioso cromeleque descoberto em Portugal é o de Almendres, que fica perto de Évora e tem 95 menires.

• • •

 Dô
Postagem 7 • Feliz Ano-Novo!
15 de janeiro, domingo

Passei, pessoal, passei! Alegria! E em universidade pública, o que é melhor ainda!

Fiquei um bom tempo sem postar nada, então aí vai o resumo da ópera: o Natal chegou e passou, o ano novo entrou e vamos ter de aguentá-lo durante 365 dias (menos os que já se foram). Fiz vestibular, fui aprovada, agora é trancar a matrícula. Marcamos a viagem, reservei a passagem, comprei algumas roupas mais quentinhas (é melhor garantir) e agora é só esperar o dia chegar.

A festa de bota-fora vai ser no próximo sábado, dia 22. Vejam os detalhes nas redes sociais. Enquanto isso, eu faço de conta que vou dormir depois da festa e acordar só em agosto... porque é aí que o ano novo vai começar de verdade, pra mim!

• • •

Dô
Postagem 8 • O que tem na geladeira?
23 de janeiro, segunda-feira

Obrigada a todos que foram à minha festa. Enchi a internet de fotos, vocês viram? Coloco mais algumas nesta postagem. Pena que tanta gente faltou, mas sei que é assim mesmo: pensamos que vai dar certo pra ir, mas alguma coisa acontece e não rola. Tudo bem.

À medida que o dia vai chegando, a ansiedade e o bolo no estômago crescem. O pior é que, quando tenho um ataque de estresse, corro para a geladeira. Quero doces... Acho que já engordei uns três quilos desde que essa história de viagem começou. E agora, com licença, que eu acho que sobrou torta de limão de ontem e pretendo acabar com ela!

O BLOG DO TONI

Ó mar salgado, quanto do teu sal
São lágrimas de Portugal!
Por te cruzarmos, quantas mães choraram,
Quantos filhos em vão rezaram!
Quantas noivas ficaram por casar
Para que fosses nosso, ó mar!
Valeu a pena? Tudo vale a pena
Se a alma não é pequena.

Fernando Pessoa

• • •

⚡ **Toni**
Postagem 1 • Tô vivo!
6 de dezembro, terça-feira

É verdade, pessoal. Consigo até digitar, apesar de que agora uso a mão esquerda só para apertar a barra de espaço, assim, na base da Lei da Gravidade: deixo o dedão cair em cima do teclado, e funciona. Mas passei três dias treinando até conseguir isso...

Faz tempo que eu não atualizo este blog. Acho que todos os meus seguidores sabem o que me aconteceu, mas, pra quem não sabe, lá vai: no dia 28 de outubro, eu tive um troço. Um piripaque. Uma pifada geral. Na mesma semana que saiu o resultado do concurso público que eu prestei, para trabalhar na Secretaria de Turismo. Um mês e meio depois do meu aniversário de 18 anos.

Fazia uns dias que eu sentia uma dor de cabeça chata, mas andava correndo tanto atrás de documentos que não dei muita atenção. Aí, do nada, eu PLOFT! Senti uma fraqueza esquisita e caí feito manga madura no saguão do Centro Médico, onde tinha ido buscar um atestado de saúde. Não foi um desmaio; disseram que eu tive uma isquemia. Chamam de AVC, Acidente Vascular Cerebral.

E só abri os olhos quase um mês depois. Estava num hospital, tinha passado as férias de janeiro em coma, e acordei com a metade esquerda do meu corpo paralisada.

É, eu sei, tô ferrado. Meu projeto de ir para Portugal, que vocês acompanhavam neste blog, e que ia bem, parou no meio. É como se alguém tivesse apertado a tecla <pause> da minha vida... Num dia, eu me sinto eufórico, recebo a carta dizendo que fui aprovado no concurso público para o meu primeiro emprego e, no dia seguinte (aquele mês passou como um dia, para mim), sou um vegetal, largado na cama, babando pra comer gelatina e fazendo xixi num caninho.

Bom, pelo menos sobrevivi! Fui atendido na hora, dei sorte de ter o piripaque no saguão do Centro Médico. Se tivesse resolvido ter o troço em outro lugar, estaria comendo grama pela raiz!

• • •

Toni
Postagem 2 • FAQ
7 de dezembro, quarta-feira

No ano passado, se alguém me perguntasse o que é AVC, eu diria que era um antivírus pra computador. Se falassem em "isquemia", ia perguntar se estavam falando de um gato chamado "is" que gosta de miar... Mas é coisa séria, gente. E como tenho recebido mil perguntas sobre o assunto, montei um FAQ, Frequently Asked Questions, ou, em bom português, "Questões frequentes".

Pergunta: Por que esse troço se chama AVC?
Resposta: Porque é exatamente o que o nome diz: um **acidente** (que pode acontecer de repente) **vascular** (acontece num vaso sanguíneo, uma artéria que leva sangue) **cerebral** (o tal vaso sanguíneo fica no cérebro). O "acidente" pode ser grave e causar a morte do paciente, ou deixar sequelas (problemas), dependendo da região afetada. Como são as células do cérebro que comandam as funções do corpo (andar, falar, ver, sentir cheiro, entender o que se lê ou ouve), se morrerem células em determinada área cerebral, ela será afetada. Tudo depende da intensidade do AVC e da parte do cérebro em que acontecer o acidente.

Pergunta: O que isso tem mesmo a ver com o sangue?
Resposta: Se uma quantidade de sangue coagular e interromper o fluxo dentro de um vaso sanguíneo, a área do cérebro onde isso acontece fica sem oxigênio para funcionar. É o sangue que leva oxigênio para todas as células do nosso corpo: sem ele, as células morrem. E quando as células nervosas no cérebro da gente morrem, alguma coisa para de funcionar... O acidente também pode acontecer se uma artéria se rompe e deixa escapar sangue. Ele se espalha pela massa cinzenta e pode causar também o inchaço do cérebro e o aumento da pressão dentro do crânio.

Pergunta: AVC não é a mesma coisa que "derrame"?

Resposta: É e não é. Um "derrame" é um AVC *hemorrágico*, porque, claaaaro, o sangue se "derrama" lá dentro do cérebro. O que eu tive foi um AVC *isquêmico*. O médico no hospital me disse que 80% dos AVCs que acontecem são desse tipo.

Pergunta: Isso não acontece só com gente velha?

Resposta: Ué! Aconteceu comigo, e eu tenho 18 anos! Tá, na maioria das vezes quem sofre um AVC mostra fatores de risco antes (diabetes, pressão alta, fuma muito) e outras coisinhas. A hipertensão é mais comum em pessoas idosas, mas o AVC pode acontecer com qualquer um, e eu sou a prova viva. Que legal! E, pra quem vai perguntar, já respondo: não, eu NÃO sou tabagista, acho fumar uma bobagem. Nem sou diabético ou tenho pressão alta. Mesmo assim, aconteceu...

Pergunta: Todo mundo que tem AVC fica paralítico?

Resposta: Claro que não. Muita gente morre, hahaha. Certo, sem brincadeira: os efeitos de arrebentar ou entupir uma veia no seu cérebro podem ir desde uma vertigem boba até você cair morto no meio de uma frase, passando por vários efeitos desagradáveis. Há pessoas que ficam fracas num lado do corpo, outras perdem a capacidade de falar, aprender, lembrar as coisas. Para mim, afetou a parte motora: não consigo mexer a perna e o pé esquerdos. Já minha mão e o braço esquerdos estão melhorando com a fisioterapia. E só comecei os exercícios há pouco tempo, depois de um encontro com uma enfermeira assustadora (essa história eu conto outro dia).

Pergunta: Ficar "paralítico" ou "paraplégico" é a mesma coisa?

Resposta: Não. A paralisia corporal pode ocorrer por muitos motivos e causar problemas bem diferentes. Eu fui afetado do lado esquerdo, fiquei **hemi**plégico. Se a paralisia toma os membros inferiores, da cintura para baixo, a pessoa fica **para**plégica. E se afetar todo o corpo abaixo do pescoço, temos um **tetra**plégico.

Então, no hospital, logo que entendi o que estava acontecendo, vieram o médico e mais a minha mãe e os manos e me explicaram que, numa artéria lá dentro da minha cabeça, um pouco de sangue coagulou, entupiu o caminho e o sangue que devia passar não passou. A parte do cérebro que comandava os movimentos do lado esquerdo do meu corpo não recebeu oxigênio suficiente e – PIMBA! – pifou de vez. Por isso, quando acordei do coma, só conseguia mexer a parte direita...

Mas estava vivo – furioso e usando fralda, mas vivo – e o coágulo se desmanchou com a medicação que me deram, o que foi ótimo. Algumas vezes o entupimento é tão grande que eles têm de operar a cabeça da pessoa pra tirar a encrenca. No meu caso, não precisaram fazer isso. Ufa!

Pessoal, valeu a força que vocês deram para minha mãe e os manos! Eu soube de cada visita, cada telefonema, cada cartão que mandaram. Valeu pelos comentários no blog e nas redes sociais! Eu só vi tudo isso depois que pude voltar a navegar, mas adorei ler cada um deles.

Resumindo: tô de volta! E o Projeto Portugal vai continuar, de um jeito ou de outro.

⚡ Toni
Postagem 3 • *La femme formidable*
8 de dezembro, quinta-feira

Pois então. Logo que eu voltei do coma e descobri que estava hemiplégico, me deu uma baita depressão. Eu já podia receber visitas, mas não queria, só minha mãe e os chatos dos meus irmãos é que entravam a toda hora e ficavam dizendo que eu tinha de fazer fisioterapia, que eu ia melhorar, que meus amigos estavam mandando presentes e cartões e flores, essas coisas.

Mas eu só pensava em como queria estudar, trabalhar, viajar, e agora tinha de ficar na cama tomando remédios e soro sem parar, com os caninhos enfiados no braço e aquela droga de maquininha atrás da cama fazendo BIP BIP BIP, medindo a quantas meu coração batia, se minha pressão subia ou descia e sei lá o que mais... Cara, eu queria morrer.

Cada vez que aparecia uma enfermeira eu rosnava – teve uma que saiu correndo, achando que eu ia morder – e, quando vinham terapeutas, fingia que estava dormindo. Só para o meu médico, doutor Mateus, eu fazia de conta que não tinha desistido de viver.

Mas um dia entrou no quarto uma enfermeira que eu nunca tinha visto antes. Ela era grande. Enorme. IMENSA. A maior mulher que jamais existiu sobre a face da Terra. O que a minha mãe (numa época ela foi professora de francês) chamaria de *femme formidable*... Pois ela entrou como se fosse a dona do lugar, abriu as persianas para o sol passar e disse, sem mais nem menos:

– Ótimo, agora vamos acabar com essa coisa aí no meio das suas pernas.

Ela já foi arrancando fora as cobertas e eu fiquei apavorado, imaginando o que aquilo queria dizer! Só relaxei quando percebi que ela ia tirar a sonda pela qual eu fazia xixi.

Não dava para fingir que estava dormindo e nem rosnar, porque aquela mulher IMENSA podia me esmagar, se quisesse, só sentando em cima de mim.

Ela tirou a sonda e o fraldão. Eu odiava ter de usar fralda, mas pensava que seria bem pior se não tivesse a dita cuja e fizesse as necessidades na cama. Ia ser uma vergonha maior ainda do que a que eu sentia quando me trocavam feito bebê. Aí ela botou as mãozonas na enorme cintura e riu.

– Agora sim, você vai melhorar. Doutor Mateus disse que já passou da hora.

No instante seguinte, ela chamou um atendente de enfermagem, que eu já conhecia, o Tatu (nem perguntem...), e ele pendurou a bolsa com soro e remédios num troço que dava pra carregar. A mulherona disse para ele me levar ao banheiro e não tive nem tempo de dizer que não queria.

Quando vi, estava fazendo xixi no vaso! E eu pensando que ia usar fralda o resto da vida... O Tatu me deu dicas sobre como usar a metade que funcionava para ir ao banheiro, lavar as mãos, o rosto, até escovar os dentes com uma mão só. Naquele dia foi tudo difícil, mas já dava pra perceber que era possível! (Algumas pessoas que têm AVC nunca mais conseguem controlar as necessidades fisiológicas, eu fui um dos sortudos para quem era só questão de aprender e treinar).

Voltamos pro quarto e a enfermeira monstruosa tinha mudado a mesinha de lugar; assim eu podia alcançar o que tinha lá em cima com a mão direita – água, livros, revistas, até uma caixa de chocolates que a minha ex tinha mandado e eu não tinha nem provado, de raiva (longa história...). Ela ficou me olhando e achei que ia perguntar se tinha dado tudo certo, se eu estava legal, o que estava sentindo... E ela fez a pergunta que eu menos esperava na vida:

– Você entra nas redes sociais com o celular?

Eu disse que meu celular era dos antigos, por isso sempre usei as redes pelo computador. Ela não respondeu. Só resmungou que ia ligar para a minha mãe.

Não deu outra. Dali a algumas horas, a mãe, o Zé e o Lucas chegaram e me deram um celular novo de presente! Claro que demorei uma eternidade pra conseguir mandar mensagens e tudo, é um inferno fazer as coisas com uma mão só; mas teimei e agora consigo.

Desde aquele dia, voltei a ir sozinho pro banheiro e parei de rosnar para as enfermeiras. A *femme formidable* sumiu; eu já estava até pensando que tinha imaginado a existência dela, que tudo era um delírio da minha cabeça, mas no meu último dia de hospital ela veio me visitar.

A essa altura eu já estava mandando mensagens pro mundo todo, e ela disse que estava me seguindo; mas só depois que voltei pra casa fiquei sabendo quem era aquela figura: ela é a Chefe das Chefes, manda em toda a enfermagem do hospital! Descobri também que lá todo mundo morre de medo dela, até os médicos. Mas eu não tenho mais medo, a gente troca mensagens todo o tempo.

Ah, e ela me manda sempre uns sites legais com explicações interessantes. Por exemplo, vocês sabiam que existem vários tipos de paralisia? E que a paralisia cerebral pode acontecer já no nascimento? Ela ocorre se o cérebro não receber oxigênio suficiente, causando a morte das células nervosas que fariam tudo funcionar no corpo. Também existe a paralisia infantil (poliomielite), que ataca adultos, além de crianças, e que causa fraqueza na medula espinhal e nos membros inferiores.

Já a paralisia dos membros, a paraplegia ou tetraplegia, pode ocorrer por causa de traumas, tumores, doenças degenerativas. Muitas dessas condições são irreversíveis (não têm volta), especialmente quando a medula espinhal foi afetada. Mas há equipamentos que ajudam as pessoas a se locomover e, com a fisioterapia motora, elas podem se adaptar às novas condições. Ainda bem!

⚡ **Toni**
Postagem 4 • Mais essa...
10 de dezembro, sábado

Passei no vestibular!

Cara, é como se ainda existissem aqueles deuses do Olimpo, que ficavam acima das nuvens olhando os mortais e dizendo: *Hahaha, vamos ferrar com aquele ali?* Aí uma deusa boazinha fala: *Coitado, ele passou no vestibular e arrumou emprego, deixa o menino em paz...* E o deus chefão responde: *Por isso mesmo, vamos paralisar o infeliz, pra ele ver o que é bom.* Então outro deus sacana concorda: *Oba! Oba! Vamos ver o que ele faz agora!*

No começo eu fiquei meio bobo, sem entender direito.

Minha mãe fez um escarcéu quando soube. Eu tinha feito o exame em outubro, antes do piripaque, e sabia que não é faculdade pública, mas tem bolsas e tinha esperança de conseguir uma... Pois a carta, que chegou aqui ontem, diz que no processo seletivo fui aprovado como bolsista!

A família se juntou no meu quarto e todos ficaram ali discutindo meu destino, como se eu fosse um fantoche e não pudesse decidir nada. O Zé, meu irmão mais novo, disse que eu não podia fazer faculdade numa cadeira de rodas, que os prédios são cheios de escadas, que devia desistir. Lucas, o mano mais velho, berrou que era um absurdo, que deve ter rampas, tem muito estudante cadeirante com o mesmo direito dos outros de cursar faculdade! Minha mãe choramingou que se eu fosse pra facul não ia tomar os remédios direito nem ia fazer a físio e a fono e sei lá o que mais.

Depois de meia hora de discussão, eu tive de berrar para me ouvirem.

– Chega! – gritei. E aí eles todos me olharam como se eu fosse um alienígena ou coisa parecida. Mas eu já sabia o que queria, e continuei: – Mãe, no dia da matrícula a gente vai lá antes do horário da clínica, fazemos a matrícula pra segurar a vaga. E antes de começarem as aulas, em março, se eu não estiver legal ainda, trancamos para o semestre que vem. O doutor Mateus não disse que logo eu vou me locomover melhor? O pessoal da físio não disse que eu já tô começando a controlar a cadeira de rodas? Vou fazer a faculdade sim, e tá resolvido!

Então, é isso. Semana que vem é a matrícula. E depois... eu penso no que vai acontecer com a minha vida. Se os deuses do Olimpo não arrumarem mais jeitos de atrapalhar, é claro!

Tem gente que diz que eu tive sorte. Tem gente que diz que foi azar. Sei lá. Só sei que meu lado esquerdo nunca vai voltar a ser como era antes. Vou melhorar com a fisioterapia neurológica; a terapeuta disse que meus reflexos são bons, os músculos estão respondendo aos estímulos; o neuro deu até a esperança de que, se eu continuar trabalhando firme nos exercícios, volto a andar!

Claro que vou ter de usar muletas por um bom tempo, mas qualquer coisa é melhor do que esta coisa rodante debaixo de mim. Ou será que não é? Bom, logo vou descobrir.

Minha cabeça funciona perfeitamente, apesar de os meus *queridos* irmãos dizerem que eu sempre fui meio besta e que agora piorei. Isso é porque eles sabem que eu era o cérebro da família e continuo sendo, mesmo com o lado esquerdo paradão, hahaha.

Meu lado direito está normal; consigo escrever, digitar, comer sozinho – e vocês não têm nem ideia de quanto isso é importante. Lá na clínica – esqueci de dizer que, desde o começo da semana, vou quase todo dia numa clínica para fazer terapias – vejo todo tipo de problema de locomoção, de limitação. Ser capaz de me alimentar sozinho é uma Vitória, com "v" maiúsculo!

Nos primeiros dias eu detestava ir lá, ficava deprê. Pensava que, se a minha ex não tivesse me dado o fora antes do AVC, era capaz de continuar comigo só de pena. Agora já não penso nisso. Claro, tem uns exercícios horrorosos, tipo sessão de tortura, mas nem resmungo. Quero é melhorar, porque vou retomar o meu velho projeto de ir para Portugal, nem que tenha de ir nadando!

$$\bullet \ \bullet \ \bullet$$

⚡ **Toni**
Postagem 5 • Recapitulando, parte 1
26 de dezembro, segunda-feira

Feliz Natal! Atrasado, mas está valendo! Como agora a febre das festas passou (isto aqui estava um pandemônio, não escrevi quase nada), aproveito o sossego da casa para retomar o blog e incluir esta postagem, dedicada à turma nova. Sei lá por que, neste último mês dobrou o número de seguidores, então resolvi contar umas coisas que os amigos antigos já sabem.

Faz uns dois anos que coloquei o Projeto Portugal na rede. Queria me preparar para uma viagem, a primeira de muitas, porque sempre sonhei em conhecer Portugal, a terra do meu bisavô. Minha mãe vivia dizendo: "Você sabe quanto custa uma passagem para a Europa?". Não, eu não sabia. E resolvi descobrir: foi assim que começou o PP. Se vocês olharem no histórico, as primeiras postagens mostravam pesquisas sobre companhias aéreas. Tenho de atualizar sempre, porque os voos para Portugal mudam, companhias novas aparecem, essas coisas. Descobrir os voos que existem e quanto custam é o primeiro passo para quem quer ir para o exterior. Também é bom saber quais os tipos de intercâmbio que atendem cada país, porque a gente pode conseguir uma bolsa de estudos ou entrar em programas que tenham subvenção, patrocínio. Então, aí vai uma atualização!

Várias companhias aéreas mantêm voos do Brasil para Portugal. A que oferece mais opções de dias e horários é a TAP, por ser portuguesa;

o voo irá para Lisboa. Mas pode-se viajar com várias outras, fazendo escala em alguma outra capital e depois indo para Lisboa.

• • •

⚡ **Toni**
Postagem 6 • Recapitulando, parte 2
31 de dezembro, sábado

Continuando a falar do Projeto Portugal. A parte mais difícil seria a financeira: minha mãe não poderia ajudar. Ela trabalha muito para manter a casa e nós três; a pensão que recebe depois da morte do nosso pai não dá pra quase nada. Meu irmão mais velho, o Lucas, já se formou e está trabalhando, mas não seria justo contar com o salário dele. Então abri uma poupança e comecei a guardar dinheiro: o que sobrava da mesada, os trocos que conseguia atualizando sistemas dos notebooks do pessoal, baixando aplicativos. Vocês lembram como eu era fera em informática e dava jeito em qualquer máquina pifada.

Era. Dava. No passado. Pretérito. Imperfeito.

Agora, apesar de ainda saber tudo de sistemas operacionais, não consigo consertar nada, porque só uma mão funciona e a outra fica caída aqui do lado feito um peso morto.

Voltando à questão do dinheiro, além de economizar, eu planejava me formar no Ensino Médio, conseguir um emprego pra pagar a faculdade e, nas primeiras férias, realizaria meu sonho.

Ah, a ironia da vida... Passei no concurso, tenho um emprego garantido, vaga na faculdade e não posso começar a estudar ou trabalhar enquanto os médicos não deixarem.

Hoje, eu até poderia ir para Portugal. Na minha poupança tem dinheiro suficiente para a passagem, a estadia de um mês (num albergue, claro, hotel seria caro demais) e ainda me sobrariam euros para comer, visitar lugares legais e fazer compras.

E não posso nem pensar nisso! As únicas viagens que minha família me deixa fazer são de casa para a clínica, e da clínica para casa. Fora uns passeios até o jardim do prédio para tomar sol. E olhe lá. Fala sério! A vida não é mesmo irônica?

Bom, pessoal, é o último dia do ano... Um ano que foi bem ruim para mim. Mal me recuperei do Natal, e lá vem mais agito em casa hoje à noite. Então, Feliz Ano-Novo, todo mundo!

(Sem anexos hoje. Vou abrir a caixa de chocolates que voltou do hospital intacta – aquela mesma, que ganhei da ex. Se bobear, como tudo de uma vez!)

• • •

⚡ **Toni**
Postagem 7 • Meu primeiro carro (só que não)
20 de janeiro, sexta-feira

Esta aventura eu devia ter contado antes, mas só hoje consigo. Incrível. Eu pensava que teria tempo de sobra neste começo de ano, enquanto o semestre que vem não chega – só vou mesmo frequentar a faculdade em agosto. Já trancamos a matrícula, estamos juntando papelada para a bolsa, que é fundamental – e, nas últimas semanas, entre físio, fono e outras coisas, não consegui tempo nem pra jogar video game (sim, voltei a jogar, descobri uns jeitos para passar por cima da limitação do meu lado esquerdo). Mas vamos ao que eu queria contar. Todo mundo que faz 18 anos sonha em tirar carta de motorista e ter um carro, não é?

Eu também sonhava... até descobrir que estava hemiplégico e que o único veículo que poderia ter, no momento, seria uma cadeira de rodas.

No dia em que voltei pra casa, no começo de dezembro, minha mãe anunciou:

– Vamos alugar uma cadeira de rodas pro Toni.

Eu tinha rodado bastante numa do hospital; mas lá havia os atendentes pra empurrar (tenho saudades do Tatu) e aqui em casa eu não sabia como ia ser. Moramos em apartamento, então pelo menos não tem escadas, a gente usa o elevador; só que o corredor do apê é estreito e tinha estantes em todo canto, que não deixavam passar nada mais largo que a minha mãe... Aí mudaram as estantes de lugar e deixaram o caminho livre do meu quarto pro banheiro e pra sala.

Antes, eu e os manos dormíamos num quarto só: eu ganhei num sorteio a cama de cima do treliche. Mas agora tudo mudou. Mamãe transformou a salinha de tevê em um quarto para ela. O Zé e o Lucas ficaram com o quarto maior e eu fiquei sozinho no que já era o nosso.

Tio Joseir me deu de presente uma cama hospitalar – temos um tio *quase* rico, ele é advogado corporativo e mora num condomínio fechado chique. Antes de eu ficar hemiplégico, ele disse que, se eu passasse na faculdade, ia me dar de presente um Mac de última geração, mas agora...

Eu ainda preferia o Mac, só que a mãe ficou tão feliz por ele comprar a tal cama que nem reclamei. E alugamos a bendita cadeira. Claro que é simples, não é daquelas que a gente vê na tevê, com motor e computador. Quem me dera! O aluguel de uma dessas é absurdamente caro...

No começo, o Zé e o Lucas tiravam par ou ímpar, quem perdia tinha de me empurrar. Mas eu logo descobri o jeito de fazer a cadeira deslizar e comecei a ir sozinho para todos os cômodos da casa. Na primeira semana quebrei um vaso, derrubei um quadro e o vidro se estilhaçou, depois deixei cair a cesta de costura da minha mãe e voou carretel de linha e alfinete por todo lado. Na segunda semana já não derrubava nada... e comecei a imaginar coisas.

Eu sempre fui imaginador, vocês sabem. Como meu trabalho na Secretaria de Turismo parece que foi pelo ralo e o curso na faculdade foi adiado, imaginei que podia virar um detetive. Fico muito tempo parado e achei que podia fazer igual aos detetives da ficção – usar as minhas *celu-*

lazinhas cinzentas do cérebro para desvendar mistérios! Só estão faltando os mistérios, claro.

Mas eu queria contar que, há uns dias, minha mãe chamou a gente e disse que íamos passear na praça do bairro. Ai. Eu tremi na base – bom, na verdade, tremi mais no meu lado direito.

Era domingo e eu, pela primeira vez, ia sair de casa para um passeio mais longo sobre rodas. Estava apavorado. Todo mundo na vizinhança ia me ver e fazer cara de pena: "Coitadinho do menino, ficou aleijado". Eu imaginava que todo mundo ia me chamar de *menino* pro resto da vida, apesar de eu ser um homem, com 18 anos e tudo. E que as amigas da minha mãe iam fazer drama.

Nisso eu acertei em cheio. Já no saguão e na saída do prédio foi aquele festival de caras tristes. Todos os vizinhos que apareceram pegavam na mão da minha mãe e suspiravam, como se ela fosse uma pobre mártir e agora tivesse de carregar a cruz – ou seja, eu – nas costas. Até a fofoqueira do prédio, que sempre me detestou, estava às lágrimas. E os caras da minha idade jogando futebol na quadra, que me ignoravam e nunca me chamaram pra jogar, mandaram um deles me dizer que precisavam de um juiz e perguntar se eu toparia apitar uns jogos pra eles.

Eu ia mandar o cara se ferrar, mas minha mãe acudiu na hora e disse que sim, que logo que o fisioterapeuta permitisse, eu ficaria feliz em virar juiz de futebol. Blah! Prefiro ser detetive.

Aí, quando fomos para a rua, esbarramos no primeiro problema: a rampa. Tem rampa no edifício, sim, todas as construções têm de ter uma. Mas como ninguém nunca passa por lá, puseram vasos de plantas nela; quando tiraram, o piso estava arrebentado. Provavelmente porque, até morar um cadeirante no prédio, eles só usavam a rampa pra botar os vasos ou arrastar os latões de lixo.

Pois assim que a minha cadeira passou por ela, uma lajota quebrou e se abriu um buraco do tamanho de uma bola de basquete; a roda esquerda da cadeira encalacrou ali, fiquei todo torto...

Foi meia hora pra me tirarem de lá, soltarem a cadeira, darem a volta e me recolocarem sentado na almofada. Eu queria morrer. Um monte de moradores olhava o espetáculo das janelas... E eu fiquei tão furioso que tive vontade de socar o zelador. Ele veio com a cara mais deslavada do mundo e disse: "Ai, isso nunca aconteceu! Vou chamar o pedreiro para reforçar o piso".

De repente, minha mãe riu e soltou um berro:
– Toni! A sua mão!

Custei a entender por que ela parecia tão feliz. É que, na raiva, eu tinha fechado os punhos – os *dois* punhos! Minha vontade de socar superou a paralisia e minha mão esquerda se mexeu!

Olhei para o punho esquerdo fechado. A raiva passou na hora e eu queria era dar um beijo no zelador... Relaxei e a mão se abriu. Não consegui fechar de novo, ela ficou ali largada; só que, se eu consegui uma vez, posso conseguir de novo!

O resto do passeio foi um horror, mas nem me preocupei, de tão feliz que estava. Sabem que eu nunca reparei que as calçadas do bairro são irregulares, cheias de altos e baixos e buracos e raízes de árvore no caminho? Um percurso até a praça, que demoraria cinco minutos, levou quase uma hora. Na praça não foi ruim, pude tomar sol e olhar as coisas aprazíveis da cidade – um latão de lixo tombado, cheio de moscas zoando e cachorros fuçando, um mendigo fazendo xixi nos arbustos, um bando de pombos que atacou quando minha mãe tentou me dar amendoim doce. Aí o sol se escondeu, um vento frio soprou e o Zé resmungou:

– Vai chover.

Foi uma correria para ele, o Lucas e a mãe me empurrarem de volta antes de a chuva cair. Quando finalmente alcançamos a entrada do prédio, o zelador tinha colocado uma tábua em cima do buraco e passamos correndo – o raio da cadeira sacolejava tanto que eu achei que ia pôr pra fora todo o amendoim doce –, mas entramos no saguão bem na hora que a tempestade despencou.

E desandamos os quatro a rir feito uns malucos, ali mesmo.

Aquela foi a primeira vez que eu ri de verdade depois do AVC. Meu rosto do lado esquerdo ainda estava caído (nisso, os exercícios da fono têm ajudado bastante) e o riso era mais largo do lado direito, mas naquela hora não me importei. E reparei que um quadro pendurado no corredor da entrada do edifício era uma fotografia da Torre de Belém, em Lisboa. Engraçado, moro lá há anos e nunca havia notado. Vai entender! Acho que eu passava correndo por aquele corredor.

Será que foi um sinal? Mandado por Deus, pelos anjos, deuses do Olimpo, destino, meu subconsciente? Pode ser. Agora tenho certeza de que vou fazer minha viagem a Portugal!

Toca a postar mais no blog e retomar, com tudo, meu projeto.

• • •

⚡ **Toni**
Postagem 8 • Festa
28 de janeiro, sábado

Ontem à noite teve uma festa aqui em casa. Quer dizer, foi só uma reunião do pessoal do colégio, uma turma do prédio e da rua. Vieram pessoas que eu queria muito rever e pessoas que... digamos... eu *não queria* rever. Enfim, foi uma noite ótima e eu me senti vivo outra vez! Como se voltasse a fazer parte do mundo, depois de uns tempos vendo só a minha família – e médicos, enfermeiros, terapeutas e funcionários de hospitais.

Os papos giraram em torno da minha recuperação (milagrosa, segundo o Zé, meu irmão desmiolado) e do Projeto Portugal (que, segundo o Lucas, meu irmão descolado, ainda vai receber patrocínio e virar um livro. Hahaha!). O ponto alto da noite ficou por conta de uma tia-avó meio desnorteada (irmã do meu falecido vô; a gente só a vê no Natal e

nos aniversários). Ela mandou fazer um bolo decorado especialmente pra mim... com uma cadeira de rodas esculpida em chocolate em cima! Pode? Dá pra ser mais sem-noção?

Como essa tia tem medo de computadores e redes sociais (ela acha que o governo está vigiando a gente pelas telas), posso postar aqui; ela não vai ler mesmo... A chegada dela disparou um silêncio de velório. Aí eu desandei a rir e todo mundo riu. Humor negro nível máximo!

Só pra chatear, na hora de cortar o bolo, fiz um suspense danado. Quando ninguém esperava, me levantei da cadeira, usei duas muletas que vieram do hospital e andei até a mesa! Devagar, sem cair, cortei o bolo entre aplausos – com o Zé berrando que era *milagre*, e minha mãe explicando detalhes da minha fisioterapia. Comi a cadeira de rodas de chocolate inteira, óbvio!

No meio das conversas sobre as minhas postagens do Projeto Portugal, um pessoal (justo quem eu *não* esperava que aparecesse) disse que existe um blog brasileiro parecido com o meu, com informações sobre Portugal. Achei interessante e vou pesquisar. Não me passaram detalhes, só que a owner é uma tal de Dô. Minha carreira de detetive vai começar descobrindo esse blog.

Não era meu aniversário, mas, vejam só, ganhei um monte de presentes!

O Clau, amigo do peito desde o primeiro ano, me deu de presente um Guia de Lisboa. Os pais da Duda, garota que mora aqui no prédio e que anda namorando o Lucas, mandaram para mim um livrão com fotos de pontos turísticos de Portugal. Lindo! Tô apreciando cada uma das páginas.

A turma do colégio fez uma vaquinha e comprou no sebo uma pilha de livros da Agatha Christie, por causa da postagem em que eu disse que ia virar detetive! Adorei! Já detonei um inteiro.

Além disso, ganhei coisas que vou usar, hemiplégico ou não. Um boné com as bandeiras de Brasil e Portugal bordadas, outra caixa de chocolate (da mesma pessoa que me mandou aquela primeira, por sinal... a minha ex), uma almofada com os dizeres *"Keep calm and go to Lisbon"*...

E um amigo do Lucas, o Chico, me passou um folheto com informações da Embaixada, que conseguiu com um tio dele, que trabalha não sei com o quê e que atende consulados. Tem muita coisa sobre cidadania portuguesa, passaportes e vistos. Reuni informações fresquinhas!

Viagens de turismo a Portugal não requerem visto ou licença para a entrada dos cidadãos brasileiros. Por 90 dias, o viajante pode permanecer no país para atividades culturais, jornalísticas, de turismo e cursos. Para permanências mais longas, como estudo, trabalho ou residência, é necessário um visto específico; no caso de estudantes, tem de ser a matrícula ou documentos de aceitação nos estabelecimentos de ensino e provas de que a pessoa tem condições financeiras de se manter no país. Outra exigência é o seguro de saúde com cobertura mínima de 30 mil euros.

⚡ **Toni**
Postagem 9 • Dá pra acreditar?
31 de janeiro, terça-feira

Hoje eu estava navegando pela internet e resolvi procurar o tal blog de que ouvi falar, o tal das informações sobre Portugal. Não me deram muitas dicas, e eu não quis prolongar aquela conversa, porque, bom, quem mencionou isso foi a minha ex. Ela estava um pouco deslocada na reunião – não só por sua condição de ex, mas porque veio acompanhada, e o casal ficou pouco tempo aqui em casa... Mas o que interessa é que, já que resolvi virar detetive, botei a cabeça para funcionar e acionei uns programas de busca usando palavras-chave bem específicas. Já vi que tenho futuro como investigador porque, num instante, *voilà*! Achei.

A dona do blog (que eles chamaram de Dô) é uma certa Maria Doroteia. O visual é legal e tem páginas que ela chama de "Sobre Portugal". As informações são ótimas, mas imaginem só! Ela ganhou uma viagem para Lisboa, com tudo pago, para passar meses, e está reclamando sem parar!

Fiquei injuriado. Eu aqui, na cama, com o peso do mundo do lado esquerdo me puxando para baixo, doido pra fazer uma viagem dessas, e a garota mimada resmungando "Ai, que horror! Vou ter de ir à Europa, oh, dia, oh, azar, como eu sofro..."

Acorda pra vida, garota! Se você quer trocar com alguém, que tal comigo? Vem passar seis meses numa cadeira de rodas, com todo mundo te vigiando, sem poder dar um suspiro mais alto, que chove gente querendo te enfiar remédios. E eu aproveito a herança da sua tia-avó!

Pena que essas coisas de trocar de corpo só acontecem nas comédias românticas que passam à tarde na TV... Isso já não é ironia da vida, é sarcasmo cruel! Ah, não me aguentei. Coloquei um comentário no blog da garota. Se tiverem paciência, vão lá e leiam.

BLOG DA DOROTEIA
ENTRANDO EM MODO PAUSE

> O Tejo é mais belo que o rio
> que corre pela minha aldeia,
> Mas o Tejo não é mais belo que o rio
> que corre pela minha aldeia
> Porque o Tejo não é o rio
> que corre pela minha aldeia.
>
> Alberto Caeiro

• • •

 Dô
Postagem 9 • Nervosismo
30 de janeiro, terça-feira

Está tudo pronto. E minha ansiedade atingiu o auge! Já não consigo comer – a comida se embola e fica parada no meio do caminho. Beber, não posso – a garganta fecha e o líquido volta. Estou supernervosa. Se não fosse por esse lance da grana, nunca que eu enfrentaria essa situação!

Meu pai se sente culpado. Por isso aguenta meu mau humor e ainda fica me adulando. Minha mãe não tem a menor paciência comigo, mas eu entendo. Estou mesmo chata – não fale comigo que você pode levar uma patada. Só contamos para a avó Feli, a mãe dela, que anda meio doente, que "a Teteia vai fazer uma viagem à Europa". Ela que pense que vou pra França, Espanha, Itália e passarei por Portugal, assim por acaso, como se o país estivesse no meio do caminho. Ela fez uns comentários lá do jeito dela e me presenteou com alguns euros, desejando boa viagem.

Agora, quem estaria exultante, se não tivesse se juntado aos anjos, seria a minha avó Filomena, a irmã mais nova da Tivó, que morreu quando eu tinha uns dez anos. Espero que ao menos ela se sinta feliz com essa confusão toda, onde estiver.

E vocês, meus amigos, são bem legais... Leem este meu blog, fazem comentários, curtem as fotos da festa... Sei que todos entendem que seis meses perdidos numa vida de 17 anos é tempo demais! Serão 181 dias. Tirando um pra ir, outro pra voltar, sobram 179 dias compostos de 24 horas cada um, algo como 4.296 minutos que ficarei contando um por um, à espera do dia Zero, O Glorioso, que me trará de volta à minha adorável vidinha (e com a conta bancária reforçada!).

Não espero muito dessa viagem. O que mais me preocupa é a convivência forçada com essa amiga da Tivó. Pode ser chato demais ficar na casa de uma pessoa que nem conheço; o resto aguentarei na unha. Mas verei o que vou enfrentar quando lá chegar. E prometo contar tudo aqui!

Voltei a pesquisar... e hoje o "Sobre Portugal" está bem interessante. Não percam!

Sobre Portugal: os celtas na Península Ibérica

Nada mais normal que os celtas, povo que se espalhou por toda a Europa há mais de 3 mil anos, também tenham se instalado no local que viria a ser Portugal. Eles construíram povoados, geralmente no alto dos montes, com muralhas por toda a volta. As casas eram feitas de pedra e cobertas com palha e já se organizavam por bairros.

Os celtas eram grandes guerreiros. Trabalhavam o ferro e fabricavam armas. Gostavam de esculpir estátuas em honra dos seus chefes e queimavam seus mortos em vez de enterrá-los. Eram grandes ourives e, com o produto das minas de ouro, prata, cobre e estanho que havia no território que ocupavam, fabricavam peças maravilhosas.

No século II a.C., três grandes grupos habitavam a região: os calaicos, os lusitanos e os cónios. Eram povos de origem ibérica e celta que viviam nos *castros* – povoados com muralhas à volta. A população residente em um castro era toda aparentada entre si. Obedeciam a um mesmo chefe e veneravam os mesmos deuses. Resolviam seus problemas por conta própria e não costumavam se relacionar com outros castros.

• • •

 Dô
Postagem 10 • Uma mensagem diferente
1 de fevereiro, quarta-feira

Entre as centenas de comentários neste meu blog – obrigada, pessoal, vocês não sabem como isso me faz feliz! – destaco o de um tal de Toni, que chegou ontem. Ele escreveu:

Cara Maria Doroteia,
Francamente, você devia parar de reclamar e aproveitar a oportunidade que recebeu. Já pensou em quantas pessoas gostariam de ir para Portugal e não podem?

Eu, por exemplo, não pude viajar antes por falta de dinheiro e agora estou preso numa cadeira de rodas, me recuperando de um problema grave. E você tem a coragem de se queixar?! Olhe ao seu redor, garota, e vai descobrir que não é o centro do Universo. Desculpe o desabafo, mas sonho em ir para Portugal há tanto tempo que não me conformei com suas postagens.

Abs, Toni.

Respondo para ele, mas já que ele comentou no meu blog, quer dizer, todo mundo vai ler, vou mandar a resposta por aqui também.

 Dô

Caro Toni,

Respeito a tua posição, respeito mais ainda a cadeira de rodas que te locomove, mas também gostaria que tu fizesses o mesmo em relação aos meus sentimentos.

Sabe, Toni, as pessoas não são iguais. O TEU sonho é conhecer Portugal. O MEU é ficar quietinha no meu canto, junto às pessoas de que gosto, ir à universidade que escolhi (acabei de passar no vestibular e tive de trancar a matrícula), enfim, viver a minha vida como ela era antes. Aventuras não me interessam. Sinto muito se gosto de conhecer gente nova apenas virtual e não fisicamente. Sinto muito, mesmo, por não pensar igual a ti. Sinto muitíssimo pelo que te aconteceu, mas não foi culpa minha.

Vou ler o teu blog e continuaremos a conversa, se quiseres. Aqui tens meu e-mail e todos os endereços eletrônicos de contato comigo. Se não quiseres, tanto faz. Peço apenas que respeites os meus sentimentos e não leias mais as minhas reclamações, se elas te incomodam. Há milhões de outros blogs para curtires. Abandona o meu e sê feliz.

Para colaborar com essa felicidade, escrevi do jeito que as pessoas falam nos programas da TV portuguesa. Acrescenta o sotaque e será como estar em Lisboa. Um abraço,

Dô.

Sobre Portugal: a chegada dos romanos

Os romanos venciam todas as batalhas; eram muito bem organizados e inventaram novas táticas de guerra. Não foi diferente quando chegaram à região da Península Ibérica. Os lusitanos, porém, reagiram mal à invasão e não foram fáceis de ser vencidos. Eles tinham um chefe chamado Viriato, muito inteligente e corajoso, mas ele foi traído e assassinado por três homens de sua tribo, e o território acabou sendo integrado ao Império Romano, permanecendo assim por vários séculos.

Os conquistadores falavam latim, o que daria origem às línguas latinas: português, castelhano, italiano, francês, romeno, galego e catalão. Até hoje em Portugal podem ser encontrados muitos vestígios da civilização romana.

• • •

Dô
Postagem 11 • Pé na estrada!
3 de fevereiro, sexta-feira

É hoje. Não consigo postar nada, de tanta ansiedade. Malas prontas, mãe chorando, pai chamando. FUI! Agora estou no aeroporto. Vou procurar uma tomada para plugar o notebook. Quero fazer uma postagem antes de embarcar!

Certamente por causa da ansiedade deixei escapar o final do último "Sobre Portugal", que coloco aqui:

Quando Jesus Cristo nasceu, os romanos dominavam todas as terras em volta do Mar Mediterrâneo. No começo, os seguidores da nova doutrina – já chamados cristãos – foram perseguidos, mas no ano de 313 o cristianismo tornou-se a religião oficial do Império Romano. Portanto, nas terras ibéricas também...

• • •

 Dô
Postagem 12 • Sala de embarque
Ainda 3 de fevereiro, sexta-feira

Agora é pra valer!
Estou na sala de embarque. Esperando. Falta um bom tempo, mas é melhor aguardar aqui. Já dei uma olhada no duty free: é uma beleza, dá vontade de comprar tudo! Mas ainda não é hora de fazer compras. Talvez na volta, depois que eu tiver recebido a segunda parte da herança.

Acho que só agora caiu a ficha! Apesar de toda a minha revolta por ter sido colocada nesta situação, apesar de tudo que vou ter de sofrer pra botar a mão na grana, ainda consigo saborear o melhor pedaço: pensar que sou uma feliz herdeira até que aquece o meu coração.

Ainda bem que no aeroporto há tomadas pra recarregar aparelhos eletrônicos, e wi-fi liberado. Assim o tempo passa mais rápido e eu me distraio. Conversar com vocês e postar no blog melhora minha ansiedade.

Já estou sem celular. Suspendi o plano, claro, senão ia ter de ficar pagando a mensalidade. Não sei como vão rolar as coisas na casa de dona Fernanda Fátima, mas pretendo comprar um chip português e usar o wi-fi da casa dela para acessar a internet.

Contei que no meu passaporte foi colocada uma autorização para eu viajar sozinha? Ela tem o mesmo tempo de validade do documento. Descobrimos isso quando minha mãe foi comigo à Polícia Federal. Antigamente era um tal de assinar autorização, uma papelada incrível, e tudo com mil carimbos do consulado. Já me imaginei carregando uma pasta com tudo isso, mas não precisa mais. Oh, maravilha! Agora é bem simples, basta o pai e a mãe autorizarem a viagem, e só.

As despedidas foram um número à parte. Nunca imaginei que tantos amigos estariam no aeroporto. Obrigada, pessoal! As fotos vão para as redes sociais assim que eu terminar este relatório (espero que dê tempo). Luciana, Mikaella, amigonas, já estou morrendo de saudade de vocês!

A mammy chorou muito, tadinha. Uma fonte jorrava dos seus olhos inchados e já cheios de olheiras... E meu pai, mesmo posando de durão, não conseguia esconder a emoção.

Ainda bem que a folia de vocês, meus amigos queridos, trouxe um toque de alegria a essa viagem, clareando um pouco as cores escuras que a vestiam. Obrigada! Vai ser duro ficar sem amigos por seis meses... Mas não quero chorar. Para me distrair, vou postar as fotos do bota-fora.

• • •

⭐ **Dô**
Postagem 13 • Expectativas
Ainda 3 de fevereiro, sexta-feira

O avião levantou voo pontualmente às 15:45 horas do Brasil. Agora, que já estamos no meio das nuvens e a coisa virou tipo verdade-verdadeira, tenho muito tempo para pensar...

Pesquisei sobre o país. Pesquisei sobre Lisboa. Sei que tem um monte de coisas bonitas para eu ver, passeios para fazer, lugares para conhecer etc. e tal. O assunto está encerrado. Já aconteceu tudo que tinha de acontecer até aqui. O jeito agora é deixar a tristeza pra lá! Talvez eu deva começar a sonhar com a minha volta, no início de agosto...

Estou escrevendo no notebook, mas não tem wi-fi no céu, rsrs. Quer dizer, no avião até que tem, só que custa caro. Esta postagem só vai entrar on-line no blog depois que eu chegar à Europa e conseguir usar a conexão do aeroporto, ou da casa da dona Fernanda.

Neste momento, sentada na minha poltrona do avião, me sinto desanimada. Estou cansada e com sono (tenho dormido mal de tanta ansiedade), mas preciso escrever, como sempre faço nos momentos difíceis. É incrível como a escrita me faz refletir, me consola, melhora o meu astral! Só que é complicado, o espaço é apertado para três pessoas, e eu estou bem no meio das outras duas...

A comida está chegando. Engraçado, já é o jantar, e não são nem 18 horas. Deve ser por causa do fuso horário: em Portugal são algumas horas a mais do que no Brasil.

Vou encerrar com mais umas informações sobre a *terrinha* e um recado pra Lu: amiga, mais uma vez, como gostaria que você estivesse aqui comigo! Se isso tivesse acontecido, eu não estaria me sentindo tão sozinha, com certeza! Idem pra você, Mika do meu coração!

Sobre Portugal: as invasões bárbaras

Os romanos chamavam de "bárbaros" os invasores que começaram a chegar a partir do século III, vindos do norte da Europa e do centro da

Ásia. Eles tinham língua, costumes e religião próprios, mas, à medida que permaneciam em um lugar, iam se mesclando aos povos que lá viviam e sofrendo influências. Eram eles: os vândalos, os suevos, os alanos e os visigodos.

No ano 711, os mouros do norte da África invadiram a Península Ibérica. Ao desembarcar, viram um rochedo e resolveram homenagear seu chefe, que se chamava Tarik, batizando-o com o nome de Djabal-al-Tarik. Com o tempo, as palavras se fundiram, dando origem ao nome pelo qual é conhecido até hoje: Gibraltar. Nesse ano, começaram as lutas entre os cristãos e os mouros, que durariam muitos séculos e acabariam por gerar milhões de histórias.

• • •

 Dô
Postagem 14 • Em terra!
4 de fevereiro, sábado

Gente, que viagem horrível! Não apenas porque eu estava insegura ou porque nunca tinha ficado tanto tempo trancada num avião. Aquelas 9 horas e 51 minutos de voo estão registradas no livro da minha vida como as piores que sofri (nem escrevo "vivi") em todos os tempos! Suprema tortura e um recorde absoluto: nunca havia padecido por tanto tempo seguido.

Já posso imaginar os comentários e a pergunta básica que se repetirá até me fazer enjoar: o que foi tão ruim assim? Tudo, gente! Vou listar corrido, senão não haverá papel em que caiba…

A tristeza da despedida; a longa espera no aeroporto; me sentir presa, pensando que não haveria a menor possibilidade de sair daquele avião, caso precisasse; ficar trancada num espaço pequeno com pessoas que não conheço; a poltrona apertada; ter de ficar quietinha, sentada, por um tempo muito longo; o banheiro mínimo; o jeito que a gente é obrigada a comer, sem jeito nenhum; o avião não dar nem uma paradinha pra eu tomar ar fresco; o ar-condicionado, que eu detesto e estava muito frio; o vizinho da esquerda, que ficava o tempo todo encostando em mim (era sem querer, ele era gordinho, e pedia desculpas todas as vezes); não conseguir dormir direito (foi a noite mais longa da minha história); os pensamentos terríveis que me dominavam (e eu não conseguia me livrar deles); não ter com quem conversar (nem dividir a insegurança, aiaiai).

Depois do jantar, resolvi sacrificar uns euros, usar o wi-fi para postar as fotos e o que tinha escrito. Depois tentei ver uns filmes, mas não conseguia prestar atenção. Experimentei ouvir música, mas minha cabeça estava fora do ar. Nada me agradava. E ainda havia o que não era culpa do voo: a ansiedade com a viagem (estou me repetindo, mas ela foi mesmo muuuuito grande!) e o medo de que a tal da dona Fernanda Fátima (nome de princesa, mais longo e empoado que o meu) não fosse me buscar! Enfim, cheguei tão cansada que me senti feito um zumbi quando mostrei o passaporte na Imigração.

Estou no desembarque, esperando a bagagem. Escrevo num caderninho, depois vou copiar no blog. O "Sobre Portugal" já está pronto, só falta o clique de enviar.

Uma voz feminina avisou que ia demorar um pouco, algo tipo problemas técnicos, mas confesso a vocês que só entendi a metade... Quem foi que disse que aqui se fala português?

Opa, a esteira começou a rodar! Vou pegar as minhas malas. Até mais.

Sobre Portugal: e assim nasceu o país...

A guerra entre os cristãos e os mouros parecia não ter fim e as fronteiras oscilavam. Como os primeiros diziam que lutavam em nome de Cristo e os outros em nome de Alá, a briga deles recebeu o nome de "Guerra Santa".

Essa ideia trouxe à península cavaleiros cristãos de outros países para ajudar na guerra (e participar dos saques, receber recompensas, terras, títulos, riquezas). No final do século XI, entre os cavaleiros que vieram ajudar o rei da época, D. Afonso VI de Leão e Castela, estavam dois primos. Eles lutaram tão bem que acabaram conquistando os prêmios mais cobiçados: a mão das filhas do rei. Assim, Henrique casou-se com Teresa, a mais nova, recebendo uma grande extensão de terra, o Condado Portucalense; e Raimundo, que chegara primeiro, com a mais velha, a princesa Urraca, herdeira do trono de Leão e Castela (reinos que, mais tarde, se ampliariam e virariam a Espanha).

Dona Teresa e Dom Henrique tiveram um filho, que batizaram com o nome de Afonso Henriques. Este perdeu o pai aos três anos e a mãe passou a governar o Condado Portucalense, ainda parte do reino de Leão e Castela, cuja rainha era Urraca, sua irmã. Dona Teresa não se dava bem com ela. Como o rei e a rainha Urraca não tiveram filhos, após a morte deles, um sobrinho subiu ao trono com o nome de Afonso VII. Dona Teresa não aceitou se submeter ao sobrinho e iniciou uma guerra, na qual seu filho, o jovem Afonso Henriques, lutou para separar os dois territórios, o português e o espanhol. Desde então, Afonso Henriques nunca mais parou de guerrear. Investiu contra os mouros, conseguiu ampliar suas terras e recebeu o nome de "O Conquistador".

• • •

 Dô
Postagem 15 • A chegada
Ainda 4 de fevereiro, sábado

Oi, gente querida! Saudades de vocês! Enormes! Infinitas!

Desta vez estou escrevendo num café fora de casa, porque no *ap'rtam'nto* – que é como a palavra soa para mim, aqui – não tem wi-fi, dá pra acreditar?

Meu primeiro choque foi a língua que o povo desta terra fala. Dizem que é português. Escrito, até dá pra acreditar, mas falado é um quebradinho engraçado e *ax palavrax parexem xer xeiax de xix*. Sei lá. Pode ser também porque estou mais acostumada com um leve sotaque, que é como os "estrangeiros" da minha família falam. Agora, todo mundo falando diferente ao mesmo tempo me pirou! Mas estou atropelando a narração. Melhor contar na ordem certa.

No desembarque, dona Fernanda Fátima estava esperando por mim com um papel na mão, onde se lia meu nome. Ela é baixinha e gordinha. Usava um vestido preto, com gola e punhos de renda. Os sapatos de saltos baixos faziam com que parecesse menor ainda. Os cabelos brancos são cortados bem curtos e seus olhos vivos informam que ela percebe tudo o que acontece em volta.

Num primeiro momento, tive a impressão de que Portugal é parecido com o Brasil, mas, de fato, é bem diferente. Não sei como agir, fico preocupada com o que vou falar. Minha anfitriã até procura ser simpática, mas é uma senhorinha lá do tempo dela... Imaginem que, apesar de ser rica e morar num apartamento bem localizado, apesar de a Tivó ter deixado o dinheiro para pagar o que fosse necessário, minha anfitriã insistiu em voltar de ônibus do aeroporto para casa.

Qualquer ser humano normal e racional não tomaria um táxi? Ou uma das vans que fazem transporte de turistas nos aeroportos? Ela não. De nada adiantaram meus argumentos de noite mal dormida e cansaço de viagem, nem mesmo o do peso das malas ou o fato de eu mesma pagar o valor, já que trouxe euros comigo. Ela disse que dinheiro é dinheiro, não importa quem esteja pagando, e ela não gosta de jogá-lo fora.

Desde quando ir para casa de táxi após uma viagem longa e cansativa é jogar dinheiro fora? Mas ela decretou:

– Claro que é, Maria Doroteia. Se podemos gastar só uns *escudinhos* (ela chama euro de escudo) e chegamos na mesma, para que vamos pagar um táxi? É melhor poupar.

E lá fomos nós, eu arrastando as duas malas de quase 30 quilos cada e ela com a minha bagagem de mão... Estava um friozinho básico, mas nada muito preocupante.

O que me incomodou mais foi me sentir mortinha da silva no ônibus, exausta, e a dona Fernanda Fátima falando nos meus ouvidos, com aquele sotaque estranhíssimo, que tenho de fazer força pra entender. Ela simplesmente não parava de falar, e tudo emendado. Talvez a conversa tenha sido interessante, o problema foi que, no meio do papo... Dormi! Acordei quando a gente já ia se aproximando do nosso bairro, que se chama Ajuda.

Passamos por uma avenida que acompanha o rio. O Tejo é lindo, parece o mar, de tão grande, e fica a menos de 200 metros da casa dela! A Ponte 25 de Abril se destaca. Mais adiante, a bela Torre de Belém. Ela me mostrou uma loja que vende os famosos pastéis de Belém, mas eu não sei se conseguirei encontrá-la de novo. Estava tonta com tanta coisa nova.

Então, chegamos. O nome da rua é interessante: Calçada do Galvão. Estreita, tranquila, arborizada. O prédio onde ela mora é bonito, estilo colonial. Paredes brancas, janelas azuis. Bem em frente fica o

Jardim Botânico de Ajuda, um parque fechado com grades. A portaria fica a alguns passos, subindo a rua.

Quando entramos no apartamento da dona Fernanda, ela me levou direto ao meu quarto. Coloquei as malas num canto e ela me mostrou o banheiro. Dei uma olhada para os lados, sabem como é, e achei o lugar até agradável. Depois conto os detalhes.

Telefonei para casa e, num papo rápido, avisei o pessoal que estava bem. Claro que choramos, mas não foi tão dramático, não sei se por conta do meu cansaço ou por já ter me acostumado com a ideia.

Minha anfitriã perguntou se eu estava com fome, respondi que não, mas me sentia meio zonza e queria mesmo era dormir um pouco. Então, tomei um banho (não sem antes me quebrar pra lidar com as torneiras), comi umas frutas (ai, Brasil!) e apaguei. Finalmente uma cama!

Quando acordei e fui ligar o notebook, surpresa! Nem sinal de conexão. Então, descobri: ela não tem computador em casa! Nem internet, wi-fi, nada. Nossa, achei que ser desconectado nem existisse mais, sobretudo aqui no dito Primeiro Mundo... Mas existe, sim. Só que eu estava decidida a dar um jeito nisso e, de preferência, bem rápido! Depois de choramingar pra ela que precisava *mesmo* avisar meus amigos que tinha chegado (e de jurar que mandar mensagem não ia custar nada), ela contou que, na avenida paralela ao cais do rio, aquela mesma por onde tínhamos vindo, havia uma *Cafetaria*, com "o que tu chamas de internet".

Conclusão: apesar de dona Fefê resmungar que podia ser perigoso eu sair sozinha logo de cara assim, pedir que eu não me atrasasse para o lanche da tarde, porque tinha "pulado" o almoço, e recomendar que não falasse com estranhos, tive um ataque de pressa, peguei a bolsa com o notebook e alguns euros, e aqui estou.

Não foi difícil achar o café. Ele é uma gracinha, tem uns doces que, ai, meu Deus, deu uma vontade louca de experimentar! Não resisti! Escolhi um (delicioso!) e pedi um tal "meia leite" que vi no menu, para acompanhar – só para ter o prazer de descobrir que ele não passa de um pingado...

Hoje não vou contar muito, não posso demorar. Não quero que a senhorinha morra de preocupação... Fiquei cismada com a insistência dela sobre perigo. Todos os sites que pesquisei diziam que aqui há bastante segurança! De qualquer maneira, não discuti. E olha, pode ser paranoia minha, mas posso jurar que um sujeito esquisito, na esquina, estava de olho em mim. Eu, hein?!

Depois que cheguei ao café, me senti mais segura. Mandei uma mensagem mais detalhada para casa e vim postar no blog. Missão cumprida! Agora, vou voltar pro *ap'rtam'nto* esperando que o sujeito estranho não esteja mais na esquina. Amanhã conto mais. Tchau!

🐦 Sobre Portugal: o Rio Tejo 🐦

Maior rio da Península Ibérica, com 1.009 quilômetros de extensão, o Tejo nasce na Serra de Albarracim, na Espanha, a 1.593 metros de altitude, e deságua no Oceano Atlântico por um largo estuário, com cerca de 260 km², pouco adiante de Lisboa, em São Julião da Barra. Em terras espanholas, ele é chamado de Tajo.

Depois de atravessar o Planalto de Castela-a-Nova e a Extremadura espanhola, entre desfiladeiros e vales apertados, ele entra em Portugal. Antes disso, faz fronteira entre Espanha e Portugal (extensão: cerca de 50 km). As margens são rochosas e abruptas, e o vale, estreito.

Em Lisboa, o rio é tão imenso e agitado que parece o mar.

• • •

 Dô
Postagem 16 • A língua
6 de fevereiro, segunda-feira

Hoje já me sinto melhor e mais descansada. Ainda bem que, pelo menos, o fuso horário não me demoliu. São só duas horas de diferença, quer dizer, quando aqui é meio-dia, no Brasil são dez horas da manhã. Em relação ao resto da Europa, Portugal tem uma hora a menos, o que melhora a vida dos brasileiros quando chegam. E, como o Brasil está com horário de verão, ganhamos mais uma. Três horas de diferença é o normal. No verão daqui, duas. No inverno, quatro.

No sábado, acabei jantando o almoço que dona Fefê tinha preparado para nós duas (e eu não comi porque fiquei dormindo). Ela disse que era um "cozido à portuguesa". Comida simples e bem-feita, já percebi que ela gosta de cozinhar. Estranhei um pouco o tempero, mas estava bom. Em seguida, lavei a louça que tinha usado e fui para o meu quarto.

Liguei a televisão, curiosa sobre o que passava na terrinha... E fiquei impressionada: como é parecida com a nossa! Os programas são quase iguais, os seriados são os mesmos, até os filmes e séries em inglês são legendados (e não dublados, como pensei que fossem). Tem uns canais que passam as novelas brasileiras... A pronúncia dos apresentadores e atores é bem clara, mas também comem as vogais, o que deixa as palavras meio quebradinhas. É como se falassem aos soquinhos.

Tuj´ ´xtáx c´m f´me ou pr´fer xp´rar um boc´dinho maix p´ra c´mer?

Estou tentando escrever a pronúncia dessa pergunta, mas saiu uma frase incompreensível. Ela quer dizer: "Tu já estás com fome ou preferes esperar um bocadinho mais pra comer?".

Fiquei pensando: será que não foi assim que chegamos ao nosso "pra" no lugar de "para"? De qualquer maneira, aos poucos, meus ouvidos estão se acostumando, embora eu continue achando tudo isso um espanto. Nem parece que nosso idioma foi herança deles. Que saudade do "brasileirês"!

Ontem, na rua, quando voltava do Café, ouvi uma pessoa dizer:
– Tu vaix a Caxcaix maix tarde ou tuax irmãx irão sozinhax?

Cascais é o nome de uma praia muito fashion em Estoril. Tudo lá é muito fino, diz a dona Fernanda Fátima, mas eu ainda não tive tempo de ver, é claro.

Cascais. Eu simplesmente não consigo falar essa palavra direito no português daqui. Tenho de pensar, programar e só então soltá-la, mas nem assim sai lá muito corretamente. Experimentem. Mas tem de chiar que nem chaleira, senão não vale. E falar bem depressa: Caxcaix.

Passei o final da tarde do primeiro dia desfazendo as malas e ajeitando tudo (do jeito que deu) no pequeno armário que há no quarto. Dona Fernanda me convidou para dar uma volta, mas eu não estava com vontade – e logo percebi que ela também não. Então, ontem, saímos após o *p'queno-almoço* (traduzindo: café da manhã) para dar uma volta no calçadão à beira do Rio Tejo e admirar mais de perto as belezas de lá. A Ponte 25 de Abril se destaca na paisagem e é mesmo linda (fica ainda mais bonita quando iluminada, diz a dona Fefê). Comi meu primeiro pastel de Belém, que aqui eles chamam, na verdade, de pastel de nata! Não sei por que, não senti gosto de nata... Mas é realmente uma delícia. E me encantei com tudo, principalmente com a Torre de Belém, o Padrão do Descobrimento e o Mosteiro dos Jerônimos (que merecem uma descrição à parte).

Por enquanto só os vi por fora, o passeio foi pequeno e bem lento, que dona Fernanda não é nenhuma atleta... Aliás, nem eu. Ainda me sinto meio, ahn... digamos, preguiçosa.

Era manhã de domingo e as ruas próximas estavam lotadas de turistas. Para entrar no Mosteiro e na Torre, vi filas imensas! Os ônibus não paravam de chegar, cheios de gente.

Na verdade, o passeio começou com uma ida ao cemitério onde a Tivó está enterrada. Ideia dela, claro, que aceitei com prazer. Comprei umas flores, fiz uma oração e fiquei contente por poder prestar uma pequena homenagem à tia de meu pai. Depois, fomos almoçar numa "pensão" que ela conhece. Estranhei, mas aceitei, claro. Era um hotelzinho; o bacalhau com natas estava delicioso – e barato, pelas minhas contas. Paguei minha parte, ela pagou a dela (já confirmei que ela é pra lá de econômica, como descobri no caso do táxi que não me deixou pegar no aeroporto!).

Foi durante esse almoço que eu descobri mais uma. Minha surpresa foi tão forte que quase caí da cadeira e me esborrachei no chão! Senhoras e senhores, acabo de descobrir que, pouco depois do dia maravilhoso em que eu vou poder (finalmente) voltar para a minha rica casinha abençoada, lá no finzinho do mapa daquele país gigante como um continente, a neta da dona Fernanda Fátima Silveira Fortuna de Alencar, uma tal senhorita Maria João Fortuna de Alencar Brito de Vasconcelos vai passar seis meses comigo, nas mesmas condições em que eu fiquei na casa da avó dela!

Pergunta um: como é que ninguém me avisou antes? A carta da Tivó não mencionava nada disso... Mas meus pais devem saber; afinal, a garota vai ficar na nossa casa, certo?

Pergunta dois: se eles sabiam, por que não me contaram?

Pergunta três: todo mundo precisa mesmo ter nomes compostos, imensos, difíceis, que homenageiam a família inteira dos dois lados regredindo até a terceira geração de trás pra frente?

Ah, falando nisso (e para me distrair de mais esse estresse de descobrir uma coisa que, ao que parece, todo mundo sabia, menos eu), tem uma curiosidade interessante antes de encerrar esta postagem. Foi dona Fernanda quem me contou, quando comentei os nossos nomes imensos.

Na Península Ibérica, as mulheres podiam herdar o trono (não apenas os filhos do sexo masculino, como nas casas reais da França e da Alemanha, por exemplo), o que as tornava tão importantes quanto os homens na sucessão. Por isso, os filhos recebiam os sobrenomes do pai e da mãe, costume que dura até hoje, nos países por onde portugueses e espanhóis passaram.

Sempre adorei meu nome, mas agora que descobri isso, gosto dele ainda mais! Quem sabe, lá atrás, na minha árvore genealógica, não existiu uma rainha guerreira, cheia de ideias novas na cabeça, do tipo que revolucionou a guerra dos gêneros na sua época, precursora das feministas?

Calma, eu não falei em feminismo para a minha anfitriã. Do jeito que ela é tradicional, aposto que não ia gostar nem um pouco de ouvir falar em empoderamento, "meu corpo, minhas regras" e outras frases que uso até em camisetas (não, eu não trouxe nenhuma dessas na mala!).

Hoje de manhã, fomos fazer compras numa mercearia, um supermercado pequeno. Já que percebi como tudo vai funcionar aqui, comprei algumas coisas de que gosto. Não sai caro e assim posso fazer ao menos algumas refeições do meu jeito, sem incomodar dona Fernanda (tentei chamá-la de dona Fefê uma vez, mas recebi um olhar tão ofendido que engoli o apelido!).

Depois das compras, vim para a Cafetaria ver minhas mensagens.

E preciso contar que aquele rapaz hemiplégico que tinha me criticado, o Toni, me mandou um e-mail! Não precisam se preocupar, acho que agora somos amigos. Li umas postagens no blog dele e entendi sua frustração... Ele também me entendeu, porque escreveu:

De: <toni@...>   Para: <doroteia@...>

Cara Dô,

Obrigada por me responder! Tens razão, cada um de nós é de um jeito e não me cabe te criticar. Mas fiquei feliz por me entenderes e por leres as postagens do meu blog (olha o português lusitano aí, também estou treinando)!

Então, vou te fazer uma proposta: tu me escreves de vez em quando e contas sobre o que vês e teus problemas aí na "terrinha". Eu aprendo mais sobre minha viagem dos sonhos e tento te convencer de que não estás sozinha e que tua vida não é tão ruim. Topas?

Um abraço do Toni.

Topado! Ainda acho injusto eu estar longe, quando tudo o que queria era ir pra faculdade que escolhi, jornalismo. Estudar. Escrever. Nessas duas palavras moram as escolhas que me fariam feliz. Mas, já que estou aqui, vai ser bom ter mais alguém com quem trocar e-mails, além da Lu e da Mika (isso me lembra que ainda não escrevi direito pra elas! Esperem, que logo chega mensagem).

Bom, vai ficar para depois. Preciso terminar agora, porque é hora do jantar e a famosa neta Maria João vem nos visitar. Finalmente vou conhecê-la.

Só espero que ela tenha alguma ideia de como eu posso ter internet em casa, porque não é fácil ter de ficar correndo a toda hora para a Cafetaria! Fiquem, então, com algumas infos sobre a ponte que atravessa o Tejo... Até!

Sobre Portugal: a ponte

"25 de Abril" é o nome da ponte que liga Lisboa à cidade de Almada. São mais de dois quilômetros para atravessar o Rio Tejo na sua parte final e mais estreita, que é chamada de "gargalo". É construída em dois níveis: os automóveis passam em cima da estrutura e os trens, embaixo, num tráfego intenso, que gera grandes engarrafamentos nos horários de pico.

Inaugurada em agosto de 1966, seu primeiro nome foi "Ponte Salazar"; em 1974, foi mudado para "25 de Abril", festejando a derrubada do regime salazarista, naquela que ficou conhecida como a Revolução dos Cravos.

Do outro lado da ponte, surpresa! Uma estátua quase igual à do nosso Cristo Redentor, no Rio. Iluminada à noite, ela brilha sobre a nossa saudade... Foi presente do Brasil.

• • •

 Dô

Postagem 17 • De volta ao mundo internético!
7 de fevereiro, terça-feira

Maria João veio jantar conosco ontem. A única neta da dona Fernanda é uma garota bonita, com cabelos castanhos caindo nas costas e olhos doces, que os cílios, grandes e espessos, parecem tornar ainda maiores. Mas ela não se arruma muito. Imaginem que não passou nem um brilho nos lábios... Onde já se viu uma garota sair assim, sem nada na cara? Vestia um jeans normal e uma camiseta muito simples por baixo da jaqueta. Apesar de parecer tímida, teve uma ideia genial: pedir emprestada a senha do wi-fi da vizinha, dona Carmen, que ela diz ser muito *fixe*. E lá se foi a garota fazer isso pra mim. Não é que deu certo?! Logo mais ela voltou com a senha escrita num papel.

Ai, finalmente! (E para quem não entendeu, aqui em Portugal ser *fixe* é o mesmo que ser uma pessoa boa, legal...)

Mas é claro que, na hora, não usei. Seria muito mal-educado... Bem que me cocei, mas segurei firme e ficamos conversando, as três, enquanto dona Fernanda terminava a feijoada sem carne que preparava para nós (Maria João é vegetariana). Junto com o feijão, misturou cenouras, batatas, beringela, abobrinha e mais uma porção de legumes. Superdiferente, mas interessante. Gostei. Agora, se querem saber, ainda prefiro a mineira, com a delícia que é uma carne de porco...

Logo depois do jantar, o telefone tocou. Era minha mãe! O papo curtinho e a longa mensagem que eu mandei não foram suficientes, ela queria falar mais comigo, ter certeza de que eu estou bem! Chorei um monte só de ouvir a voz dela e a do meu pai.

Saudade enorme! Saudade imensa das coisas de que gosto e um medo maior ainda do que vou ter de enfrentar nesta terra estranha. É tudo esquisito, gente, tão diferente! Enfim... já estou aqui mesmo, então é aguentar. Pelo menos estou de volta ao mundo dos vivos virtuais! Espantada por descobrir como fiquei dependente da tecnologia, mas bem feliz por estar conectada.

8 de fevereiro, quarta-feira

De: <doroteia@...>   **Para:** <luciana@...>
Cc: <mikaella@...>

Bom dia, Lu!!! Bom dia, Mika!!! (Este e-mail vai para as duas, o papo é o mesmo.)

Estava devendo uma mensagem particular, eu sei! A única desculpa que tenho é que, desde a chegada, eu me sinto uma barata tonta, sem saber pra que lado ir.

Dá pra acreditar que, quando acordei hoje, nem me lembrava de que agora tenho wi-fi? Vocês devem ter visto no blog que, graças à minha nova amiga Maria João e à vizinha gentil, dona Carmen, estou de volta, conectada 24 horas por dia. Sério, eu já não me conformava em ter de andar uns quarteirões só para me conectar. Como é possível alguém, hoje em dia, viver sem internet?

Quanto à Maria João, ela parece ser um amor, diz que vai tentar me ajudar em tudo, mas é tímida demais e parece bem mais nova do que os seus 18 anos. Nem preciso mencionar que, ao me conseguir a senha do wi-fi, ela me ganhou... Mas não se preocupem: o posto de melhores amigas sempre será de vocês, Lu e Mika do meu coração.

Deixa eu contar mais sobre a tal garota. Pelo que entendi, ela não tem liberdade de sair sozinha, o que é esquisitíssimo. Pensei que aqui na Europa os adolescentes fossem mais independentes! Claro, pode ser uma situação só dela, ainda vou tentar entender melhor.

Depois do jantar, o pai veio buscá-la. Ele é o marido da falecida filha da dona Fefê. Tive a sensação de que não se dá com a sogra, não. Nem quis entrar, ficou esperando na porta da rua. Apesar de estar frio, pus um casaco e fui acompanhar a Maria João. Ela nos apresentou.

Ele foi simpático, disse que estava feliz por ver a filha fazer amizade com alguém de sua idade, mas achei que tem um jeito estranho. O tempo todo, na entrada do prédio, ele olhava para os lados, parecia com medo de alguma coisa! Aí pegou a mão da Maria João, como se ela tivesse cinco anos de idade, e foram para o carro estacionado em frente, um percurso de alguns passos apenas.

O pior é que, se o pai dela é paranoico, a paranoia pode ser contagiante, pois, assim que eles foram embora, olhei para a esquina onde o carro virou e vi um vulto parado lá... Tive certeza de que estava nos espionando. Achei que era o mesmo homem que me olhava, no dia em que cheguei. Pelo sim, pelo não, entrei em casa correndo. E não comentei nada com a dona Fefê. Eu, hein!

Agora, preciso dar uma ajeitada no quarto antes de ir ajudar com o almoço. E anexo a esta mensagem um link para a rede em que baixei uma penca de fotos, que não postei no blog.

Alguma chance de uma de vocês aproveitar que por aí é Carnaval, pegar um avião e vir para Lisboa? (Não custa nada sonhar...)

Saudade, saudade e mais saudade da

Dô

• • •

⭐ **Dô**
Postagem 18 • O apartamento
Ainda 8 de fevereiro, quarta-feira

Não paro de abençoar a vizinha, dona Carmen. Assim que conseguir sair para algum lugar interessante e fazer compras, preciso trazer um presentinho para ela. Foi mesmo uma sorte encontrar uma pessoa tão gentil.

Agora é quase meia-noite, mas dona Fernanda não parece se importar de eu ficar acordada até tarde, talvez pelo fato de que não tenha que me levantar cedo para ir à escola.

Passei o dia com preguiça. Arrumei melhor o quarto, mandei mensagem para a Mikaella e a Lu, também para o Toni, vi televisão, ajudei na cozinha – e o dia passou tão depressa que nem senti.

Jantamos cedo, como sempre. Depois que colocamos a louça na máquina, pedi para conhecer a coleção de miniaturas da Tivó. Primeiro, ela fez uma pausa estranha; mas, depois de hesitar um pouco, suspirou e disse:

– Pois vamos.

Então ela me levou ao apartamento, que fica no andar de cima, na mesma posição do dela.

À medida que entramos, ela foi abrindo algumas janelas. Os móveis escuros me pareceram antigos e pesados; bibelôs repousavam sobre forrinhos de crochê. Alinhados numa estante que cobria toda a parede, os livros não se ofereciam e pareciam dizer: "Mantenha as mãos longe daqui. Nada de estragar a nossa ordem!".

Nas paredes, tudo misturado: quadros pintados a óleo, fotografias amareladas, aquarelas, gravuras e mapas. Sobre um móvel, há um enorme

pote de vidro cinzelado cheio de moedas. Se essa é a tal coleção, achei fraquinha: pelo que vi, as de baixo são escudos, francos, liras, pesetas e outras moedas europeias. As de cima são euros, várias de um, dois e cinco centavos. Mas posso ter surpresas ao examiná-las uma por uma...
No quarto dela, a cama estava coberta com uma colcha branca, cheia de babados e bordados. Tudo limpo e no lugar. Impecável.
Meu primeiro pensamento foi: "Mas a Tivó não morreu?". E comentei:
– Nossa! Está tudo tão arrumado, que parece que a Tivó vai chegar a qualquer momento...!
Ela franziu a testa, arregalou os olhos e disse, com aquele sotaque espantoso:
– Pois é óbvio que não podia ser diferente, menina! Não toquei em nada. Como herdeira, tu és a responsável pelas coisas que lhe pertenceram. Cabe a ti separar o que vais guardar, levar para o Brasil, deixar ficar, vender ou doar. A menina deve cuidar disso assim que for possível.
Fiquei pasma! E não apenas por isso: achei legal o fato de ela conservar o lugar intacto, meses depois da morte da amiga.
– Imagino que vamos ter de colocar logo este apartamento à venda... – arrisquei.
Ela me olhou, muito séria. Quase ofendida.
– Claro que não! Ele pertence-me.
Não entendi nada. Então, perguntei:
– Como assim?
– Eu alugava-o a ela – respondeu, de uma maneira especialmente formal.
Aí que eu não entendi nada mesmo! Isso me pareceu estranhíssimo. Mas não tive tempo de comentar a respeito, porque, justo nesse momento, dona Fernanda abriu a porta do armário do quarto e já outra coisa chamava a minha atenção.
– Nossa, quantos vestidos! – exclamei, estendendo a mão para sentir a textura dos tecidos.
– Não toque!
O grito dela foi tão estridente que eu me assustei e pulei para trás. Só consegui resmungar:
– Desculpe.
Ela não respondeu, limitou-se a fechar a porta com a chave e informar, secamente:
– Por aqui.
Era um convite para sair, que obedeci. Então me deparei com a cristaleira do segundo quarto, onde as miniaturas estavam expostas, e meu queixo foi parar no chão.
Gente, fiquei passada! A coleção é a coisa mais linda do mundo! Eu me apaixonei na hora. Ainda bem que posso ficar com ela todinha para mim, porque eu a teria cobiçado desesperadamente! Abri a porta de vidro como quem abre uma janela para um mundo novo e toquei de leve nas peças. Era até difícil de pegar, de tão pequeninas e delicadas... Maravilhoso!

– Ela juntou os mais pequenos objetos que encontrou durante mais de sessenta anos – informou dona Fernanda. – Tinha muito orgulho dessas peças. Desejava que, após a sua morte, fossem entregues a quem realmente pudesse amá-las.

"Querida Tivó! Você encontrou a pessoa certa!", foi só o que consegui pensar.

Contei à dona Fernanda que coleciono casinhas em miniatura e ela demonstrou seu contentamento com um sorriso formal, mas isso já me parece sua marca registrada, nem estranhei.

Tem alguma coisa esquisita com essa mulher, ou será que é mesmo só o jeito dela? Às vezes ela para de falar, como se estivesse decidindo o que pode e o que não pode dizer... Outro ataque meu de paranoia? Vou ter de esperar pra saber. Como diria a vó Filó, "só o tempo dirá".

Seja como for, não estou com sono. E quero contar sobre este prédio de apartamentos. Antes, era um casarão colonial principesco, onde morava a distinta família da minha anfitriã: os Silveira Fortuna. Há vários desses palacetes na cidade, principalmente aqui, que é uma região elegante, ela me explicou. Com o tempo, os donos morreram, os herdeiros nem sempre tinham condições de reformá-los e os casarões começaram a se deteriorar.

Então, alguém teve uma ideia, o governo aprovou, dona Fernanda gostou e, melhor ainda, foi uma maneira de levantar alguns *escudinhos*: ela – assim como outros proprietários de mansões na mesma situação – pegou um empréstimo no banco e deixou tudo novinho em folha. A fachada ficou igual a antes, mas as propriedades foram transformadas em prédios de apartamentos, que deveriam ser alugados ou vendidos.

O casarão de Dona Fernanda foi dividido ao meio. Entra-se por uma porta linda, pintada de azul, comum no estilo colonial, que dá em um hall com uma escada ao fundo, que se vira para a direita e para a esquerda. Cada lado ficou com três apartamentos, um por andar, no total de seis.

Os dois do andar térreo ganharam um jardim delicioso e a proprietária presenteou-se com um deles, que acho mesmo perfeito para uma senhorinha, em um prédio que não tem elevador. Antes que perguntem, já informo: não conheci ainda os outros inquilinos da dona Fefê, nem a minha benfeitora do wi-fi! A entrada até agora me parece cheia de fantasmas.

Cada apartamento possui um longo corredor e dele saem as portas – padrão comum também nas antigas construções do Brasil. As salas de estar e de jantar são anexas à cozinha.

Os dormitórios são três. O dela é maior, tem closet e banheiro. O segundo é um misto de biblioteca e escritório, que ela chama de "sala de leitura". Dona Fernanda se formou professora, como era normal entre as moças casadouras de sua época. Nunca precisou trabalhar, mas deve ter mantido o gosto pelos livros, pois possui muitas obras, algumas lindamente encadernadas.

Mas é do terceiro aposento que quero falar, o "quarto de hóspedes". Meu quarto.

Trata-se de um local sem janelas. Sim, sem janela nenhuma. Hoje ele tem duas portas, uma que dá para a sala de visitas, a outra para o corredor. Mas antes... Foi ela quem me contou. Gostei tanto que tenho de começar do começo.

Antigamente, as garotas eram consideradas frágeis, indefesas e deviam ser bem protegidas. A pior desgraça que podia acontecer era uma garota solteira perder a virgindade. Não apenas não se casaria com o homem com quem ela se relacionou, mas – pior ainda – nenhum outro homem, nunca, jamais, iria querê-la. Além de a si mesma, ela desonraria a toda a família. Estaria destinada a ser uma solteirona, o que costumava ser ruim como a morte (não riam, era sério!).

Para terem certeza de que nenhum gaiato ia se meter a besta com a sua rica filhinha, papai e mamãe tinham um lugar especial para ela dormir: o "quarto de moça". Um aposento fechado, sem porta nem janela, sem entradas nem saídas estratégicas. A única passagem era pelo quarto dos pais, tornando impossível qualquer aventura noturna. Foi ele que sobrou pra mim, vejam só!

Nos tempos antigos, o local em que agora ficam a cozinha e as salas de jantar e de estar era o (enorme) quarto do casal, mas hoje posso ser salva pela porta do corredor, portanto, não se preocupem (muito) comigo. Mesmo porque, hóspede ou não, com herança a receber ou não, sou feminista desde bebê e nunca deixaria ninguém me dizer se posso ou não namorar quem eu quero!

Isso dito... vou dormir, que agora o sono chegou. Boa noite!

• • •

 Dô
Postagem 19 • Primeiros passeios turísticos
9 de fevereiro, quinta-feira

Dona Fernanda Fátima Silveira Fortuna de Alencar se refere a mim como "a menina". Se for o caso de me apresentar, dirá "A menina Castro e Silva", ignorando todos os meus outros sobrenomes para ressaltar o parentesco com a amiga dela, a Tivó.

Ela conversa comigo na terceira pessoa, quer dizer, quando ela ME pergunta, por exemplo, se estou com fome, ou se quero sair, ela diz:

– A menina quer sair agora? A menina está com fome?

Verbos no condicional é algo que ela desconhece. Usa o imperfeito com a mesma desenvoltura:

– A menina gostava de ir tomar um gelado à beira do Tejo?

Gerúndio aqui não existe: "estou escovando os dentes" vira "estou a escovar os dentes" num piscar de olhos. E gelado é sorvete, claro.

(Ai, ai, ai, Maria Doroteia, acho melhor *a menina* parar com isso, senão ela vai ficar chatinha de doer!)

Antes de continuar, quero falar sobre os comentários de vocês no blog: não gostei da gozação de alguns pra cima de mim só porque me declarei feminista! Que é isso, pessoal? A gente sabe que homem morre do medo do poder da mulher, mas não precisam exagerar! Esse papo de achar que as feministas são contra os homens é coisa do passado. Nós só queremos os mesmos direitos. *Todos os direitos*, bem entendido. Além de salário igual para trabalho igual, divisão de serviço doméstico e outros que já estamos cansadas de ouvir falar, incluam, por favor, na lista, o simples direito de andar na rua em paz, vestindo a roupa que tivermos vontade, sem ter de ouvir gracinha nem desaforo. Tudo bem normal. O mínimo.

Esta tarde, quando saí, conheci a dona Carmen, a vizinha que concordou em me emprestar a senha por alguns dias, até que eu possa ter meu wi-fi. A Maria João chegou depois do almoço, trazida pelo pai, para passar a tarde comigo. Minha anfitriã disse que tinha de sair e recomendou que fôssemos passear, mas não muito longe. Então pudemos visitar a Torre de Belém, o Mosteiro dos Jerônimos e o Padrão dos Descobrimentos. Maravilhosos! Deslumbrei!

Nem pegamos muita fila – só na Torre havia bastante gente, mas em menos de meia hora conseguimos pagar o ingresso e entrar. No Mosteiro entramos direto.

Só o que ameaçou estragar o passeio foi que, sério, assim que saímos do apartamento, vi o mesmo sujeito esquisito que estava me olhando, no primeiro dia em que fui ao Café! Na outra noite não consegui ver se era ele, na esquina, mas desta vez não tive dúvida: o mesmo terno cinza-escuro, a mesma altura, o mesmo bigode e (isso pode ser imaginação minha...) o mesmo olhar dissimulado.

Perguntei para a garota se o conhecia, ela baixou os olhos e fez que não com a cabeça. Eu fiz cara feia e olhei pra trás, pronta para arrumar uma encrenca, mas o homem tinha sumido.

Será que estou realmente ficando super, hiper, megaparanoica?!

De qualquer maneira, o passeio de hoje foi indescritível. Maravilhoso. Vejam algumas das fotos que eu tirei... Só elas podem transmitir um pouco da sensação que foi estar num lugar tão lindo, tão especial! Confiram e julguem vocês mesmos. Ah, e leiam o "Sobre Portugal" a respeito.

🌷 Sobre Portugal: três maravilhas 🌷

A Torre de Belém: símbolo da expansão marítima de Portugal, sua construção foi ordenada pelo rei Dom Manuel I, em 1515. Naquela época, ficava numa ilha na margem direita do Rio Tejo e tinha função estratégica, de observação militar, além de servir como base para a saída dos navios portugueses.

No final do século XIX, a área foi aterrada e a torre ficou mais perto do continente.

Ela lembra um barco. Uma parte avança sobre o mar e um grande terraço é como a proa, acima do qual está a torre de cinco andares, com os quatro cantos protegidos por guaritas. Hoje funciona como um museu e é um dos locais mais visitados pelos turistas na cidade; no seu interior, cada sala, cada andar é uma surpresa histórica e visual. Transmite uma sensação de viagem no tempo, como se houvesse ecos, presos naquelas paredes de pedra, de vozes de tanta gente que passou por ali no decorrer dos séculos. Absolutamente imperdível.

O Mosteiro dos Jerônimos: declarado Patrimônio da Humanidade pela Unesco, essa belíssima construção foi ordenada pelo rei Dom Manuel I, em 1501, como símbolo da riqueza e das proezas da época dos descobrimentos. Ali trabalharam os maiores mestres da época.

Só do lado de fora são 300 metros, com detalhes que nos ajudam a entender a história de Portugal. Tudo é maravilhoso, deslumbrante, inesquecível. Dentro é outro espetáculo e seu claustro é considerado um dos mais belos do mundo: as colunas e os arcos no claustro, que cercam o jardim, parecem rendados – cheios de detalhes esculpidos com formas inacreditáveis, santos, anjos, brasões, gárgulas.... Nesse mosteiro estão enterrados o próprio D. Manuel e sua esposa, Dona Maria, além de Luís Vaz de Camões, Fernando Pessoa, Vasco da Gama, entre outras personalidades.

Eu, que estudei tanto os poemas de Pessoa, fiquei arrepiada ao ver o seu túmulo!

O Padrão dos Descobrimentos: foi o ditador Salazar, em 1960, que mandou construir esse monumento, de aspecto moderno, para comemorar os 500 anos da morte do infante D. Henrique, o Navegador. Este está ali retratado junto a outros grandes navegadores, como Pedro Álvares Cabral, Vasco da Gama e Fernão de Magalhães, para lembrar apenas alguns dos mais de 30 homenageados. Camões também está presente, segurando um exemplar de "Os Lusíadas".

Do miradouro tem-se uma bela visão do Rio Tejo e da Praça do Império, que fica ao lado do Centro Cultural de Belém. Este museu, em contraste com os lugares antigos, é supermoderno.

Dona Fernanda Fátima me contou que ela não gosta desse monumento por ele ter sido obra de Salazar – e, com ela, muitos portugueses concordam... Respondi que ele é interessante, mas ela retrucou que eu o aprecio porque não vi o sofrimento do povo português naqueles 41 anos do ditador. Não respondi, mas fiquei pensando: pode-se julgar um monumento pela pessoa que mandou que ele fosse feito?

· · ·

 Dô
Postagem 20 • Pause
11 de fevereiro, sábado

Gente, tenho mil coisas a dizer, mas ando meio preguiçosa...

Só não consigo deixar de ir à Cafetaria comprar aqueles doces deliciosos (já devo ter engordado uns quilinhos, ai, ai). No meio do caminho, passo na biblioteca que descobri, ótima, bem pertinho daqui. Claro que ainda tenho de ajudar a dona Fê, né? E conversar um pouco com ela, sabem como é, fazer companhia... Mas o melhor de tudo é poder flanar por aí, sem compromisso, só curtindo! E, aqui, o que não falta é lugar pra passear. Então, resolvi dar uma pausa no blog. Antes de encerrar, mando uns recadinhos finais:

1) Mãe, pai, está tudo bem por aqui!

2) Lu, te mandei um e-mail cheio de fotos! Cadê a resposta?

3) Mikaella, amiga, tirei umas fotos especialmente pra você! Logo te mando.

4) Toni, ainda não recebi sua resposta ao e-mail que enviei. Está tudo bem por aí?

E agora, o Blog da Doroteia entra oficialmente em modo pause... Até a semana que vem, ou quando for possível, povo!

A VIDA DE TONI EM MODO PAUSE

> A vida, que parece uma linha recta, não o é. Construímos a nossa vida só nuns cinco por cento, o resto é feito pelos outros, porque vivemos com os outros e às vezes contra os outros. Mas essa pequena percentagem, esses cinco por cento, é o resultado da sinceridade consigo mesmo.
>
> José Saramago

⚡ **Toni**
Postagem 10 • Os outros
1 de fevereiro, quarta-feira

Hoje acordei com a sensação de que alguém apertou a tecla pause da minha vida. Quem? Talvez aqueles deuses do Olimpo de que falei outro dia... Ou, provavelmente, minha mãe, meus irmãos, os fisioterapeutas, os médicos, sei lá. Eu é que não fui – tenho cada vez menos direito a fazer o que quero, pois OS OUTROS resolvem a que horas devo acordar, para onde vou a cada dia, como tenho de agir, o que preciso resolver, o que vou comer no almoço.

Parece que desta vida pausada eu só controlo cinco por cento, como disse o Saramago, um dos meus escritores favoritos (sou apaixonado pela escrita dele desde que li o "Memorial do Convento"! Que, aliás, vou reler pela quarta vez – assim que acabar as leituras da Agatha Christie, meu curso-intensivo-particular-pra-virar-detetive).

Tudo bem que a vida da gente sempre tem o dedo dos outros ao redor – isso é o que o Saramago disse, e eu concordo: antes de eu virar hemiplégico, já dependia de uma pilha de gente que influenciava no que eu fazia ou deixava de fazer. É que agora esses cinco por cento ficaram muito óbvios – tem dia que parece que eu só decido dois por cento, os outros 98 já estão ocupados – mesmo que a ocupação seja não fazer nada (minha mãe tem até marcado hora para eu "descansar", sem direito a computador, video game ou livro!). É justo?

Enquanto isso, minha ida à faculdade foi mesmo agendada para agosto, minha viagem a Portugal adiada para só-Deus-sabe-quando – isso se eu melhorar e não tiver outro AVC. Para complicar, depois do meu andar bombástico, que deu o que falar na festa aqui em casa, tive poucas oportunidades de mostrar o quanto sou ótimo com as muletas.

Andar de muletas é tortura. Cansa que é uma desgraça, dá uma baita dor debaixo do braço – o esquerdo ainda está bem fraco – e consome as minhas energias.

Estou me recuperando da perna esquerda mais rápido que do braço esquerdo... Nos dias seguintes à reunião, eu estava derrubado, nem fiz direito a fisioterapia. E a Gi, a terapeuta, ficou tão brava comigo que desde aquela época só me passou os exercícios mais ferrados.

Aliás, foi na clínica de físio que comecei a treinar meu talento detetivesco!

Essa eu preciso contar. Outro dia, chegamos lá e, enquanto minha mãe assinava a papelada da assistência, senti uma vibração diferente, estranha, o ar pesado que os escritores descrevem como "uma atmosfera opressiva" (se eu não virar detetive, posso ser escritor).

Havia menos pessoal atendendo e notei uma das meninas da recepção com os olhos vermelhos. Até o tio que cuida do estacionamento, onde a van me deixa, tinha o ar distraído.

Na hora eu me lembrei de que, no café da manhã, o noticiário do rádio martelava notícias ruins (o mano mais velho, o Lucas, tem mania de ouvir rádio cedo, com uns sujeitos falando vertiginosamente – não consigo entender nem metade. Por que ele não vê as notícias do dia na internet, como qualquer pessoa normal dos dias de hoje?). Só consegui entender que as empresas de saúde estão cortando funcionários por causa da crise.

Aí foi questão de usar o cérebro e fazer a dedução: estão mandando gente embora na clínica que eu frequento. Gelei com medo de que fosse a Gi, mas, quando entrei na sala, ela estava lá, com o mesmo sorriso de sempre, só um pouco mais calada. No meio dos exercícios para alongar, ela contou só três fofocas, quando o normal é contar uma dúzia. Então eu disse:

– Que chato essa coisa das demissões, Gi.

Ela arregalou os olhos e deu uma engasgada. Depois, disfarçou e riu.

– Do que está falando? Deixe de bobagem e vamos trabalhar esse alongamento.

Hahaha, ela jamais enganaria meu cérebro detetivesco. Respondi:

– Eu sei que estão acontecendo cortes de pessoal na área de saúde, que tem menos pessoas atendendo na clínica e que alguém legal foi mandado embora.

Ela não disse nada na hora, me ajudou a erguer o corpo e a ir para outra maca, onde sempre me ligam num aparelhinho que estimula a retomada dos movimentos. Finalmente, depois de ligar os eletrodos em mim, ela contou:

– Não sei como descobriu, Sherlock, mas a minha chefe está saindo. Vai fazer falta.

Eu ia rir, mas ela estava tão séria que segurei o riso.

– Elementar, minha cara Watson. É só observar as pessoas e deduzir os detalhes...

Aí foi ela quem riu. E de um jeito *nada* legal.

– Ah, é, espertinho? Pois observe o meu sorriso agora e deduza este detalhe: qual é o exercício que você vai fazer durante a próxima meia hora, hein?

Ops! Me dei mal. Assim que terminou o tempo no aparelho elétrico, tive de treinar os passos pra frente e pra trás na barra o dobro do tempo a que estava acostumado. Foi o pior dia de todos, saí de lá com dor em todas as células do corpo e com vontade de tocar fogo na coleção de livros policiais. Em compensação, o humor da Gi melhorou...

É o que eu disse: tudo está pausado para mim, e os outros é que decidem cada um dos detalhes da minha vida! Melhor voltar a sonhar com o Projeto Portugal, antes que eu vire um vegetal e até a hora de ir ao banheiro eles excluam dos meus cinco (ou dois) por cento!

• • •

⚡ **Toni**
Postagem 11 • Recapitulando, parte 3
3 de fevereiro, sexta-feira

De volta às minhas velhas razões para visitar Portugal.

Meu bisavô se chamava António Gonçalo Barros Sousa Segundo. Ele imigrou para o Brasil em 1919; tinha a minha idade, 18 anos, e acabara de prestar o serviço militar. A tradição familiar (ou seja, minha mãe e as tias dela) diz que ele veio antes que o governo o mandasse lutar em alguma guerra; como ele era um homem de paz, preferiu enfrentar o oceano às armas inimigas... Não sei até que ponto isso é verdade, mas sei que ele chegou em Santos de navio, veio para São Paulo e ficou na Hospedaria dos Imigrantes. Fez de tudo por aqui: foi carregador, comerciante, motorista. Conseguiu juntar dinheiro e comprar um terreno, construiu uma casa e se casou com minha bisavó, que também tinha sangue português.

Tiveram um monte de filhos. Meu avô, o mais velho, herdou o nome dele: António Gonçalo Barros Sousa Terceiro, que depois foi do meu pai (o quarto) e agora é meu. Sou o quinto António – e é assim mesmo, com acento agudo; a gente acaba se acostumando com o acento. Os outros Antônios que conheci levam um circunflexo, mas o agudo me faz especial.

O documento de identidade do bisavô, que tem passado de António para António por quase cem anos (está comigo, agora), tem o carimbo da Hospedaria dos Imigrantes.

Pois então, de ouvir as histórias sobre ele vieram o meu sonho e a razão de ser deste blog. Mas não sonho só em ir para as cidades óbvias, Lisboa e Porto, quero tentar chegar à cidade onde ele nasceu: Arrifana.

É uma cidadezinha, na verdade uma "freguesia" do Concelho da Guarda (concelho com "c" mesmo, como os portugueses escrevem). Olhei o mapa pelo computador e até passeei pelas ruas com o aplicativo, que dá uma visão de 360 graus. Conforme a gente vira o mouse, dá pra fazer de conta que se anda pelas ruazinhas.

Tem poucos habitantes, uma igrejinha e uma estátua na avenida: Estátua do Pedreiro, dizem as legendas. Será que algum dos meus ancestrais era pedreiro? Não sei, mas imagino o bisavô morando lá, pensando em ir embora, andando naquelas ruas pela última vez... A vinda dele foi há tanto tempo que lá não teria o asfalto nem as casas que vejo na internet.

A Dô está em Lisboa, a mais de 300 quilômetros de Arrifana, mas bem que poderia visitar o local e tirar umas fotos dos lugares e das pessoas. Ela pode passar na mesma rua de algum primo distante meu, descendente de algum familiar do bisavô! Não é impossível, já que os antigos tinham aquele montão de filhos e, nas cidades menores, todo mundo é parente.

Ah... Melhor não. Deixa a garota passear pelos lugares que interessam a ela. Um dia, eu mesmo chego lá e aí, sim, tiro mil fotos de Arrifana.

Ops! Tenho de parar de postar agora; minha mãe está avisando que a fonoaudióloga chegou. Preciso ir. É, gente, duas vezes por semana faço exercícios com a fono.

Minha fala não foi muito afetada, mas nos primeiros dias minha língua enrolava e parecia que eu estava falando klingon. Melhorei bastante com os exercícios, nem se nota mais. O Zé diz que ainda falo meio mole, mas é implicância dele, porque todo mundo sempre me entendeu, mesmo na época do hospital.

Para de chamar, mãe, já vou!

Fiquem com as informações que consegui sobre o "concelho", ou melhor, o distrito de que Arrifana faz parte: a Guarda.

• • •

Toni
Postagem 12 • Projeto Portugal: o Distrito da Guarda

A origem desse nome – Guarda – é antiga, de tempos em que os países que se tornariam Portugal e Espanha tinham os mesmos governantes.

No final do século IX, conta-se que o rei Alfonso III, chamado "el Magno" (o Grande), reinava em Astúrias, Leon e Galícia. Ele combateu os mouros, povos árabes que ocupavam muitas terras onde hoje fica a Espanha. Para evitar mais invasões mouras, o rei resolveu construir uma fortaleza num local estratégico: a Serra da Estrela. Deu ao castelo o nome de "Garda" e rodeou-o de soldados, encarregados de guardar e vigiar a região.

Ainda restam algumas muralhas e uma torre desse castelo, que ficava no ponto mais alto do país e antigamente era cercado só por pedras, rios e mata. Foi depois de muito tempo, às vésperas do ano 1200, que o rei Dom Sancho I deu status de "Foro" à Guarda, nome já escrito como é hoje. O lugar passou a existir oficialmente e ele instalou ali uma diocese – nos tempos antigos, era a existência de uma igreja que transformava um vilarejo em cidade.

Há uma lenda de que o rei Sancho I teria morado na Guarda e que se apaixonou por certa moça da cidade. Esse rei foi poeta, escreveu muitos versos e inclusive uma das famosas "cantigas d'amigo", os poeminhas em língua arcaica que a gente estuda na aula de Literatura.

No poema, sua amada cantava a saudade que teria dele mesmo, o rei-poeta:

Ay eu coitada / Como vivo em gran cuidado / Por meu amigo / Que ei alongado!
Muito me tarda / O meu amigo na Guarda!
Ay eu coitada / Como vivo em gran desejo / Por meu amigo / Que tarda e não vejo!
Muito me tarda / O meu amigo na Guarda!

A construção da Sé, a catedral da cidade, teve início no final do século XIV, no reinado de Dom João I, no mesmo local em que existia a igreja primitiva, mas só terminaria dois séculos depois. Apesar do tamanho da catedral, a cidade só aumentou em número de habitantes após os reis católicos de Espanha, Isabel e Fernando, expulsarem de suas terras os povos de origem judaica.

Nessa época, Portugal e Espanha já eram países distintos, e muitas famílias fugiram para trás das fronteiras lusitanas. Lá, reuniram-se a judeus que já viviam na região da Guarda há tempos, aumentando a população judaica em terras portuguesas.

E algumas crônicas dizem que um ramo dessa população teria dado origem à Casa Real de Bragança, pelo nascimento de um filho do próprio D. João I. A mãe teria sido uma moça da Judiaria, o bairro da Guarda em que os refugiados se instalaram na época da perseguição religiosa. Será lenda? Verdade? Não sei, mas é uma bela história...

• • •

 Toni
Postagem 13 • No mundo dos sonhos
11 de fevereiro, sábado

Outro dia a Doroteia me mandou um e-mail contando da sua viagem a Lisboa – e incluiu fotos dos lugares que ela já visitou, e que não couberam nas postagens do blog. Apesar das críticas da garota (algumas delas eu entendo!), as fotos me dão ainda mais vontade de ir para lá.

É engraçado, mas de certa forma eu sinto que *estou* em Portugal vendo Lisboa pelos olhos da Dô. Quem diria que o que começou com uma implicância minha com o blog dela resultaria em uma viagem virtual! Ainda não respondi ao e-mail por pura falta de tempo (sério!). Cada vez que começo a escrever, alguém me interrompe, preciso atender o telefone, ou é hora de mais terapia. Não desista de mim, garota, vou te responder com calma e redigir uma mensagem decente!

Vejam só como essa coisa de viagem virtual é estranha: na noite passada, sonhei que estava na frente da Torre de Belém. Pode ser por culpa das fotos da Dô. Pode ser porque agora, toda vez que passo no saguão do prédio, olho para a fotografia da torre na parede.

Seja qual for o motivo, foi um sonho tão real! Eu estava no Cais da Princesa, indo em direção à Torre; via com detalhes as torres de vigia, janelas, colunas, galerias. Atravessei a ponte que dá nela – os meus dois pés funcionavam no sonho! Lembro até de tirar fotografias dos canhões com a câmera digital do Lucas, e minha mão esquerda também funcionava...

De repente, eu estava lá em cima, no terraço da torre, olhando a paisagem. Tão nítido, tão real, um dia de céu azul e sol brilhando no Tejo. O engraçado no sonho foi que, quando me virei pra olhar a cidade, não vi mais a paisagem que tinha visto antes, no Cais da Princesa, nem como são as fotos que a gente encontra na internet. Era uma Lisboa antiga!

Era como se eu estivesse fazendo uma viagem no tempo e logo iam aparecer pessoas com roupas antigas, no horizonte iam surgir caravelas portuguesas. Aí, de súbito... Acordei. Estava de volta à minha cama hospitalar, ao quarto do apartamento, à minha vida em modo pausado e não conseguia mais mexer direito o meu lado esquerdo.

Cara, como eu queria continuar sonhando!

Ainda estava pensando no sonho, quando abri o notebook para responder o e-mail da Maria Doroteia. Mas tive de parar, porque minha mãe, que tinha saído, chegou e entrou no quarto com meus irmãos. Todos com uma cara tão séria que eu gelei, imaginando qual encrenca ia despencar em cima de mim naquela hora... E ela sorriu. Aí vi que a notícia era boa.

Antes do AVC eu andava atrás de documentos para levar na Secretaria de Turismo, porque tinha passado em um concurso público e ia começar a trabalhar, lembram? Pois é, com a confusão toda do hospital e das terapias, eu deixei isso de lado.

Mas minha mãe não deixou. Chegou uma carta em casa avisando do prazo para a entrega dos documentos e ela nem me disse nada. Catou a papelada e foi lá entregar, junto com atestados médicos e sei lá o que mais, que mostravam que eu agora estou hemiplégico.

Nessa altura da fala dela, reclamei:

– Mãe, de que adianta isso? Você viu o prédio da Secretaria onde eu iria trabalhar? Tem 3 andares e nenhum elevador. Por que vão contratar alguém que nem pode andar direito?

Aí o Lucas se meteu na conversa.

– Deixa de ser tonto, mano. Tem uma lei que exige que empresas com mais de 100 funcionários preencham de 2% a 5% dos cargos com pessoas portadoras de deficiência, desde que sejam habilitadas. É lei!

– Você é habilitado, passou no concurso e tudo – o Zé falou.

Eu me lembrei de ter lido sobre isso, mas acho que nunca pensei em mim mesmo como "portador de deficiência"... Olhei para um, para outro, para minha mãe. E ela disse:

– Sua vaga está garantida. E descobri que na rua lateral tem uma entrada com acesso para cadeira de rodas e um saguão pequeno com elevador, que foi instalado faz alguns anos.

Pois é, com a tal "Lei da Acessibilidade" parece que não tenho mais desculpas... Vou trabalhar, seja com cadeira de rodas, seja com muletas! Mas a chamada do concurso só vale para o ano que vem, portanto minha data para assumir o cargo será em janeiro: vou trabalhar seis horas, das nove às 15. E, como o período do curso será noturno, tudo vai se encaixar. Tenho tempo neste período de pausa para melhorar, recomeçar a estudar, resolver como será a locomoção para o trabalho e a faculdade.

Até minha vida pausada vai ser boa para eu me acostumar com a ideia!

E agora, chega de blog. Já passou da hora de dormir, mas vou responder o e-mail da Dô antes que mais alguém venha interromper.

Até qualquer dia!

CORREIO VIRTUAL

> ...Como é diferente o amor em Portugal!
> Nem a frase sutil, nem o duelo sangrento:
> É o amor coração, é o amor sentimento (...)
> Tão simples tudo!
> Amor, que de rosas se inflora:
> Em sendo triste canta, em sendo alegre chora
> O amor simplicidade, o amor delicadeza...
> Ai, como sabe amar a gente portuguesa!
>
> Júlio Dantas

• • •

7 de fevereiro, terça-feira

De: <doroteia@...>   **Para:** <toni@...>

Oi, Toni, tudo bom?

Muito *giro* poder conversar com você assim.

Vou começar nosso papo com uma observação. Espero que ache interessante.

No Brasil, não temos o costume de ficar falando sobre o tempo. Aqui na Europa, ao contrário, dizem que esse é o prato principal das conversas – em especial pra reclamar dele. Em Portugal também, embora o céu lisboeta seja mais azul e o clima mais agradável, com pouca variação de temperatura. Lisboa é, na verdade, uma das cidades mais quentes da Europa e também a que possui um dos mais suaves invernos (ainda bem!).

Mas essa é só uma informação... O que interessa é: não vejo a hora de chegar logo esse danado desse verão! Cara, passar frio é duro! Hoje está chovendo, o vento sopra por cima do Tejo e se esgueira, gelado, por todas as frestas. Ai, não dá vontade de sair de casa pra nada!

Ainda me falta conhecer um monte de lugar bacana no bairro: o Museu da Marinha, o Planetário, o Museu de Arqueologia, o Palácio Nacional da Ajuda, sei lá mais o quê. Mas hoje eu vou ficar no quentinho! E seca.

Você, que é o especialista no assunto, tem algum lugar legal pra me sugerir?

Lisboa é grande e linda. Como eu ando de ônibus – quer dizer, de "carris" – demora mais. Então, quando chego a algum lugar bacana, fico passeando, tipo matando o tempo. Não tenho vontade de voltar pra casa. Você já percebeu que dona Fernanda tem umas esquisitices complicadas, né? Além do mais, ela é uma senhorinha, tem umas ideias lá do tempo dela, eu só fico ouvindo, não dá pra dialogar muito...

Outro dia, perguntei sobre o marido dela. Ela me contou que ficou viúva apenas dois anos após o matrimônio e nunca quis se casar novamente. Dedicou sua vida à filha, de cuja morte ela ainda não consegue falar. Coitada, não deve mesmo ter sido fácil!

Espero que você goste das fotos que envio. Procurei escolher algumas diferentes das que coloquei no blog. A do jardim, com a Torre de Belém ao fundo, é uma selfie que fiz especialmente pra você. Digamos que seja a minha foto oficial de apresentação (rs).

Bjs,
Dô

---

11 de fevereiro, sábado

De: <toni@...>   **Para:** <doroteia@...>

Oi de volta, Dô!

Passei vários dias tentando responder seu e-mail, mas só hoje consigo. Muitas coisas acontecendo por aqui e, se você deu uma olhada no meu blog ultimamente, já deve saber das aventuras que tive com fisioterapia e outras encrencas...

Uau! Amei suas fotos! Você parece uma modelo profissional. Sabe fazer uma pose natural e a expressão facial que combina com ela. Incrível! Numa das fotos, seus cabelos castanhos estão voando, gostei daquele vento! Ainda bem que as madeixas só vão até os ombros, não escondem seu rosto. E que olhos bonitos você tem, grandes, brilhantes, cheios de vida... Não posso deixar de comentar aquela selfie. Foi dela que eu mais gostei! Você é linda, Dô! Mas tenho certeza de que já sabe, muitos garotos devem dizer isso pra você. Eu não sou bom em tirar selfies, por conta das minhas limitações. Outro dia, tentei e me atrapalhei todo – derrubei o celular, o infeliz bateu na cadeira de rodas e foi parar longe...

Olha, serei breve agora – é tarde e minha mãe já veio duas vezes resmungar que eu preciso dormir (parece que tenho 8 anos de idade, em vez de 18...). Mas, já que você perguntou, não posso deixar de aconselhar uma visita ao Museu dos Coches. No livro que ganhei tem umas fotos sensacionais de carruagens antigas! O museu original não é muito grande; foi instalado numa espécie de arena, o Picadeiro Real, que era como uma escola de equitação – os nobres treinavam montaria ali. Hoje, parece que parte do acervo fica em outro prédio, este bastante moderno. De qualquer forma, os dois ficam bem aí, em Belém...

Por hoje é só, outro dia tento mandar mais ideias de passeios!

Encerro com uma pergunta: apesar do frio e de tudo o mais, você já não está beeeem apaixonada por Lisboa?

Abs do
Toni

---

14 de fevereiro, terça-feira

De: <doroteia@...>   **Para:** <toni@...>

Ai, Toni, me poupe! Eu, apaixonada por Lisboa? Não exagere...! Você sabe muito bem que estou aqui porque preciso, algo como "por livre e espontânea força maior"! (rs)

Tá bom, pensando bem, admito: não está sendo tão ruim assim... Está muito melhor do que eu esperava, ou mesmo imaginava. Tirando o relacionamento com a dona Fernanda Fátima e algumas coisas estranhas que não param de acontecer, o resto até dá pra administrar.

Posso dizer que você estava inspirado, quando respondeu meu e-mail. Achar que pareço uma modelo profissional?! Nem de longe... Além disso, sou baixinha. Mas obrigada assim mesmo. E espero que você supere suas limitações e possa fazer uma selfie pra mim. Enquanto isso, daria pra pedir para alguém fazer uma foto sua? Você agora já me conhece, mas eu, de você, só vi aquela foto meio sem graça, miudinha de tudo, que está no seu blog...

É engraçado ficar te imaginando: seus cabelos são tão escuros quanto a foto do perfil mostra? Continuam curtinhos ou cresceram? De que cor são os seus olhos? Preciso saber, né?

Mudando de assunto, você se lembra da Maria João? No domingo passado, segui a sua sugestão e convidei-a para ir comigo visitar o Museu dos Coches, que é bem perto de onde estou. Ela já conhecia, tinha ido com a escola, há anos, mas aceitou assim mesmo.

Nossa, adorei! Tiramos várias fotos. Envio algumas pra você curtir também.

Mas o mais bizarro foi quando me pus a imaginar os personagens históricos que só conhecia pelos livros e apostilas andando naquelas carruagens... Foi como se eles tivessem "adquirido vida". E eu ouvi dona Maria I, a Louca, me apontando com o dedo e gritando, histérica, que eu parasse de olhar pra ela; piscando pra mim, Dom João VI enfiou a mão no bolso da casaca e puxou um franguinho assado pelo pescoço; e então nosso Dom Pedro I (que é Dom Pedro IV, para eles) riu e sussurrou "Independência ou Mooooorte".

Cara, foi hilário! Comecei a rir alto e precisei disfarçar. Quando consegui falar, contei pra Maria João e ela só não morreu de rir porque é uma garota do tipo envergonhada.

Toni, você sabe como é uma pessoa "boazinha chata"?

Esta é a própria descrição da Maria João.

Ela é um amor: doce, meiga, gentil, está sempre procurando ajudar, uma boazinha típica. Mas, ao mesmo tempo, ela é sem sal, não tem garra nem energia; parece que não gosta realmente de nada, que tudo lhe é indiferente, tanto faz, pode ser. Ela não tem opinião, concorda com tudo. É passiva e certinha demais, e assim me cansa e se torna chata.

Ai, me sinto até mal falando de uma pessoa que me trata tão bem, mas é incrível como ela parece uma menininha que só sabe repetir "sim, mamãe" – ou, no caso dela, "sim, papai".

Eu não deveria reclamar. Afinal, Maria João é tudo que eu tenho aqui (pelo menos enquanto não fizer outras amigas). Sinto tanta falta da Lu e da Mika...

Bjs,
Dô

---

17 de fevereiro, sexta-feira

De: <toni@...> **Para:** <doroteia@...>

Boa noite!

Hoje estou sofrendo com o calor. Claro, é verão, mas nunca imaginei que seria tão difícil ficar parado, na cama ou na cadeira de rodas, com essa temperatura. Nem adianta ligar ventilador, tomar vários banhos, dormir. Em poucos minutos começo a transpirar, mesmo sem me mexer. Tenho visto anúncios de ar-condicionado na internet, mas são caríssimos, e com minha mãe se queixando diariamente de falta de $$$, já viu!

Adorei as fotos do Museu dos Coches e ri um bocado imaginando as figuras históricas aparecendo na sua imaginação. Só espero que elas não apareçam de verdade – fantasmas, ninguém merece!

Você não foi ainda ao Museu da Marinha? Pelas informações do site, há modelos de caravelas, objetos náuticos – e um relato que eu li diz que tem também uma ala que nem todo mundo visita e que está cheia de aviões! Eu adoraria ver ao vivo uma aeronave que deve estar lá, e que pertenceu a dois pioneiros da aviação: Gago Coutinho e Sacadura Cabral. Eles fizeram uma das primeiras travessias do Atlântico. Se você for, não deixe de fotografar essa!

Atendendo ao seu pedido, enquanto não treino selfies, vai em anexo uma fotografia tirada na festa que tivemos aqui em casa – note o bolo decorado com a cadeira de rodas de chocolate (rs). Eu sou o sujeito meio torto, de muletas (óbvio!), entre mãe, irmãos e amigos. Você pode ver na foto que meus olhos são castanhos, assim como meus cabelos, já crescidos. Quando estive no hospital, quase rasparam, mas cresceram e não estou a fim de cortar. A não ser que este calor não passe! Aí eu mesmo sou capaz de pegar a tesoura e fazer um estrago.

Quanto à sua amiga portuguesa, sei bem como é. Conheci várias "boazinhas chatas" no colégio... Também não gosto de pessoas passivas demais. E pode ser que, ao conhecer melhor a garota, você se surpreenda. Nem sempre nossas primeiras impressões são justas. Além disso, nos livros policiais, o assassino ou assassina não é sempre a criatura "morna", de quem ninguém desconfia? (Não que a menina seja uma assassina, foi só um exemplo!)

Ah, falando em histórias de suspense, você viu de novo o tal homem misterioso? E sendo chato: tem certeza de que, todas as vezes, era a mesma pessoa? Sua descrição só diz que ele usava terno e tinha bigode, e acho que isso define muitos dos homens de Lisboa, não? Sabe aqueles Antónios todos, meus antepassados? Pois nas fotografias que minha mãe guarda numa caixa, todos eles se parecem – usam terno e têm grandes bigodes!

Bem, por hoje é isso. Tive um dia exaustivo, por causa do calor e porque a Gi, da clínica, se superou na tortura. Ela deve ter estudado fisioterapia na Escola da Inquisição para Terapeutas! Vou tomar o terceiro banho do dia e tentar dormir – amanhã cedo tenho uma visita marcada à faculdade, para conversar com sei-lá-quem da direção, que pediu uma entrevista com o aluno-portador-de-deficiência...

Beijos calorosos (e calorentos) do
Toni

---

22 de fevereiro, quarta-feira

De: <luciana@...>　　　　　　**Para:** <doroteia@...>

Querida Dô, obrigada pela mensagem!

No fim de semana eu e a Mika nos esbaldamos com as fotos que você mandou. Lisboa é linda, hein? Alguns dos lugares são tão chiques que, se você dissesse que é Paris, a gente não estranharia! Falando nisso, não tem uma chance de você pegar um avião e ir passar uns dias em Paris, não? Fica tão perto daí... Bom, sei que não é exatamente pertinho, mas eu e a Mikaella ficamos aqui só imaginando você na Cidade-Luz. Quem sabe não se dá um jeito?!

E essa tal Maria João, que garota mais estranha! Deve ser resultado de ter uma avó esquisitona e um pai paranoico, não é não? E olha só, você se lembra daquela colega que estudou com a gente no sétimo ano, a Enilene? Pois eu me lembro que ela era bem assim, tímida, boazinha, sonsa de dar dó. Aí, quando a gente passou pro oitavo ano, logo na primeira aula ela apareceu abraçada com o capitão do time de futebol, aquele gato do Álvaro, do Ensino Médio! Pois então, amiga, a Enilene era uma grande fingida. As mais santinhas às vezes são as mais saidinhas, é bom você se cuidar com essa aí.

Olha, comentei com a Mikaella sobre o tal homem que anda te seguindo e ficamos preocupadas. Todo dia tem notícia na tevê sobre velhos doidos que assediam adolescentes! Se o sujeito aparecer de novo, devia contar para a dona Fulana aí, ou dar parte na polícia, sei lá.

Estes dias, encontrei o Cadu e o Maurão no shopping, perguntaram de você. Disseram que todo mundo lê o seu blog. Ficamos de marcar um encontro com a turma toda, mas sei lá quando vai ser. Cada um tem faculdade ou cursinho para encarar. A Mika continua às voltas com aquele namorado enrolado dela, o sujeito é tão ciumento que pra gente se ver no sábado foi um custo; e eu ando atrapalhada com a facul. As aulas começaram semana passada, custava terem deixado pra começar depois do

Carnaval? E adivinha só, já tem uma pilha de leituras que preciso fazer e dois trabalhos para entregar! Lá se foi meu feriado. Se não fosse isso (e a falta de grana, claro), sem dúvida eu iria para Portugal te ver.

Mas não tem nada não... Logo estaremos juntas por aqui, fazendo compras legais – afinal, você vai voltar cheia de euros, não é? E agora você tem também a amizade daquele gatinho do Toni! Imagina se eu e a Mika não fomos fuçar no blog dele. Dô, pela foto do perfil, ele é bem bonito, ganha longe do "fantasma"! Aposto que, mais dia, menos dia, essa sua "amizade virtual" vai dar em namoro...

Beijão, te cuida e manda notícias!
Lu

24 de fevereiro, sexta-feira

De: <doroteia@...>   **Para:** <luciana@...>

Lu do meu coração, saudades!!!

Que bom saber as novidades, suas e do pessoal. Mas o melhor mesmo foi a descoberta de que tenho uma amiga bruxa adivinha! Cruzes, acho que você tem poderes mágicos, garota. Ouve essa! Ontem fui passear com a Maria João no Castelo de São Jorge. Faz tempo que eu andava louca para subir até lá, no topo da mais alta colina de Lisboa, que oferece uma vista deslumbrante da cidade. Adoro andar de bonde, apesar de morrer de medo quando ele desce uma ladeira, então, pegamos o Bonde 15, que para na Praça da Figueira, e de lá andamos até a Praça Martim Moniz, de onde sai outro bonde, o 28; ele atravessa o bairro e sobe através da Alfama para o Morro do Castelo.

Pra começar, o lugar é incrível. É uma delícia errar pelas ruas estreitas e tortuosas, um labirinto de passagens e becos, com as casas empilhadas em ruas empinadas, cheias de escadarias. Descobri que a Igreja de São Miguel, que tem origem medieval e foi reconstruída após o famoso terremoto de 1755, ainda conserva o teto de madeira de jacarandá brasileira!

É tanta coisa bonita no meio do caminho, que a gente custa pra chegar lá em cima. Mas chegamos. Entramos no castelo conversando, passamos por um grupo grande de turistas e, de repente, me dei conta de que estava sozinha. Maria João havia desaparecido.

Num primeiro momento, fiquei assustada. Mas logo pensei que, afinal, ela tem 18 anos, se nós tínhamos nos perdido uma da outra, ambas éramos perfeitamente capazes de voltar para casa. E continuei o passeio.

Uma hora, eu estava andando em cima das muralhas (o vento ameaçando me derrubar), contemplando o estuário do Tejo (show!) e tudo que tinha direito, quando vi... Adivinha! Maria João. Num canto escondido, dissimulados entre umas folhagens, ah, você não vai acreditar, mas é verdade: ela e um garoto trocavam beijos! Depois, ficaram de mãos dadas, se olhando nos olhos, quando, então, ela se soltou, cruzou correndo um portal e sumiu.

Amiga, desacreditei! Fiquei parada, olhando o sujeito... Ele tinha um ar feliz no rosto de traços suaves e bonitos. E era um tipão. Não me pareceu muito alto, mas vale lembrar duas coisas: em geral, os portugueses são baixinhos; e eu o observava de cima. Mas dava para ver que tinha um porte altivo. Pelos ombros largos adivinhei que o corpo deve ser bem definido, faz o tipo frequentador de academia (apesar de estar com um casaco leve). Eu poderia apostar que tinha, pelo menos, uma tatuagem em algum lugar daquele corpão. Seus cabelos escuros eram curtos, com um topete moderno, que ele devia ter espetado com gel.

Mas o mais interessante foi saber que a sonsinha tem um namorado!!!

Pouco depois, ela me "encontrou", como se fosse ao acaso. Não disse uma palavra sobre o garoto e eu achei melhor não perguntar nada. Ela é que deveria me contar, você não acha? Mas ainda vou descobrir mais sobre essa história! Sim, conto, conto tudo. Aguarde.

Ainda estávamos admirando o pôr do sol mais lindo que já vi na minha vida quando o celular dela tocou. Era o pai, querendo saber onde a criatura estava, com quem, fazendo o quê e dizendo que iria nos encontrar em frente à Catedral de Lisboa, a Sé (como em São Paulo!).

Descemos as deliciosas ruazinhas com um certo cuidado – não é fácil andar naquelas pedras! – ela olhando para os lados e para trás o tempo todo, preocupada se estava sendo seguida, ou melhor, se o namorado estava por perto. Uau, parece que é ciumento, o mancebo!

Durante todo o caminho para casa, o pai interrogou a filha. O que vocês viram? Tinha muita gente visitando o castelo? Havia alguém suspeito olhando pra vocês? E repetia: "Não se deve conversar com estranhos, nem responder a desconhecidos" e recomendações do gênero, como se ela tivesse cinco anos de idade. Paranoia! Não tem outro nome para descrever aquilo. O pai é um baita melga, isso, sim! (Ah, melga quer dizer chato, se você não sabia...)

Mudando de assunto: sim, eu também achei o Toni bem bonito. Mas um cara inteligente como ele, forte, superador de dificuldades, nunca que iria se interessar por mim, eu sei disso. Somos amigos virtuais, nada mais. Nem nos conhecemos, só trocamos fotos.

E, aliás, nem te conto! Na foto que ele me mandou, de uma festinha na casa dele, a ex do Toni estava com o atual namorado. Que não é ninguém menos que... o "fantasma"! Acredite se quiser! Com tanto garoto nesse mundo, não é uma coincidência incrível que a ex dele esteja namorando o meu ex?

É um chavão, mas é a verdade: esse mundo é muito pequeno, amiga!

Amanhã é Carnaval. Você não pode vir aqui me ver, eu entendo, mas espero que possa cair na folia! (rs)

Além da vontade de ir junto, sinto vocês um pouquinho mais longe de mim, sabia? É que acabou o horário de verão no Brasil, o que nos deixa uma hora a mais, digamos, separadas. Agora são três horas de diferença. Pior ainda vai ser no final de março, quando a Europa entrar

em horário de verão: vamos ficar com quatro horas de diferença. Aí, sim, será difícil encontrar um horário legal para a gente conversar... Fazer o quê? Não vou chorar, é claro. Vou guardar minhas lágrimas. Um dia, posso precisar delas... (embora espere sinceramente que não!)
Beijos da
Dô

---

26 de fevereiro, domingo de Carnaval

De: <luciana@...>   **Para:** <doroteia@...>

Querida Dô, adorei seu e-mail! Viu como as coisas são? As santinhas de pau oco são apenas dissimuladas, eu não te disse? Ai, me conte tudo que você descobrir! Agora fiquei realmente curiosa. E mande as fotos que tirou do castelo. Já vi pela internet como ele é bacana, mas gosto de coisas mais exclusivas, com as suas impressões.

Que pessoal mais esquisito é esse que você arrumou aí, amiga?! Minha nossa, te cuida! Parece que cada um tem uma paranoia diferente – ou será a mesma, camuflada? Não muda nada. Fique ligada e preste muita atenção ao que acontece à sua volta.

No mais, ai, o Carnaval! Quem me dera se eu tivesse ânimo pra cair na folia! Mas o que eu queria mesmo era cair nas ondas de um mar lindo desses que tem aqui, qualquer um, Guarujá, Ubatuba, Maresias... Mas qual... Não deu nem para ir a Santos! Pelo que dizem, os preços enlouquecem nesta época, então o jeito é ficar em casa, estudando. Mas para não parecer muito fanática, vou com a Mika ver um bloco de rua na Vila Madalena. Preciso me arrumar. Nos falamos!
Beijão da Lu

---

28 de fevereiro, terça de Carnaval

De: <doroteia@...>   **Para:** <toni@...>

Oi, Toni!
Como vai você? Continua fazendo progressos? Sempre sofrendo muito nas mãos da sua inquisidora-mor? Vou fazer coro ao seu *entourage* e repetir: é para o seu bem!

Mil perdões por demorar a responder seu e-mail. Me enrolei com um monte de coisas pra fazer (nem parece que fico o dia inteiro à toa... rs). Quando chove, fico em casa e aí, claro, dá-lhe computador, mas nesses últimos dias tenho saído bastante para aproveitar os céus azuis. No final da tarde, sempre acaba fazendo um pouco de frio, principalmente quando venta, mas não é nada que um bom casaco não resolva. E assim vou conhecendo a cidade.

Claro que primeiro me esbaldei em Belém e Ajuda, que são os bairros próximos. Mas já estive na Baixa (Rossio, Praça da Figueira), em Alfama e arredores (Castelo de São Jorge, a Sé, a Casa dos Bicos e outros lugares bem legais). Ainda quero ir à Feira da Ladra, mistura de feira de antiguidades com mercado das pulgas, estou ansiosa. Sempre encontro uma miniatura legal nesses lugares para a minha coleção de casinhas.

Estive no Museu da Marinha, mas não vi a ala das aeronaves. Qualquer hora passo lá só para tirar umas fotos, pode deixar.

Adorei a foto que você mandou! Realmente, aquela cadeira de rodas de chocolate é hilária! Mas pude ver melhor o seu rosto e adorei o seu ar feliz. Uau! Sua mãe é muito bonita – e você se parece com ela (provavelmente todo mundo deve dizer isso... rs). Seus irmãos parecem bem legais. Achei sua família bastante simpática.

E tenho outra coisa pra comentar: quase morri de tanto rir, quando vi o garoto ao lado da sua ex! Você pode não acreditar, mas juro que é verdade: ele é o *meu* ex! Não lhe parece incrível que a sua ex seja a atual do meu ex??? Mundo pequeno... Você sabia disso?

E o Carnaval? Você assistiu pela televisão ou deu pra sair e ver o desfile ou, pelo menos, um bloco?

Aqui também tem Carnaval. Na Praça do Rossio, as pessoas podem assistir a vários concertos e números de circo, sem pagar nada, é *fixe*. E no Bairro Alto é a maior confusão: muita gente fantasiada, mascarados de monte, blocos. Só vi pela TV, mas parecia o Brasil. E ainda tem festa nos clubes e danceterias.

Eu sempre preferi ir para a praia e curtir meus amigos, mas foi muito *giro* ver o Carnaval daqui. O pessoal é bem animado.

Quanto ao bigodudo de terno, eu o vi novamente, no dia que a Maria João e eu fomos ao Castelo de São Jorge. O desconhecido (é sempre o mesmo, tenho certeza!) estava vigiando da esquina do apartamento e chegamos a trocar um olhar, quando desci do carro (o pai dela foi nos levar). Ele disfarça, mas já percebeu que eu sei que ele não tira o olho da gente.

Bem que eu tenho vontade de contar para a dona Fernanda, sabe? Mas ela anda cada dia mais esquisita. Na semana passada, pedi para ver as miniaturas da Tivó. Eu queria fotografá-las e disse isso pra ela, mas ela ficou desconversando com desculpas esfarrapadas: a cada vez que eu sugeria uma visita ao apartamento de cima, ela inventava uma coisa pra fazer, resmungando que estava ocupada.

Finalmente, consegui... Mas ela não me deu a chave. Ela foi junto! E ficou grudada na minha pele o tempo todo. Não largou do meu pé um segundo. Uma hora, dona Carmen, a vizinha, percebeu o movimento lá dentro e tocou a campainha. Pensei: "É a minha chance de dar uma olhada no armário do quarto". Mas, Toni, a porta estava trancada! Ela tinha passado a chave na porta, pode?! Ali tem alguma coisa!

Até comentei com ela, assim como quem não quer nada, se não estaria na hora de eu fazer a tal separação, dando um destino aos objetos, às roupas, enfim, aos pertences da Tivó.

Dona Fê respondeu que temos tempo, não precisamos fazer isso agora.

É ou não é uma cara de pau e tanto?

Na minha maneira de pensar, ela deveria alugar este apartamento! Mas, pelo visto, ela não anda precisando de dinheiro... E tem mais: quando vi que não ia conseguir nada, voltei para a porta de entrada, onde as duas estavam conversando. Elas falavam baixinho, e fiquei encucada quando percebi que, assim que me viram, mudaram de assunto! Começaram a falar alto, num tom de voz normal, sobre o tempo: tá frio, tá ventando, vai chover, não vai...

Ouço daqui você dizendo que tenho de tomar cuidado. Estou tomando. Só me falta saber como é isso, exatamente...!

Beijos da

Dô

---

6 de março, segunda-feira

De: <toni@...>   **Para:** <doroteia@...>

Bom dia! Levantei cedo hoje (sim, levantei-me, literalmente: tenho ficado mais em pé nos últimos tempos e às vezes as muletas nem machucam tanto!) e agora, que já tomei café, aproveito para botar os e-mails em dia antes de ir para a físio.

Demorei a te responder porque tive de sair muitas vezes com o Zé e o Lucas atrás de documentos para sacramentar a bolsa da faculdade. Tive a "entrevista" com o pessoal de lá, e dessa vez fui sozinho, sem mãe do lado. Fui recebido pelo vice-diretor, a coordenadora do curso e alguém da tesouraria – e não foi nada traumático: eles elogiaram meu currículo do Ensino Médio e me asseguraram que o prédio onde vou estudar está adaptado para portadores de necessidades especiais. Imagine só, perguntaram até se eu toparia participar de um grupo de estudos sobre acessibilidade no campus! Eu disse que sim, mas, como só começo as aulas no próximo semestre, achei um tanto prematuro. Até que, em casa, meu irmão Lucas (não sei como ele descobre essas coisas) explicou que a faculdade foi processada uma vez por não ter acesso correto para pessoas cegas. Então, acho que agora eles querem cumprir a lei direitinho.

O resultado foi que, além de eu ter de pegar atestados médicos, papelada do colégio antigo e outras coisinhas, precisei começar a reunir material sobre as leis referentes à acessibilidade, já que logo vou fazer parte do tal grupo de estudos!

No sábado passado, tivemos outra "festa" aqui em casa. Na verdade, foi o bota-fora do Lucas, que vai amanhã para Minas Gerais passar uns meses. Ele trabalha numa pequena editora e vai fazer um curso em Belo Horizonte a mando da empresa. Alguma coisa a ver com legislação de direitos autorais. Minha mãe não gostou muito, mas é claro que ele precisa ir. Como ele ainda não conseguiu passar no exame da OAB, apesar de estar formado em Direito há dois anos, não é fácil arrumar empregos que paguem bem. Precisa assegurar o que já tem...

Respondendo à sua pergunta sobre meus progressos: estou bem melhor. A perna esquerda está mais forte e respondendo aos estímulos, já sinto alguma firmeza no pé quando ando de muletas (fico cada vez menos na cadeira de rodas, uso mais para sair do que em casa...). E a mão esquerda – de tanto a Gi me forçar na fisioterapia – já se abre e fecha sem eu precisar ficar com raiva, hahaha.

Ainda tenho um longo caminho de recuperação pela frente, mas me convenci de verdade de que tenho muita sorte. Tem pessoas lá na clínica que não conseguiram em um ano as melhoras que eu tive em um mês...

Fiquei doido com suas fotos da Alfama! Esse é um bairro que eu quero percorrer quando for a Portugal (sem cadeira de rodas, é óbvio). Mas você disse que foi à Casa dos Bicos e não mandou fotos! Não é lá que funciona a Fundação José Saramago?

Dô, eu adoro esse autor. Não me canso de ler e reler. E teve uma época, antes de terminar o colégio, em que eu pesquisei feito doido os bairros judaicos de Lisboa. Acho que vem daí minha curiosidade pela Alfama... Você sabia que houve quatro regiões distintas na cidade, em que os judeus se isolavam? Muitas famílias foram para lá (aí) fugindo da perseguição religiosa na Espanha. Eles viviam nas áreas chamadas Judiaria Grande, Nova, da Pedreira e da Alfama. Mas, claro, a igreja e os conchavos políticos não demoraram para atacar também nas terras lusitanas e as comunidades judaicas foram expulsas. Só ficou quem se converteu ao catolicismo e se tornou cristão-novo, como chamavam os convertidos na época.

Desculpe, até parece que tô dando uma aula... é que esse período da História me fascina. Os conflitos entre cristãos, judeus e mouros são fundamentais para a gente entender as culturas espanhola e portuguesa – e, portanto, a brasileira também!

Menina, eu não sabia que o namorado de minha ex era o seu "fantasma"! Mas devia ter adivinhado, afinal, foram eles que mencionaram o seu blog para mim. Acho que te devo desculpas por ter enviado a foto, não queria te aborrecer...

Mudando de assunto, posso fazer algumas sugestões para você solucionar esses mistérios da sua anfitriã. Acho que devia insistir em ver o quarto de dormir do apartamento de cima, com a desculpa de pegar objetos ou peças de roupa que te interessem. É sua herança, afinal, e ela não vai poder ficar com você o tempo todo! Lá, tente encontrar papéis, documentos, fotografias, coisas que possam conter pistas.

Outra tentativa seria conversar com a vizinha, dona Carmen. Ela mora lá há tempos, deve ter conhecido a mãe da Maria João e sua tia-avó, pode contar sobre o relacionamento entre as duas senhoras. Será que eram mesmo tão amigas? Ou tem algo errado com a amizade das duas? O comportamento estranho da dona Fernanda indica que aí tem alguma encrenca.

Quanto ao sujeito misterioso, tente fotografá-lo com o celular... Como sempre está pelo quarteirão, fique com a câmera acionada quando sair ou entrar. Uma hora vai dar certo!

Agora tenho de ir. A van que me leva para a clínica deve estar chegando.

Até mais e muitos abs do
Toni

10 de março, sexta-feira

De: <doroteia@...>   **Para:** <toni@...>

Uau, Toni, você não para! Nem parece que está hemiplégico! Imagine só se não estivesse! Mas isso é legal, fico feliz por você. Manter-se ativo, ocupado, é tudo de bom em qualquer fase da vida da gente, disso até os preguiçosos sabem... Parabéns pelos progressos!

Ontem à tarde, a Maria João apareceu e me convidou para visitar o Palácio Nacional da Ajuda. Fico até com vergonha quando penso que demorei tanto tempo para ir lá: fica no fim da rua... Mas é assim mesmo: quanto mais perto, mais deixamos pra daqui a pouco. Só que, Toni, valeu a pena demais! E por vários motivos.

Primeiro, porque segui seus conselhos e consegui fotografar o bigodudo que nos segue. Não ficou lá grandes coisas como foto, mas deu pra ver direitinho a cara dele. O mais engraçado é que ela (a cara dele) ficou bem no ombro da Maria João, como se a garota tivesse duas cabeças, uma grande (a dela) e outra pequena (a dele). Nem sei como consegui fazer aquilo! Se você ficou curioso, mando para você ver.

Segundo porque... Ai, você não vai acreditar! A Maria João tem um namorado!

Isso descobri no dia que fomos visitar o Castelo de São Jorge. Eu vi os dois juntos. E ontem aconteceu de novo.

Estávamos as duas dentro do palácio, que é um museu. Eu, embevecida, babando para as belíssimas porcelanas Meissen, virei a cabeça para trás, pensando em mostrar um anjinho lindo para ela e... cadê? Mas, por causa de uma primeira sumida dela, quando estávamos no outro castelo, eu já tinha ficado esperta: larguei tudo e fui atrás da garota.

Não deu outra: na sala de jantar do primeiro andar, entre as aranhas de cristal e as cadeiras revestidas de seda... lá estava ela, trocando carinhos com o mesmo garoto!

Eu tinha reparado bem nele, mas agora pude vê-lo melhor ainda, porque ela estava de costas, posição que o colocava quase de frente para mim: vestia calça e jaqueta jeans, camiseta justa. Não muito alto, mas vistoso, ombros largos, quadril fino, barriga de tanquinho. Rosto de traços delicados, mas com o queixo forte e quadrado. Testa pequena. Ela parece apaixonada e, a se julgar pela aparência dele, tem razão... É um garoto para quem as garotas, com certeza, vão olhar quando ele passar (rs).

Eles não me viram e eu fingi que não tinha visto nada. Voltei para o Salão da Saxônia, esperando que ela me "encontrasse", como da outra vez. Mas já não conseguia me concentrar.

Toni, o que eu faço?

Continuo fingindo que não sei de nada? Dou um carão nela, dizendo que sei de tudo?

Pergunto – como quem não quer nada – se ela gosta de alguém? Provoco o assunto, digamos, gentilmente, esperando uma confissão? Tudo bem que o pai dela é horrível, mas eu também não acho certo ficar namorando escondido. E (pior ainda!) me usando pra disfarçar os encontros com o garoto. Porque está na cara que o convite para visitar o palácio era um álibi pra ela poder se encontrar com ele. O que o seu lado detetivesco acha disso tudo?

E ainda tem mais: segui seus conselhos e inventei que era importantíssimo para mim pegar uma echarpe da Tivó que eu tinha visto dependurada num cabide tipo mancebo, no quarto dela. Dona Fefê, é claro, ainda está me enrolando... Mas eu consigo, pode deixar!

Para encerrar, uma foto da Casa dos Bicos, que é linda e interessante. Adorei! Eu também gosto de Saramago, mas sabe que aqueles textos sem pontuação me deixam cansada? Gosto mais de Fernando Pessoa. E Florbela Espanca é a minha paixão.

Beijos da

Dô

P.S.: Ah, não estressa por ter me mandado a foto da sua ex com o meu "fantasma". Estou noutra, não ligo mais. Só falei porque achei engraçado.

12 de março, sábado

De: <doroteia@...>   **Para:** <toni@...>

Toni, bom dia!

Não aguentei esperar pela sua resposta! Fiquei doida pra te contar que consegui entrar no apartamento!

Ontem de manhã, no café, falei de novo em buscar a tal echarpe (que é horrorosa, diga-se de passagem. Tenho vontade de chorar quando me lembro que vou ter de usar "aquilo" no meu rico pescocinho...). Curiosamente, ela aceitou sem reclamar. E lá fomos nós.

Entrei atrás dela e fui andando em direção ao quarto. A porta estava destrancada, o que me contou que ela teve tempo de ir lá sozinha, sim, senhor!

Peguei a echarpe de uma maneira carinhosa, acariciando a lã, e me virei dando dois ou três passos em direção ao armário. Imediatamente, dona Fê pulou para o meu lado. Me fiz de louca e abri a porta, dizendo:

– Será que tem mais alguma coisa do meu gosto aqui?

Ela respondeu:

– Certamente que não. Como as roupas de uma velha senhora vão interessar à menina?

– Não precisa ser uma roupa – eu disse, delicadamente. – Quem sabe um brinco? Ou uma pulseira?

– Minha amiga já não possuía nada disto... – foi a resposta.

Mas ela não me impediu de passar a mão no que eu via. Só quando eu quis abrir as gavetas, foi que ela disse que eu já tinha o que queria, melhor irmos embora. E fomos.

Saí de lá com minhas certezas reforçadas: aquele apartamento esconde um segredo!

Como eu já tinha comprado um presentinho nos Armazéns do Chiado para a dona Carmen, enrolei alguns minutos e subi de novo, com a desculpa de agradecer a senha do wi-fi. A vizinha me convidou para entrar, porque está um baita cheiro de tinta no corredor (está sendo pintado) e ficamos conversando um tempão. O que eu descobri vou ter de colocar numa lista, senão o e-mail vai ficar comprido demais. Lá vai:

Desde moça, a filha da dona Fê queria ser independente, por isso, as duas brigavam muito. A mãe não aceitou o casamento dela com o Milton de jeito nenhum. Nem o nascimento da neta atenuou a antipatia mútua e até hoje eles se detestam.

Dona Carmen acha que a Maria João é uma garota meio "largada"; ela não aprova que uma garota sem mãe more com o pai. Diz que Maria João faz o que bem entende, só não pode sair sozinha, porque ele proíbe. Ela acha certo que o pai faça essa marcação cerrada em cima da (coitada da) filha, porque, na opinião dela, as moças de hoje não têm juízo nenhum (rs).

Perguntei do falecido marido de dona Fefê. Ela respondeu que não o conheceu. E quando eu quis saber alguma coisa do relacionamento da Tivó com a amiga e vizinha, a mulher ficou sem graça e desconversou. Pior ainda: ela se pôs de pé, repetindo que tinha adorado o presente, o que me indicou que estava na hora de aquela visita acabar.

Saí de lá com a sensação de que ela estava escondendo algo! Ou, no mínimo, de que sabia muito mais do que quer me fazer pensar... O que você acha?

Agora, até! Daqui a pouco vou visitar o Palácio de Queluz, uma joia em estilo rococó, com fachadas elegantes e jardins em estilo francês. Foi lá que o nosso imperador D. Pedro I nasceu. Hoje funciona como residência de personalidades estrangeiras em visita ao país e também como cenário de atividades culturais, tipo exposições, concertos e bailes. Fica a caminho de Sintra, uma cidade vizinha que também estou doida pra conhecer...

Dona Fernanda torceu o nariz quando eu disse que iria sozinha, com a van de uma empresa de turismo que tem sede aqui no bairro. Mas, como eu já havia pago o passeio, ela teve de engolir. Depois que for, te conto tudo!

Beijos da
Dô

---

14 de março, terça-feira

De: <toni@...>　　　　　　　**Para:** <doroteia@...>

Menina! Quantas aventuras!

Imagino que a visita ao palácio tenha sido maravilhosa... Cadê as fotos? Não me mate de suspense. Falando em suspense, deixa eu te contar uma aventura que me aconteceu.

Faz algumas semanas que minha mãe tem trazido trabalho para casa e passa o tempo todo fuçando em documentos. Eu pensei que andasse chateada com a viagem do Lucas, e no fim de semana ela estava tão baixo-astral que eu pressionei e ela me contou.

Imagine só, ela foi organizar umas pastas no escritório de contabilidade em que trabalha e descobriu que um dos clientes foi cobrado em dobro no ano passado, quando fizeram o imposto de renda dele. E mais: havia erros na declaração final, que fizeram com que o cliente recebesse uma comunicação da Receita Federal.

Como esse trabalho era responsabilidade dela, minha mãe ficou alucinada, achando que tivesse cometido erros e tal... Ela poderia até perder o emprego! Por isso tinha resolvido rever toda a papelada em casa, pra descobrir a fonte dos problemas antes de comunicar ao seu gerente, e andava nadando em papel. Eu disse:

– Mãe, você é supercuidadosa com os documentos dos clientes. E faz rascunhos de tudo, declarações, recibos, não é? Vamos achar os rascunhos e comparar com o final.

Ela disse que tinha pensado nisso, só que o computador central da empresa teve vírus e foi reformatado; aí, muitos arquivos se perderam...

Então o detetive aqui entrou em ação. Porque, não é que eu seja um gênio da informática, mas sempre mexi com notebooks e, no ano passado, eu mesmo configurei o dela pra ficar em rede com a máquina do trabalho e fazer backup de tudo em que trabalhasse. Foi só acionar o meu note e colocar em rede com o dela que consegui baixar um monte de pastas salvas. Dando busca em arquivos temporários, achei as cópias da tal declaração do cliente.

Adivinha: não tinha erro nenhum! Até a cobrança estava correta.

– Nenhum destes arquivos foi arquivado como definitivo! – ela concluiu. – E nosso cliente recebeu outra cobrança, não a que eu enviei! Como pode ser?

Eu não disse "Elementar, minha querida mãe" pra não parecer chato. Mas era óbvio que alguém na empresa trocou os arquivos de propósito e embolsou a diferença do pagamento... Antes que ela defendesse os colegas, eu sabia como solucionar o caso. Foi só conferir o recibo de entrega da declaração na pasta do cliente. Mostrei para ela:

– Aqui tem a mensagem de confirmação, com a data da entrega e tudo. Só preciso investigar o endereço IP da máquina que enviou a declaração... Espera aí.

Não custei para definir que na transação não foram usados nem o computador do gerente nem o dela; quem fez a confusão foi um funcionário num notebook do departamento pessoal. E, pela cara da minha mãe quando eu disse o nome do sujeito, aquilo fazia sentido!

– Preciso mostrar isso ao meu chefe – ela sorriu, aliviada.

No fim de semana, mostrou para o gerente o que tínhamos descoberto, e ontem eles pegaram o cara no flagra. Descobriram que há tempos ele lesava os clientes e a empresa...

Agora sim, eu me sinto um detetive de verdade! Portanto, amiga, acredite no meu instinto: ele diz que a dona Fefê está escondendo muita coisa e tem a ver com dinheiro! Se eu fosse você, daria um jeito de pegar a chave do apartamento da sua tia-avó e ir lá, sozinha, fuçar no guarda--roupa proibido... Mas cuidado: precisa fazer isso sem levantar suspeitas!

Quanto aos nossos "ex", não se preocupe. No começo, confesso que foi difícil superar o fora que levei. E, logo depois, tive o AVC, o que deu uns nós na minha cabeça (literalmente, rs). Mas tudo passou, a vida seguiu e estou feliz por ter me libertado dela.

Por hoje é só. Preciso escrever para o meu irmão, acabo de receber um e-mail dele. Desde que éramos pequenos, eu e o Lucas sempre brigamos muito. Mas agora ele foi viajar e tudo mudou! Temos nos falado por mensagem quase todos os dias e é como se só hoje, que ele tem 23 e eu 18 anos, descobríssemos que temos muito em comum... Estranho, não é?

Beijo do
Toni

P.S.: Salvei a foto do bigodudo. Já que minha carreira de detetive está decolando, deixa comigo que vou pensar num jeito de investigar o sujeito!

---

14 de março, terça-feira

De: <lucas@...>   **Para:** <toni@...>

E aí, mano? Nem preciso te dizer que o seu sucesso como detetive já chegou aqui em Minas. O Zé ligou ontem à noite e contou tudo sobre como o nosso Sherlock de plantão salvou o emprego da mãe! Cara, que incrível! Agora, vê se toma vergonha e para de se achar o último dos mortais, fulminado pelos deuses (claro que eu li as postagens do seu blog, maninho...). Além do mais, sei que essa sua "correspondência" com a garota de Portugal vai dar o que falar. Que gata, Toni! E rica, ainda por cima! Porque, pelo que ouvi dizer, vai herdar uma grana (claro que eu li as postagens no blog dela também)...

Só pra você não achar que este e-mail é só para eu me meter na sua vida, seguem umas fotos que eu tirei aqui em Belo Horizonte. O curso está meio chatinho (muita conversa sobre leis), mas os passeios são ótimos! E os doces mineiros... Nem te conto!

Abração do
Lucas

---

14 de março, terça-feira

De: <toni@...>   **Para:** <lucas@...>

Boa noite, Lucão!

Bom saber que você está passeando aí em Beagá. Quanto mais passeia, menos se mete na minha vida... Mas o Zé é fogo, hein? Vou ter de dar um corretivo naquele moleque. Fofocando sobre minhas investigações e minha amizade com a Dô! Ela é legal, mas somos só amigos. Você acha que uma garota bonita daquele jeito ia dar bola para um cara torto como eu, que passa metade do tempo na cadeira de rodas e a outra metade se arrastando em cima das muletas? Desencana, mano. E só não vou parar de falar com você porque sei que vai me trazer MUITO doce quando voltar de Minas! Tipo uma mala cheia, tá entendendo? Te cuida!

Toni

---

18 de março, sábado

De: <doroteia@...>   **Para:** <toni@...>

Uau, Toni, realmente, você já pode ser chamado de Detetive! Com D maiúsculo! Parabéns! Sua mãe deve ter ficado superfeliz! E eu confesso que estou impressionada.

Em compensação, aqui em Lisboa, ai... Não avancei muito.

Primeiro, porque, claro, eu não tenho a chave do apartamento da dona Fernanda. Ela diz que sai muito pouco, então, basta eu avisar a que horas vou chegar, que ela espera por mim. Segundo, porque me falta uma certa audácia, sabe como? Só de pensar em pegar a chave do apartamento da Tivó, agir na surdina, fico morrendo de medo, tremendo, ansiosa. O pavor de ser apanhada me paralisa (daqui a pouco ela vai até desconfiar de que alguma coisa estranha está acontecendo comigo!). Mesmo assim, consegui dar um pequeno passo.

Ontem, dona Fê disse que ia visitar uma amiga. Eu avisei que também ia sair, mas queria antes passar na biblioteca para pegar um livro. Como ele era pesado (desculpa oficial), eu queria voltar e deixá-lo em casa. Eu já estava pronta, então, ela apenas me recomendou que não fizesse hora pelo caminho. Antes de sair, peguei a chave do apartamento da Tivó (ah, quantas horas de discreta e intensa procura isso me custou, até descobrir o esconderijo dela!) e fui direto ao endereço de um chaveiro aqui perto, que pesquisei pela internet (Toni, você não imagina como é caro duplicar uma chave!). Junto funciona uma lojinha de bugigangas. Estava matando o tempo de espera quando vi uma lanterna... "Nossa!", pensei, "É ideal para as minhas buscas! Apesar de pequena, oferece uma luz direcionada, possante, que não se espalha como a do celular". Comprei-a no ato! Enfim, foi rápido e deu tudo certo.

O estresse, porém, foi tão grande que não tive coragem de entrar no apartamento naquele dia mesmo (apesar da vontade que eu sentia). Além disso, houve outro incidente! Quando eu estava voltando com o livro, aceleradíssima, sem olhar muito por onde corria, fui dobrar a esquina meio rente ao muro e... pimba! Trombei com uma pessoa. Adivinha só quem era?! Você jamais adivinhará, por isso, conto logo: o bigodudo de terno! Foi uma pancada cara a cara, direta, e quase que um derruba o outro no chão. Ele se desculpou e escafedeu-se depressa, com os olhos cheios de culpa qual um cachorro pego em flagrante pelo dono.

Então eu pergunto a você, detetive da hora, se por acaso já descobriu alguma coisa sobre ele. E confesso: esse sujeito está mexendo com os meus nervos!

Ainda tremia quando saí, dessa vez de verdade, para me encontrar com a Maria João numa cafeteria. Sei lá se por estar nervosa, de repente me deu uns "cinco minutos" e resolvi parar de fingir: contei que já a tinha visto duas vezes com um rapaz.

Ela desmoronou. Entre lágrimas, confessou que eles namoram há quase seis meses, sempre escondidos, claro. E eu acabei morrendo de pena dela!

Maria João não tem referências, não tem mãe pra conversar com ela, não tem amigas, eu sou a primeira pessoa a quem faz confidências (a avó, para esses assuntos, não conta). Não sei como ela aguenta aqueles interrogatórios, aquela marcação cerrada. Claro que está totalmente perdida, não sabe como agir com esse que é seu primeiro amor.

O garoto se chama José Augusto e tem 23 anos. Eles se conheceram na porta da escola dela (agora, pensei que devia ter perguntado o que ele estava fazendo lá, já que não estuda mais e está procurando emprego), começaram a conversar – e foi assim que ela iniciou o que agora é uma longa série de mentiras. Ela disse que ele pediu segredo sobre o namoro – bem, acho que isso era também tudo que ela queria!

Eu gostaria de aconselhá-la, Toni, mas não sei como. Minha primeira sugestão foi: você tem de contar para o seu pai, explicar que tem 18 anos, logo vai entrar na faculdade, momento em que os jovens europeus costumam sair de casa... Mas ela só fazia chorar e repetir:

– Meu pai vai me matar, ele não pode nem sonhar com isso!

Acabamos nem fazendo direito o passeio programado, que era na Lisboa moderna, na Baixa (Rossio). Ficamos um tempão no café. Depois, pegamos um carris, mas até que o trajeto foi bem *fixe*: vimos a praça D. Pedro IV e a dos Restauradores, que termina na Marquês do Pombal, onde começa o Parque Eduardo VII, muito lindo. Num dia de sol, voltaremos, porque quero conhecer esse parque. O carris seguiu por uma região cheia de museus até a Av. Duarte Pacheco, que leva às Amoreiras, um centro comercial luxuoso, em rosa e azul, de onde se vê o histórico Aqueduto das Águas Livres, a fonte de abastecimento de água da cidade. Valeu a pena, mesmo só tendo visto as fachadas!

Mas eu sigo muito ansiosa... E doida pra descobrir os segredos da Tivó (tenho absoluta certeza de que eles existem!).

Amanhã é domingo, dia de ir à missa com a dona Fê, na Basílica da Estrela, que ela me convidou para conhecer. Não sou muito entusiasmada com o assunto, mas achei melhor aceitar. Mesmo porque um convite dela não é algo que se tenha diariamente...

E aí vão algumas fotos dos passeios, inclusive as que fiquei devendo, pra você curtir. Amanhã tem mais, bjs da

Dô

23 de março, quinta-feira

De: <toni@...>   **Para:** <doroteia@...>

Boa noite, Dô!

Primeiro: desculpe a demora em responder. Faz seis dias que recebi seu e-mail... Mas aconteceu que, naquele mesmo fim de semana, levei um baita tombo na rua!

Explico: faz um tempo que ando sozinho pelo bairro para me exercitar e acostumar com as muletas. A Gi disse que seria bom eu fazer isso para ter mais segurança, e só saio quando minha mãe está no escritório. Nas primeiras duas vezes tudo foi bem, mas na terceira a droga da muleta engachou numa falha da calçada e eu me estatelei no chão!

Foi um vexame. Várias pessoas me acudiram. O pior foi que, como eu estava a um quarteirão de casa, o porteiro do prédio viu a muvuca e chamou o zelador, que ligou para meu apartamento na hora. Resultado: o Zé avisou a mãe e eles me levaram para o hospital num ápice, apesar de que o que machucou mais foi o meu orgulho...

Não fraturei nada, só arranhei um braço e bati o cotovelo direito. Precisei passar por um monte de radiografias, tomei bronca da mãe, do doutor Mateus, dos manos – até o Lucas telefonou, de Minas, porque é claro que o Zé mandou mensagem para ele contando. Agora tenho de desacelerar, estou "de castigo", só posso sair acompanhado – e a Gi foi convocada para sessões extras de físio aqui em casa, duas noites por semana.

Bom, como não dá para fazer muita coisa na cama, o notebook tá funcionando a mil. O jeito é investir na carreira de detetive... com "d" minúsculo, por enquanto! Dei buscas com a foto do bigodudo, mas não achei nada. Precisaria daqueles programas de reconhecimento facial que a gente vê nos filmes policiais. Mas não vou desistir! Terei mais sorte com nomes. Os sites de empregos, imprensa, lojas e redes sociais marcam os nomes das pessoas, e uma busca bem-feita acaba descobrindo coisas. Se você conseguir me mandar os nomes completos do pai da Maria João, do namorado dela e até da vizinha, vou continuar pesquisando.

Pode não dar em nada, mas vai que eu descubro alguma coisa, como aconteceu com o funcionário da empresa da minha mãe?

Menina, você está fotografando cada vez melhor! Obrigado pelas fotos! Mande mais, por favor! Essa história de fazer repouso tá acabando com meus nervos... Preciso de estímulos visuais e nada melhor para mim do que fotos de Portugal.

Beijão do
Toni

25 de março, sábado

De: <doroteia@...>   **Para:** <toni@...>

Nossa, Toni, que história horrorosa! Pelo amor de Deus, pare de fazer loucuras! Onde já se viu sair sozinho por aí, de muletas? Só de te imaginar pulando por cima dos buracos das calçadas, fico nervosa! Que pavor, cara, veja se se comporta! Você não é mais criança, deve ter responsabilidade, se cuidar! As pessoas que gostam de você ficam angustiadas com as suas loucuras, não percebe? Espero que, depois dessa, você comece a tomar mais cuidado.

Nesta semana, li um monte de livros (estou me especializando em Florbela Espanca... rs) e fiz alguns passeios pela cidade, mas evitei sair com a Maria João. Fiquei com receio de ser o álibi dela de novo. Porque já sei: depois, quando o pai dela descobrir, aposto que vai pensar que sou cúmplice desse namoro! E eu nem conheço o cara...! Assim, ela veio aqui, mas ficamos em casa. Teve um dia que ela ficou bem agitada, queria sair pra tomar ar a qualquer custo, mas eu não dei bola, me fiz de louca e ficou tudo por isso mesmo (rs).

Tadinha... Mas não posso correr riscos, você não acha?

Aí vão os nomes que você pediu.

A vizinha se chama Carmen Rigostra Alves. Vi o nome no endereçamento de uma revista de tricô e crochê que "pulava" para fora da caixa de correspondência, não vai ter erro.

O pai da Maria João também não foi difícil: Milton José Brito de Vasconcelos.

Para conseguir o nome do namorado, tive de usar uma artimanha: perguntei pra Maria João (com cara de quem não quer nada, é claro!) se ele também tinha nome comprido.

– Não tanto quanto o meu – explicou ela, acrescentando: – Ele só tem quatro nomes.

– É mesmo? – fiz a maior cara de simpatia e interesse. – E quais são eles?

– José Augusto Peluso Barreiros.

– A combinação ficou bonita – elogiei, para disfarçar, repetindo mentalmente a informação.

Agora é com você, senhor detetive!

Outra coisa: criei coragem e fui sozinha ao apartamento da Tivó. Usei a "minha" chave, é claro, e quase morri de tanto medo, lá dentro. O menor ruído me fazia saltar. É incrível como um apartamento vazio pode ser barulhento! Como se fosse pouco, os ossos dos meus pés resolveram estalar a cada passo que eu dava, o que só piorou o meu pavor.

Claro que, dentro desse clima, fucei um pouco aqui e ali, mas não encontrei nada de excepcional. Depois que saí, percebi que não procurei por fundos falsos nas gavetas, por exemplo. Me senti uma completa idiota!

A dona Fefê, ai, parecia que estava adivinhando! Durante quase toda a semana, não saiu de casa e não me deixou sozinha um instante sequer. Nem mesmo quando a Maria João veio nos ver. Coitada, parece que o pai dela piorou da paranoia! Ele fez questão de nos levar de carro até o Terreiro do Paço, que eu só tinha visto de longe. Mas, pelo menos, deu pra visitar o Lisboa Story Centre – Memórias da Cidade – e "experimentar" um pouco daquele famoso terremoto que destruiu

Lisboa, em 1755. É uma exposição interativa, que projeta imagens de figuras históricas, enquanto uma voz vai explicando os episódios que aconteceram em Lisboa através dos tempos. Na sala temática em que o assunto é o terremoto há efeitos de som que fazem a gente se sentir no meio do desastre! Vi também a estátua de um rei, impressionante no meio da praça, acho que era D. José I (não pergunte muito, porque já estou começando a confundir todos aqueles reis), e passamos por baixo do Arco da Rua Augusta, que é lindo.

O melhor deixei por último: lembra que outro dia eu fui à missa na Basílica da Estrela com dona Fefê? Um lugar lindo, e que valeu o investimento do meu tempo!

Assim que entramos, um senhor idoso veio cumprimentá-la. Ela o apresentou como seu amigo "Aldonço Louveiras Martinho", sem acrescentar quem ele era ou o que fazia ali.

– Muito goxto – disse ele, superformal, fazendo o gesto de beijar a minha mão, mas sem encostar os lábios nela.

Tive de fazer uma força danada para não cair na risada. O sotaque dele era um espanto! Os dentes, enormes, saltando para fora da boca, deixavam o coitado com cara de coelho assustado.

Dona Fê escolheu um banco da igreja bem no fundo. Com um gesto, mandou que eu passasse primeiro; depois, ela entrou, e então foi a vez dele, que se sentou à esquerda da minha anfitriã. Durante toda a missa, os dois cochicharam. Não sei do que falavam. Não dava para ouvir e com aquele sotaque tornou-se impossível compreender uma frase inteira, mas algumas palavras eu pesquei: mais de uma vez mencionaram uma "situação insustentável" e "importante manter o sigilo". E quando ele disse "tu sabes onde buscar o que eu preciso", fiquei deveras encucada!

Cara, lá vem coisa! Aí tem muito mais do que a gente imagina, pode apostar.

Para encerrar, aí vão mais fotos. Espero que você goste.

Beijos da

Dô

---

30 de março, quinta-feira

De: <toni@...>   Para: <doroteia@...>

Nem preciso dizer que amei as fotos... E o tal Lisboa Story Centre, que eu nem conhecia, vai para a minha lista de lugares imperdíveis da cidade.

Parabéns pela coragem! Não deve ter sido fácil entrar sozinha no apartamento. Mas, agora que você sabe que consegue, não desista! Uma dica: além de olhar as gavetas, para ver se elas têm fundo falso, olhe atrás dos quadros nas paredes. Em muitas histórias policiais as pessoas têm cofres escondidos ou documentos grudados atrás das molduras...

Quanto aos nomes, deixa comigo, vou começar hoje mesmo a pesquisar sobre eles.

Salvei uns links de jornais portugueses, que têm muita coisa digitalizada e parecem boas fontes de informações.

Calma, menina! Não preciso de mais bronca por causa do tombo... Já me conscientizei de que tenho de ser mais cuidadoso. E estou sob vigilância cerrada. Até as idas à faculdade, para dar entrada em papéis e outras providências, estão sendo coordenadas pelos meus irmãos. E olha que o mais velho ainda está em outro estado!

A novidade é que não terei mais as sessões de fonoaudiologia. Ufa! O doutor Mateus me dispensou disso porque estou bem, mas fiquei aliviado porque minha mãe estava pagando a terapeuta à parte – o plano de saúde não cobre essa despesa. O Lucas queria entrar na justiça para conseguir que pagassem, mas achamos que o estresse não valia a pena. De qualquer forma, estou melhor e retornei à clínica; agora vou três tardes por semana e a Gi anda pegando leve...

Para compensar suas fotos, lá vai uma selfie! Estou ficando ótimo em fotografar a mim mesmo (rs). Até a próxima!

Toni

---

31 de março, sexta-feira

De: <lucas@...>   Para: <toni@...>

Irmãozinho: pode relaxar, está tudo ok com a papelada da facul. Enviei por remessa urgente a procuração que você assinou e os últimos comprovantes que eles tinham pedido. Agora, nem precisa se preocupar em ir lá, posso resolver tudo daqui mesmo, por internet. E vê se agora FICA QUIETO EM CASA, entendeu???

Abs do

Lucas

---

1 de abril, sábado

De: <toni@...>   Para: <lucas@...>

Mano,

Poderia parar de pegar no meu pé? Estou muito bem e é claro que a mãe e o Zé não me deixam mais botar o nariz pra fora de casa sem eles. Mas olha só: daqui a três meses e pouco começam as aulas. Sei que você logo volta, mas acha que vou depender de você e do Zé todos os dias para me levar e trazer? Vou ter de me virar sozinho, mano, com muletas ou cadeira de rodas ou sei lá o quê. Se tem uma coisa que aprendi depois desses meses de fisioterapia, é que todo portador de deficiência física quer (e precisa) alcançar certa dose de autonomia. Posso fazer muita coisa, apesar da lentidão do meu lado esquerdo, e não vai ser um tombo à toa que vai me desanimar! Então, entendo a preocupação de vocês, mas, cara, preciso fazer isso: sair sozinho e resolver minhas pendências, na medida do possível... O curso vai ser um bom começo.

Ah, antes que eu me esqueça: a Duda, aqui do prédio (lembra dela, sua mais-ou-menos-namorada?!), pergunta de você toda vez que entro ou saio, não aguento mais. Diz que você não liga pra ela há tempos. Olha, não tenho nada a ver com isso, a quase-namorada é sua, mas veja se se comunica com a garota, reate o namoro ou desmanche, porque a situação tá ficando beeem desagradável...

Te cuida por aí,
Toni

---

3 de abril, segunda-feira

De: <doroteia@...>   **Para:** <luciana@...>

Lu, querida amiga, faz tempo que não escrevo e peço desculpas. Ainda bem que você me entende e aceita do jeito que eu sou, mesmo quando... hum... me comporto mal! (rs)

Aqui é uma correria. Sei que você não imagina. Não tenho nem certeza se acredita... Mas é verdade. Quem vê de fora, pensa que tenho todo o tempo do mundo, mas é ilusão, tenho também um monte de coisas pra fazer. E o tempo passa, sempre passa, e depressa. Nunca dá pra fazer tudo que planejo.

Mas deixa pra lá. Aqui estou eu, ao vivo no seu celular, morrendo de saudades e louca pra te contar o que vem acontecendo por aqui.

Antes de tudo, porém, dá só uma olhada nessa foto do Toni. É ou não é um gato?

Confesso a você que estou babando um pouco por ele. Não muito. Mas um pouco, sim. Além de bonito, ele é tão inteligente e perspicaz! Analisa as situações com uma clareza incrível. Tem umas sacadas que a gente nem imagina de onde ele tirou, e funcionam! Ele é muito lúcido, demonstra empatia pelas pessoas, ao mesmo tempo que consegue isolar um fato e dissecá-lo... O cara é demais!

Ultimamente, conto para ele tudo que acontece aqui e fico ansiosa pela chegada dos e-mails com as respostas e os comentários sobre o que eu disse. Sinto um prazer enorme em acompanhar a vida dele, em fazer parte dela. Talvez eu devesse até me afastar um pouco para não criar ilusões, porque, amiga, eu sei, um cara como ele jamais vai olhar para uma garota como eu! Tenho certeza que ele me acha bobinha, sabe? Meio fútil, talvez; certamente um tanto infantil. Faço um baita esforço para ter uma conversa mais inteligente, mas não rola. Eu sou assim, fazer o quê? Então, deveria desencanar dele, dar um tempo, espaçar os e-mails. Mas não consigo. Ele alimenta o meu interesse, mas... Sei lá, Lu. Ele é um cara forte, mais maduro, nem parece que só tem 18 anos. E eu gosto de conversar com ele, então, fico pensando: já me relaciono com tão pouca gente aqui em Lisboa, não vou me privar de um bom papo a troco de nada. Além disso, nem nos conhecemos.

No começo, eu passeava muito com a Maria João, mas agora que descobri que ela namora escondido do pai, que é um carrasco, passei a ficar receosa de dar algum rolo e estou me resguardando um pouco. Você sabe, desde o começo, aconteceram coisas estranhas aqui, e elas continuam acontecendo: o cara de bigode e terno escuro que parece vigiar tudo que a gente faz; umas conversas esquisitas, que volta e meia eu pesco; e a desconfiança (enooorme) de que naquele apartamento mora um segredo que não consigo descobrir qual é.

Fiz uma cópia da chave do apartamento da Tivó, para poder subir lá escondido da dona Fê e dar uma olhada. Até agora consegui ir só uma vez, porque ela não me dá uma folga, fica cuidando da minha vida e dos meus passos como se eu fosse a filha dela. Mas um dia eu descubro tudo. Toni está me ajudando, e ele é fera!

Imagine que, anteontem, fomos as três passear no Chiado. O pai da Maria João anda mais autoritário do que nunca e disse que só ia deixar a filha sair porque dona Fê ia junto. Que bobagem, amiga! A primeira a sumir foi a velha senhora! Você acredita que ela nos deixou na fila do elevador da Santa Justa – um mirante incrível: lá do alto a gente vê todos os lados de Lisboa! – e disse que ia ficar esperando por nós numa cafeteria ali perto? Pois eu fiquei de olho nela, pensando "aí tem coisa". E tinha! Ela mal se sentou e na porta apontou o tal senhor Aldonço, que ela tinha me apresentado num dia em que fomos juntas à missa. Os dois ficaram no maior papo, nem olharam para os lados, o que foi providencial, porque o namorado secreto da Maria João também apareceu e ela ficou toda sorridente. Nem o mais completo idiota acreditaria que aquilo fosse obra do acaso, claro, mas eu tive de me fingir de boba e entrar na dela... E então ela nos apresentou um ao outro.

– Este é o José Augusto – disse, envergonhadíssima, sem mais explicações, por sinal, desnecessárias.

Ele apertou a minha mão e, mal resmungou duas palavras, já foi se ajeitando mais ao fundo do elevador, onde já estávamos entrando. Pensei que talvez fosse tímido. Mas é mais provável que seja um boboca.

De uma coisa, porém, eu tenho absoluta certeza: o sujeito é muuuito ciumento. E possessivo, dominador. Não dá espaço pra ela, sabe como? Tanto no elevador quanto no mirante, ele ficava furioso quando algum garoto olhava para a namorada dele: mordia os lábios, pegava no braço dela, perguntava se ela olhou pro cara, imagine que desaforo! Eu não aguentei e disse, na maior delicadeza de que fui capaz:

– José Augusto, a Maria João é uma garota atraente. É natural que chame a atenção, que outros garotos olhem para ela. Ela não precisa fazer nada para que isso aconteça. Ela simplesmente não tem culpa de ser bonita.

Eu ia acrescentar: "Se você quer uma garota feia, vai ter que trocar de namorada", mas calei minha boca a tempo. Mesmo porque, se olhar enfurecido matasse, hoje você estaria indo ao meu enterro.

Foi mal, Lu! Quem aguenta um machão desses? Peguei antipatia no ato.

Tiramos muitas fotos da paisagem de Lisboa, mas ele se esquivou e não quis aparecer em nenhuma. Mesmo assim, hahaha, tirei uma sem que ele percebesse...

Na volta, já com a companhia de dona Fê (mas sem o seu Aldonço, que se escafedeu antes de a gente chegar à tal cafeteria), pegamos o metrô para o Cais do Sodré e, de lá, o ônibus para Belém. A velha senhora, que estava calada e com cara de poucos amigos, sentou-se em um banco um pouco afastado de nós, o que nos permitiu conversar mais à vontade.

– Eh, pá, sou capaz de apostar que tu também achaste o José Augusto muito *fixe*! – disse Maria João. E nem me deu tempo de comentar, foi logo acrescentando, os olhos brilhantes como raramente percebi nela: – Ah, estou apaixonadíssima! Ele é o amor da minha vida. – Ela apertou as mãos e chegou a suspirar, de tanta emoção, para contar: – Tudo que ele me pede, faço com paixão. Sou capaz de fazer qualquer coisa por ele!

"Eu, hein?!", pensei.

Você não acha, amiga, que é meio doentio alguém adorar tanto assim um garoto? Não acho nada *fixe* o tipo de relacionamento que eles vivem... Por outro lado, qual a referência de masculino que a Maria João tem? Um pai autoritário, que só fica proibindo a coitada de fazer qualquer coisa. Vai ver, na cabeça dela, "homem é assim mesmo"...

Mas eu me preocupo. A Maria João é ingênua e doce, pode estar sendo usada pelo namorado. E, no fundo, acho que o que ela mais curte é a sensação de, finalmente, poder fazer algo do jeito dela, melhor ainda, por ser algo "errado". Ela quer transgredir, ter segredos e manobrar o pai. Posso chamar de "adolescência tardia"? Porque ela já passou da idade de fazer isso, mas como não o fez na hora certa, a vontade ficou.

Lu, querida, sei que você está atribulada com a facul, mas, por favor, me escreva e me aconselhe: o que posso fazer, como amiga da Maria João? E também... você acha que eu deveria parar de me corresponder com o Toni?

Beijos, com saudade, da

Dô

AH, O AMOR...

> Não perguntes, não sei – não sei dizer:
> Um grande amor só se avalia bem
> Depois de se perder.
>
> António Botto

• • •

5 de abril, quarta-feira

De: <doroteia@...>   **Para:** <toni@...>

Toni, oi!

É mais de meia-noite e eu estou tremendo como se estivesse na Sibéria – e sem casaco. Mas está quente aqui, estou suando também e tremendo de... Ia escrever de medo, mas também não é isso. É de susto, de ansiedade, de... Ai, nem sei que nome dar. A verdade é que estou apavorada! Não, calma! Não aconteceu nada. Quer dizer, agora, hoje, não aconteceu nada que tenha me assustado. Não. Aconteceu, sim. Mas de fato foram as coisas que fiz que me deixaram alterada.

Está difícil escrever, minhas mãos tremem. O coração bate tão forte que eu tenho certeza de que, lá do quarto dela, dona Fê está ouvindo e logo virá aqui para perguntar o que eu fiz de errado.

Fiz uma loucura. Esperei minha anfitriã dormir – quer dizer, dei um tempo depois que ela fechou a porta do quarto, porque sei que ela lê um livro para "buscar o sono fujão", como costuma dizer – e saí de fininho, sem fazer barulho, pé ante pé no corredor, tateando pelas paredes, já que não podia acender nenhuma luz, prendendo a respiração e estremecendo a cada gemido das tábuas do assoalho, em direção à porta de saída... E ao apartamento da Tivó, no andar de cima.

Eu me sentia num filme de suspense. Levei minha lanterna, que oferece uma luz mínima, para fuçar pelo apartamento e tentar descobrir mais alguma coisa.

Não vou descrever o medo que senti, porque você bem pode adivinhá-lo. Mas tenho boas novas: a busca, finalmente, me rendeu alguma coisa!

Eu já tinha olhado atrás de quadros e livros, tirado coisas das estantes pra ver se achava algo atrás, pesquisado no banheiro, lugar cheio de esconderijos, onde dá pra camuflar montes de coisas, e também no armário das roupas da Tivó. Esse lugar sempre me pareceu suspeito, por causa da sensação de que dona Fê quer me tirar dali. E, mais uma vez, não consegui achar nada de anormal.

Nas gavetas de cima, só vi roupas de cama. A última estava trancada, tem uma pequena fechadura. Ainda vou atrás da chave... Nas prateleiras, encontrei caixas amareladas, todas etiquetadas, e apenas conferi o conteúdo: puro arquivo morto de contas pagas e papelada do gênero. Parti para outras buscas. Afinal, não é difícil imaginar que ela jamais escreveria algo como "Meus Segredos" na tampa de uma caixa e a deixaria prontinha para eu encontrar, não é mesmo?

Tive mais sorte na mesinha de cabeceira. Puxei a gaveta vazia para fora, apalpei na frente, atrás, embaixo e... aí sim! Peguei um fundo falso no pulo do gato! Bem simples: um papelão manchado pelo tempo, e com um cheiro danado de umidade, cobria o fundo da gaveta.

Tremendo, puxei-o com o maior cuidado para não estragar e tirei um caderno que estava apertadinho ali, bem escondido! Que achado!!!

Parece um diário. Tem uma capa desenhada e foi escrito à mão, numa caligrafia redonda e bordada. Há desenhos também, tudo bem miudinho. Mas o melhor é que ele está recheado de cartas, postais, fotografias e lembranças (que, imagino, sejam de momentos felizes), uns colados em algumas páginas, outros colocados juntos no começo e no final, entre a capa e o miolo. As páginas finais estão grudadas – acho que foi efeito da umidade daquele papelão lá no fundo.

Fiquei tão emocionada que nem olhei direito, pensando em fazer isso no meu quarto. Então, pus tudo de volta no lugar, escondi o caderno sob a blusa e já ia saindo, quando a porta da vizinha da frente se abriu e a cara da dona Carmen apareceu na minha frente. Uma cara muito feia, aliás.

– O que fazes aqui? – ela perguntou, carrancuda. Nem parecia a mesma pessoa. – A menina não deveria estar a dormir?

– Eu... vim... buscar... um livro – gaguejei.

– Isso não são horas, pá! – E começou a me acusar de um monte de coisas, cada uma mais horrível do que a outra, repetindo: – O que estás a esconder? – Então ela decidiu que eu estava escondendo uma pessoa. E apertava meu braço: – Por acaso não seria um rapaz, que tens aí contigo? Um namoradinho, ahn? E o que estáveis a fazer, os dois, sozinhos, no escuro? Ahn?

Toni, quase morri!

Eu só conseguia balançar a cabeça pra dizer que não, mais vermelha do que quando voltava para casa depois de passar o dia na praia. No final, ainda consegui balbuciar algo tipo:

– A senhora pode vasculhar o apartamento, não há ninguém lá dentro, juro, estou sozinha!

Mas ela insistiu em ficar olhando quando dei as duas voltas na chave, antes de arrematar com a preciosidade:

– Fiques sabendo que não pretendo deixar de contar à Fernanda das tuas andanças noturnas.

Amigo, estou preocupada, muito preocupada, preocupadíssima!

Além de tudo que passei para criar coragem e fuçar o apartamento, ainda aguentar essa foi demais! Mas tem outra coisa doendo cá dentro do meu peito: perceber que dona Carmen não é a pessoa gentil que eu pensava, mas uma bisbilhoteira que fica vigiando a vida dos outros e que pode ser muito, muito má... Cara, essa doeu no fundo!

Vou ter que te pedir desculpas por não contar nada sobre o conteúdo do diário da Tivó, mas me empolguei contando minhas aventuras, venturas e desventuras e ficou tarde demais. Gastei toda a adrenalina escrevendo o e-mail. Agora que me acalmei, perdi as forças, mal consigo segurar os olhos. Vou dormir. "Amanhã" leio o diário e dou alguns detalhes. Ainda preciso achar um esconderijo seguro para ele...

Bjs e boa noite,

Dô

---

5 de abril, quarta-feira

De: <luciana@...>   **Para:** <doroteia@...>

Amiga, relaxa!

Primeiro: que bobagem é essa de se afastar do Toni? Ele é bonito de doer, está te dando a maior força, aí isolada no velho mundo... e qual o problema se vocês se apaixonarem? Ele não é muito mais velho que a gente, apesar de parecer bem maduro. Deixa rolar!

Segundo: a sua "amiga" portuguesa é uma figura, hein? Eu não daria muita trela para ela, não. Garotas que acham que o primeiro namorado é "o amor da minha vida" não merecem que a gente perca tempo com elas. Mas, como você pediu uma opinião sobre o que fazer, lá vai: converse a sério com a Maria João, se faça de mãe mesmo, pra ver se ela acorda. Neste século, aturar namorado machão? Sem chance. A gente tem de aprender cedo a se livrar desses sujeitos...

Terceiro: fiquei preocupada mesmo, Dô. Agora, além de um velho sinistro misterioso na sua vida, você tem dois? Ainda bem que o tempo está passando depressa e em poucos meses é a sua volta. Que encrenca, menina! Cuidado, mil vezes, cuidado...

Para te distrair, uma notícia boa: saí duas vezes com um rapaz da facul. Uma colega nos apresentou na cantina. Ele está no quarto semestre, não temos matérias em comum, mas estamos bem conectados, apesar de ele ter dois anos a mais que eu. No sábado combinamos um cinema, quero ver se consigo fazer uma selfie de nós dois – aí te mando. Estou animadíssima!!!

Ah, ia esquecendo de contar que a nossa velha turma criou um grupo virtual para a gente trocar notícias e fotos. Quer que eu peça para te adicionarem?

Tenho de sair agora, mas espero sua resposta – e logo!
Beijão da Lu

6 de abril, quinta-feira

De: <toni@...>　　　　　　**Para:** <doroteia@...>

Dô, minha amiga, que aventura! Custei a ler seu e-mail, só consegui esta tarde – e aí meu coração também começou a batucar feito bateria de escola de samba. Imagino o seu susto! Espero que o tal diário valha o perigo todo – e espero também que a vizinha não te denuncie. Acho melhor você ficar quietinha por uns tempos, sem grandes saídas...

Dê notícias, OK? Vou ficar doido de curiosidade até saber de você.

O motivo por que não pude ler (e te responder) antes é que ficamos sem internet.

Imagina só, ontem passei o dia no hospital, fazendo as dúzias de exames que o médico pediu, um check-up completo. No fim da tarde minha mãe saiu do trabalho, foi me buscar e pegamos um táxi para casa. E aí caiu uma chuva monstruosa, parecia que o céu ia despencar na cidade. Custamos a chegar e, quando finalmente paramos diante do prédio, o bairro todo estava sem eletricidade! O que quer dizer que os elevadores não funcionavam...

Dô, às vezes a gente não pensa em como é difícil viver sem energia elétrica! Especialmente para quem usa cadeira de rodas ou muletas.

O mais difícil não foi subir, pelas escadas, os quatro andares até nosso apartamento: foi fazer isso ouvindo palpites do zelador e de meia dúzia de vizinhos. Minha mãe não quis deixar que me carregassem (só faltava isso!) e fui subindo degrau a degrau, bem devagar, me apoiando no corrimão e usando as muletas. Sobrevivi! Tudo bem que fiquei exausto, mas não foi tão difícil assim. Acho que se tivesse de descer seria bem pior, eu teria medo de cair.

Não tivemos eletricidade nem internet na noite de ontem e hoje na manhã inteira; a energia só voltou agora, que já são quase quatro da tarde.

E voltamos ao seu e-mail... Onde você estava quando o escreveu? Imagino que, naquela loucura toda (acho que "frenesi" é uma palavra adequada ao caso), você nem se lembrou da foto que eu mandei na última mensagem. É que tirei umas dez selfies até conseguir aquela, queria saber sua opinião. Levo jeito para selfies?

Fico aguardando sua resposta. Espero que esteja mais calma... Beijo grande do

Toni

8 de abril, sábado

De: <doroteia@...>　　　　　　**Para:** <toni@...>

Toni, me desculpe! Eu adorei a sua selfie! Além de você estar ótimo, ela tem um valor afetivo enorme: jamais me esquecerei de que ela foi feita especialmente para mim... Obrigada!

Acabei não falando nisso por conta das coisas que eu tinha pra contar – e, principalmente, o pânico que me atacou. Cara, eu estava trancada no banheiro, quase no escuro, apavorada por ter sido apanhada e pensando que pior ainda seria um flagra da dona Fernanda com o caderno da Tivó na mão! A desculpa estava pronta. Cheguei a me ver dizendo pra ela que tinha sido atacada por uma dor de barriga horrível e detalhes sinistros que pudessem justificar não apenas o local que me servia de refúgio, mas o tempo que passei lá dentro... Agora já me recuperei e podemos conversar melhor.

No telefonema desta semana, minha mãe comentou algo sobre tempo chuvoso, mas não disse nada sobre o dilúvio que você descreveu (me esqueci de comentar que agora meus pais telefonam regularmente, a cada 7 ou 8 dias; o estresse inicial da separação passou).

Pelo visto, São Paulo não perde o jeito e faz questão de ter as ruas alagadas assim que cai um pouco mais de água do céu! Nossa, isso funcionou como um verdadeiro "espanta saudade"! Sinto falta de tudo que deixei aí, claro, mas já tinha me esquecido dessas pequenas tragédias do dia a dia... Pelo menos serviu pra matar a falta que sinto de Sampa!

Sim, concordo, não dá mais para sequer imaginar a vida sem energia elétrica. Mas confesso que não pude deixar de me encantar com você. Uau! Subir quatro andares de muleta não é pra qualquer um. Definitivamente, não é! Cara, você é único! Aí vai um abraço cheio de admiração!

E agora você quer conhecer algumas surpresas do caderno da Tivó?

Antes, porém, uma nota: escondi-o na pasta em que guardo documentos e euros, que fica enfiada no fundo da gaveta onde estão as que dona Fê chama de "roupas de baixo". Imagino que ali ela nunca vai mexer... O que você acha?

O caderno é bem bonito. A capa foi branca, um dia. Mostra o desenho de um casal debaixo de uma árvore, às margens de um rio; uma cesta ao lado sugere que estavam fazendo um piquenique (apesar das roupas formais). Os traços da artista são elegantes e precisos. Uma delicadeza. Acho que foi feito a nanquim. Suponho que ela seja a autora, porque há outros desenhos ao longo do relato no mesmo estilo e ela não trocava a caneta-tinteiro que usava para escrever o texto. Suspeito que havia um traço a lápis por baixo, mas não garanto nada.

Os manuscritos relatam a vida da Tivó, em forma de diário, com fatos esparsos no tempo. Abrangem um período longo, para um caderno tão pequeno, o que nos permite conhecer a história dela praticamente inteira. Quer dizer, permitirá, se eu conseguir desgrudar as últimas páginas e decifrar as primeiras. A letrinha dela, pequena e apertada, pode ser chamada de hieróglifo.

Em algumas páginas, ela colou envelopes amarelados (sem endereço) com cartas dentro, sempre entre uma ou duas folhas de papel de seda bem fino. Estão assinadas apenas com iniciais. Há também alguns cartões-postais e cartões de Natal do Brasil, enviados pela vó Filomena. E flores e folhas secas com legenda, aprisionados para sempre em páginas finas dobradas, do mesmo tipo das cartas, além de papéis de bombom e um par de ingressos para o teatro.

O ideal seria digitalizar tudo, mas não tenho como escanear. Além do mais, tenho receio de tocar neles, porque as folhas são delicadas e protestam com ruídos que lembram resmungos.

Nem vou acrescentar a culpa que sinto, como se estivesse violando os segredos de outra pessoa e a sua intimidade... Achei mais fácil fotografar com o celular, para ampliar depois. Mas a escrita é tão fraca, as páginas tão amarelas e manchadas, que não fica bom. Fiz as fotos assim mesmo, só para guardar, e agora estou copiando, com o maior sacrifício, quando dá tempo e, principalmente, quando estou sozinha no meu canto. Uma coisa devo dizer a favor da dona Fê: ela sempre bate na porta do quarto antes de entrar. Se eu estiver de costas para ela, dará tempo de esconder o caderno dentro de um livro e fingir que estava lendo. Já é alguma coisa.

O diário da Tivó começa em 1956. Logo na primeira página, ela conta que sempre gostou de escrever diários, que já preencheu outros cadernos antes desse, mas que os destruiu, sem especificar a razão. Acho que isso é comum entre as pessoas que escrevem diários (li em um livro). Elas se arrependem do registro ou não querem mais deixar aquilo escrito, sobretudo por medo de morrer e todo mundo ficar sabendo o que escreveram ou sentiram.

Para mim, uma coisa ficou clara: todo o cuidado da Tivó para esconder esse caderno significa que ela queria que alguém o lesse, um dia. Ouso pensar até que ela o escreveu para mim, para que eu o encontrasse e, de certa forma, pudesse conhecer sua história. O que você acha?

Ah, estou delirando... Mas não tem importância.

Nos últimos dias, tenho me dedicado a decifrar a escrita dela, a tentar entender o que ela está me contando. E quero compartilhar tudo com você, meu amigo. Aí vai, então, a primeira anotação, que conta da chegada dela aqui, e a primeira carta, que é praticamente um bilhete. Foi o que consegui fazer até agora. Copiei também um poema. Ele traz, colado na folha, uma florzinha seca.

Em tudo que se referir a esse caderno, vou passar a chamá-la de Maria Otília. Quero separar essas duas personagens: a Tivó, a tia-avó do meu pai, da jovem que conta sua vida num diário. Quero destacar que estou me referindo a uma história que se passa em outra época, em outro contexto, em um cenário diferente e que foi vivida por pessoas que já se foram e que a tratavam pelo seu nome duplo. Acho que você vai gostar!

Beijos da Dô

21 de Abril de 1956

Ah, eu bem sei, não deveria revelar-me tanto nas tuas doces páginas, meu querido diário... A uma rapariga não é permitido expressar-se livremente. Tenho sempre de mostrar aos outros uma face equilibrada e sensata, sem importar o que me vai por dentro d'alma, de modo que, sinto muito, mas tu és tudo o que me resta.

Fernanda Fátima foi muito generosa em hospedar-me em sua morada. O casarão é enorme e ela mora acompanhada apenas de sua mãe. O pai faleceu recentemente, que Deus o tenha em um bom lugar, e ainda pode-se ver que é presente na vida delas. Há algo, porém, que não consigo entender: sendo ela uma pessoa tão boa, como pode não se dar bem com os irmãos? Eles devem ser péssimos indivíduos, pois imagine que nem sequer se correspondem... Ela me confidenciou que eles limitam-se a enviar um cartão de Natal à mãe e acham que cumpriram sua obrigação filial. Creio que não deveria escrever isso (melhor seria nem pensar!), mas acho uma atitude muito pobre, injusta mesmo...

Estou a buscar emprego como bibliotecária. Desde quando morava em Lisboa, gostava por demais da Biblioteca de São Lázaro, no Arroios, por isso, hoje fui procurar o sr. Lemos, para ver se consigo algo por lá. Ele é um antigo colega de meu pai e lembrou-se imediatamente de mim, o que foi uma bênção. Prometeu-me uma vaga. Estou a sonhar com essa que é a biblioteca municipal mais antiga de Lisboa... porque isso implicará no meu futuro de uma maneira crucial: se conseguir esse emprego, não precisarei voltar ao Brasil!

Mal saí de lá, entrei numa igreja e acendi uma vela para os anjos me ajudarem. E aí vou ter de te contar uma outra história, diário... Por favor, meu querido, segredo absoluto!

O J.S. foi lá também, para encontrar-me. Havíamos marcado data e local há meses e receei que pudesse ter-se esquecido, mas qual... Assim que saí do gabinete do sr. Lemos, lá estava ele na porta principal, muito sério, enfiado num fato bonito, o cabelo todo penteado para trás, numa elegância de doer os olhos... E tinha um ramalhete de flores na mão. Flores do campo! Minhas prediletas!

Eu nunca o esqueci, tu sabes, e ele pareceu corresponder à minha profunda amizade, o que fez-me verdadeiramente feliz. Conversamos aos sussurros, como dois miúdos a fazer peraltices, entre as estantes cheias de livros...

Não contei à minha amiga F.F. Tenho vergonha. O que ela vai pensar de mim? Nutro grandes esperanças de que, um dia, talvez, este sentimento que invade o meu peito possa tocar o coração dele e transformar-se em algo maior. Mas isso, só o tempo dirá...

. . .

28 de Maio de 1956

Estimada amiga,

Muito me alegrou o nosso reencontro e espero que possamos repeti-lo em breve. Assim como tu, estou a buscar um trabalho. Tão logo o consiga, poder-me-ei estabelecer e prometo enviar-te meu endereço, sem falta. Por ora, deves endereçar tuas cartas para a pensão em Sintra, onde estou a viver no momento.

A primavera pinta a cidade de todas as cores, sobretudo com as singelas flores do campo, que me fazem lembrar da amiga, desejando que a nossa amizade possa florescer junto com elas.

Teu admirador,
J.S.F.A.

• • •

15 de Junho de 1956
Amar!

Eu quero amar, amar perdidamente!
Amar só por amar: aqui... além...
Mais Este e Aquele, o Outro e toda a gente...
Amar! Amar! E não amar ninguém!

Recordar? Esquecer? Indiferente!...
Prender ou despreender? É mal? É bem?
Quem disse que se pode amar alguém
Durante a vida inteira é porque mente!

Há uma primavera em cada vida:
É preciso cantá-la assim florida,
Pois se Deus nos deu voz, foi pra cantar!
E se um dia hei-de ser pó, cinza e nada
Que seja a minha noite uma alvorada,
Que me saiba perder... pra me encontrar...

Meu diário, tu bem sabes como eu aprecio esta poeta, Florbela Espanca, mas não concordo de todo com o que diz neste poema. Eu quero amar alguém com o corpo e a alma, quero amá-lo até o âmago do meu ser, até depois do mais profundo recanto do meu coração, da minha mais pequena célula. Quero amá-lo inteiramente, com fúria, com desespero, com loucura, com este sentimento avassalador que...

Não, melhor parar de escrever. Apenas ao pensar nele aflora-me algo como que uma náusea a tolher-me o estômago, a expressar o estranho desgosto que sinto por mim mesma, por sentir o que sinto. Mas não consigo impedir-me. Não sei o que fazer.

---

9 de abril, domingo

De: <doroteia@...>   **Para:** <luciana@...>

Querida Lu:
Não tenho estado com Maria João nestes dias. Você tem razão, ela é uma figura! Sei que o machismo ainda tenta se manter de pé nesse

mundo, seja no Brasil, seja na Europa, mas uma garota da idade dela deveria perceber que temos de lutar contra ele com dentes e garras! De qualquer forma, ela não tem mãe, a avó é uma peça rara e o pai, um grosso... Sinto pena, mas decidi ficar um tempo sem vê-la.

Normalmente, é o vento que atormenta Lisboa, mas esta semana está uma chuva incessante, um aguaceiro, amiga! É uma briga se manter debaixo do chapéu de chuva, que teima em se entortar todo... (adivinhou essa?). Ando com frio e preguiça de sair. Nem parece que a primavera está a iniciar-se, como falam aqui. Como vê, já me acostumei a não usar o gerúndio...

Agradeço pelos seus conselhos. *Aquele* ataque de pânico passou (tive outros depois, qualquer hora te conto com detalhes). O que importa é que, neste momento, não conseguiria encarar tantas encrencas – a questão da herança do meu pai, a viagem compulsória, os enigmas deste lugar – sem trocar ideias com o Toni. Vamos continuar nos correspondendo e seja o que Deus quiser...

Boa sorte com o novo namorado! Já gostei dele. Mande detalhes, Lu: nome, fotos, tudo!

Fique tranquila, estou tomando cuidado. E nem tenho visto o bigodudo.

Sobre o grupo da turma, parece interessante, mas acho melhor não entrar, por enquanto. Tenho coisas demais na cabeça... Assim que me desanuviar, aviso para me adicionarem!

Beijos mil da

Dô

---

10 de abril, segunda-feira

De: <toni@...>   **Para:** <doroteia@...>

Uau, incrível! Ler essas páginas transcritas leva a gente numa viagem ao passado... Suas observações são corretas: dá uma certa culpa, como se estivéssemos invadindo a privacidade de alguém. Mas, minha querida amiga, pense nisto: precisamos saber mais sobre ela e sua vida para desvendar tantos mistérios que envolvem esse casarão transformado em prédio. E como você notou: se ela guardou o caderno, devia desejar que, um dia, fosse lido.

Então, vamos deixar de lado qualquer sentimento de culpa. De qualquer forma, você está dividindo os segredos comigo, portanto sua culpa diminuirá só pela divisão ao meio, hahaha.

E preciso confessar que minha curiosidade foi atiçada como nunca na vida. Mal posso esperar pelas próximas páginas! Será que mais adiante não haverá dicas de qual seria o nome do tal rapaz, além das iniciais J.S.F.A.?

Preciso parar agora. Esta será uma semana corrida, tenho de ir ao médico para saber os resultados dos exames (adivinhe só, dependendo do que concluírem, farei mais exames, ai, ai) e terei outra reunião com o grupo de estudos sobre acessibilidade. Com a ajuda do Lucas, que resmunga, mas me manda os links lá de Minas, estou reunindo uma espécie de dossiê sobre a legislação que trata do assunto... O que dá um trabalhão e toma um tempo enorme.

Mesmo assim, espero ansioso os seus e-mails – e prometo responder depressa!

Beijos do Toni

---

16 de abril, domingo

De: <doroteia@...>   **Para:** <toni@...>

Olá, Toni, tudo bom? Sumi um pouco, mas já estou de volta. E sempre tenho novidades; ultimamente, mais ou menos interessantes, instigantes, florescentes, mente!

Não, não estou mentindo. Estou a me divertir com as palavras, só isso. A chuva foi embora e eu fiquei mais solta, me sentindo leve, então fui passear um pouco. Você sabe, passei alguns dias chuvosos trancada em casa, me dedicando a desvendar a linda letra microscópica da nossa amiga, dona Maria Otília; quando não conseguia, fotografava com o celular para fazer isso depois – você não imagina como borra a praga da caneta que ela usou! Mas é muita coisa, páginas inteiras, então, achei melhor não sobrecarregar a memória dele (e também não correr riscos com a dona Fê, que nunca para de me vigiar) e salvei em uma pasta virtual. Tenho certeza de que, numa nuvem, com senha, ninguém vai descobrir aqueles segredos (nem as minhas indiscrições). E agora, que deletei tudo, não há de ser nos meus eletrônicos que alguém vai achar alguma pista!

Fiz dois passeios novos. O primeiro, na quarta-feira, foi para espairecer: fui a pé fazer uma visita ao Planetário Calouste Gulbenkian, que fica junto ao Museu da Marinha, pertinho daqui.

Adorei. Além de ter revelados os mistérios do cosmos (como diz o folheto), desfrutei de uma viagem imaginária pelos planetas, de uma visita à Lua e de uma expedição aos polos. Ainda curti documentários sobre eclipses lunares e solares, o movimento das estrelas e do Sistema Solar. Enfim, um dia deveras produtivo. E *fixe*, que agora entrei definitivamente no universo português!

Toni, como eu gostaria de ter você ao meu lado quando visito esses lugares! Fico conversando com você, dá pra acreditar? Em pensamento, chego a te mostrar o que chama a minha atenção e espero pela sua resposta, que, claro, nunca vem... Principalmente ontem, quando fui em uma excursão a Cabo da Roca, Cascais e Estoril – o segundo passeio, bem mais longo.

Acredite-me: é impossível olhar para o mar e não imaginar uma caravela levando homens destemidos para desbravar o Novo Mundo. Fico arrepiada só de pensar na coragem deles, ao se aventurarem sem ter noção do que os esperava à frente... As certezas giravam em torno de fome, sede, solidão, brigas e privações de toda espécie. O resto, só dúvidas. E muita esperança, claro.

Cabo da Roca é o ponto mais ocidental do continente europeu. Como descreveu Luís de Camões, é onde "a terra acaba e o mar começa". Sua grande atração é a paisagem, deslumbrante, e a sensação de estar no alto de falésias de 140 metros de altura. Ali fica o terceiro mais antigo farol da costa portuguesa, construído em 1772, a pedido do Marquês de Pombal.

Não se esqueça de chiar para pronunciar Cascais do jeito certo e embarque em direção à Costa do Sol, onde a beleza natural e o patrimônio histórico se misturam harmoniosamente, um embelezando o outro. Aproveitando que a viagem é na fantasia, podemos descansar sob o sol nas areias brancas da linda praia; depois, faremos compras elegantes no Largo de Camões e compraremos bobagens divertidas nas feirinhas da Rua Direita; mataremos nossa fome num dos restaurantes da região e encerraremos a primeira parte do nosso passeio assistindo aos pescadores consertarem suas redes, ao lado dos barcos coloridos. É demais para um dia só? Que nada! Vamos dançar em uma danceteria até o sol raiar! Ou você prefere seguir em frente, pelo passeio marginal, e arriscar a sorte num cassino em Estoril? Está bem, nem pensar. Isso não é algo saudável. E eu nem poderia ir com você, só tenho 17 anos... Mas quero ver os iates dos ricaços, tudo bem? E as lojas, os restaurantes e bares, os hotéis e as vivendas luxuosas de frente para o mar...

Não poderemos deixar de conhecer juntos a Boca do Inferno, que eu destaco entre todas as belezas que ontem encheram os meus olhos: uma profunda ravina, onde o Atlântico ataca com fúria os rochedos num espetáculo deslumbrante.

Tudo que vi ontem se encaixa em um único adjetivo: maravilhoso! Mas preciso parar de contar, porque este e-mail está *enooorme* e eu ainda não falei nada sobre o que aconteceu depois que voltei para casa.

Entrei no meu quarto e achei que ele estava com cara de que tinha sido remexido. Havia algumas coisas fora do lugar, não sei explicar, mas era mais do que uma sensação. E tive certeza de que dona Fê mexeu nas minhas coisas! Ainda bem que ela não tocou na gaveta onde guardo o diário, porque aí, sim, seria "a" catástrofe. Então tomei uma decisão: daqui para a frente, vou levá-lo comigo, quando sair, escondido dentro da bolsa (que, felizmente, é bem grandona).

Ela não me acusou de nada; parece que dona Carmen não contou que me pegou saindo do apartamento da Tivó. Ainda... Mas vi as duas falando baixinho no corredor, de um jeito cúmplice, olhando para os lados. Sei lá o que isso quer dizer, mas vou ficar na minha. E em guarda!

Maria João me telefonou, convidando para tomar um café com ela numa confeitaria nova hoje à tarde. Disse que o Milton virá me buscar de carro. Achei meio esquisito, ela parecia ansiosa para me ver – ou será que é para encontrar o namorado e eu não passo do álibi, como sempre? Mas faz tempo que a gente não conversa, vai que ela apenas queira contar algo novo (e se livrar por algumas horas dos olhos de falcão do pai dela, coitada!). Aceitei e agora preciso me arrumar.

Para encerrar: quanto ao nome do amado de Maria Otília, não consegui achar nada que esclareça aquelas iniciais, mas, você sabe, isso é só uma questão de tempo! Eu chego lá!

Abração da
Dô

---

17 de abril, segunda-feira

De: <lucas@...>   **Para:** <toni@...>

Mano, precisei de um tempo enorme para anotar tantas coisas que você perguntou quando a gente se falou por telefone... Essa namoradinha portuguesa está te dando trabalho, hein?

Mas, enfim, escrevi para o meu amigo Bernardo, que tem uma bolsa para cursar o mestrado em Coimbra e sabe tudo sobre leis em Portugal. Ele disse que, quando se precisa pesquisar processos e outros bichos naquele país, o interessante é entrar nos sites da Ordem dos Advogados. Eles têm conselhos regionais nas cidades e digitalizam muita informação. Segundo o Bernardo, outro site confiável é o do Centro de Informação e Documentação do Palácio da Justiça.

Boa sorte aí com a garota! Sério, maninho, nunca te vi tão apaixonado. As coisas andam bem diferentes de quando você namorou a "ex", fala a verdade!

Fui,
Lucas

---

17 de abril, segunda-feira

De: <toni@...>   **Para:** <lucas@...>

E eu pensando que Minas Gerais ia te deixar menos miolo mole! Bobagem, mano velho. A Doroteia não é minha "namoradinha portuguesa". Além de ser brasileira, paulista, somos apenas amigos. É que nunca na vida eu conheci uma garota tão decidida e corajosa, só isso.

De qualquer forma, agradeço pela dica. Vou pesquisar nos sites que você sugeriu hoje mesmo. E se puder me passar o e-mail do Bernardo, fica mais fácil: falo direto com ele e não preciso torrar a sua paciência com perguntas, ok?

Outra coisa, encontrei a Duda e ela me disse que você mandou um cartão-postal de Beagá pra ela. Estava embevecida, com cara de apaixonada. Sério, Lucão, se não quer namorar a menina, por que continuar enrolando a coitada? Ou pensa que eu não sei que você está ficando com uma garota aí em Minas? Nem tenha dúvidas, foi o Zé que me contou. Pelo menos ele não faz fofocas exclusivamente da minha vida... (rs) Até,
Toni

18 de abril, terça-feira

De: <toni@...>   **Para:** <doroteia@...>

Boa noite, Dô! Imagino que só vai ler isto amanhã, mas preciso dar notícias com urgência!

Hoje pesquisei em sítios que meu irmão sugeriu (é assim que se fala em Portugal, em vez da palavra "sites", não é?) e também entrei em páginas de jornais daí. Finalmente, encontrei uma referência que pode implicar o tal Aldonço Louveiras Martinho. É uma notícia curta de 1989, que contém uma lista com uns vinte nomes de pessoas que o Conselho Regional de Lisboa da Ordem dos Advogados descredenciou. O texto diz que essas pessoas não podem mais exercer a profissão por terem sido acusadas de "atividades incompatíveis com a filosofia ética e moral da entidade" – seja lá o que isso for. Entre eles, há um "Aldonço Martinho".

Fiquei ouriçado com a descoberta e fui fuçar no site do Centro de Informação e Documentação do Palácio da Justiça. Lá há várias citações de um "A.L. Martinho" como réu em processos judiciais. O problema é: não consigo saber se é ele mesmo ou algum homônimo. Aldonço não é tão comum, mas Martinho é... E em nenhum lugar tinha o nome completo. Para entrar mais e ler detalhes dos processos, eu precisaria ser membro da Ordem ou coisa parecida. Vou continuar pesquisando, mas por enquanto vou considerar que é ele, sim, e que é um advogado descredenciado, portanto, provavelmente, um grande trambiqueiro...

Outra coisa que pensei a respeito desse homem: será que ele não é um antigo apaixonado da dona Fê? Essa coisa de encontros e telefonemas pode indicar uma intimidade passada, imagino.

Por enquanto é isso. Escreva logo e conte sobre o encontro com a Maria João! Também estou ansioso pra saber se você decifrou mais alguma coisa no diário.

Bj,
Toni

20 de abril, quarta-feira

De: <mikaella@...>   **Para:** <doroteia@...>

Oi, amiga!
Estive com a Lu várias vezes nas últimas semanas e ela só fala em você. Fico com saudade, sabia?

Preciso te contar essa: acabei o namoro! Não aguentava mais o ciúme do infeliz e tomei a decisão de um dia pro outro: arranquei aquilo da minha vida feito um esparadrapo grudento.

Fiquei bem mal, nem te conto. Só chorava, nos primeiros dias. Agora estou melhorando e a Lu é que me ajudou a aguentar a barra. Mas ultimamente ela anda muito ocupada, apaixonada que só vendo! Ela te contou sobre *ele*? Se não contou, please, faz de conta que você não sabe! Não fui eu que fofoquei, entendeu?

Está tudo bem com você? Até os meninos andam preocupados. Estive com o Maurão e o Cadu e eles comentaram que o seu blog nunca mais foi atualizado! E a Lu disse que você está namorando o menino do outro blog (que, por sinal, também não tem sido atualizado; eu entrei e vi). Dê notícias, Dô. E aí vai, pra gente matar um pouquinho a saudade, uma foto que tiramos semana passada. Eu, a Lu, o Cadu e o Mauro no shopping. Quem tirou foi o próprio Dário (o novo rolo da Luciana que você não sabe que existe, combinado?).

Te cuida, hein??? Saudadessssss,
Mikaella

20 de abril, quarta-feira

De: <doroteia@...>   **Para:** <mikaella@...>

Amiga,
Que bom ter notícias suas, e ainda com foto da turma. Amei! Pode deixar que não vou comentar nada com a Lu. Ela me contou do novo rolo, só não tinha dito o nome do namorado...

Parabéns por ter arrancado o "esparadrapo grudento"! Também fiquei mal quando acabou meu namoro com o "fantasma", você bem se lembra. Mas passou, e agora estou ótima!

Sério, está tudo bem comigo. Tenho passeado muito, ido à biblioteca do bairro, feito umas pesquisas – só para não perder o costume – e não atualizei o blog por preguiça mesmo. Quando voltar, prometo colocar mil fotos e informações sobre Lisboa.

Quanto a "namorar" o Toni, que ideia absurda, Mika! Como eu ficaria com alguém que está do outro lado do mundo? Sem chance. O que posso te confessar é que ele é uma pessoa incrível. Muito inteligente, responsável, solidário. Se eu estivesse no Brasil, quem sabe... Mas ainda faltam meses para eu voltar. O tempo, ultimamente, transcorre devagar demais para o meu gosto.

Se estiver com o Mau e o Cadu, diga que morro de saudade deles. Logo estaremos juntos no shopping, a turma toda – e sem "fantasmas"!

Abraço apertado da
Dô

22 de abril, quinta-feira

De: <doroteia@...>   **Para:** <toni@...>

Oi, Toni, tudo bom?
Mil perdões pela demora em escrever, mas cá estou eu de novo...
Domingo passado, fiz um longo passeio a pé pelas ruelas e morros de Alfama. Primeiro com a Maria João; depois sozinha mesmo. Estava deliciosamente quente, um sol brilhante no "céu azul à portuguesa" (conhece essa?), nem me lembrei de pegar a jaqueta... Mas à noite refresca, ainda mais com o jeito que o vento corre e fica gelado, então, foi a conta

de pegar um resfriado. Nos dias seguintes fiquei mal, abatida, me sentindo um trapo, sem ânimo para nada. Mas agora passou.

Maria João tinha me convidado para ir a uma confeitaria que ela descobriu. Nossa! Foi uma delícia (em todos os sentidos). Você sabe, eu andava evitando encontrá-la, de medo que o pai dela descobrisse sobre o namorado, mas valeu a pena. Desta vez, ele nos deixou sozinhas – de fato, não tenho certeza. Bem que nós desconfiamos de que ele estivesse nos vigiando... Mas, pelo menos, pudemos conversar sossegadas. Quando deu a hora de nos buscar, ela foi embora com ele e eu continuei passeando mais um pouco – você não imagina a beleza que fica a cidade no final do dia, quando ainda há alguma claridade, mas as luzes já começam a se acender...

No meio da conversa, perguntei para a Maria João no que o pai dela trabalha, ele tem tanto tempo disponível! Ela me enrolou um pouco e acabou dizendo que ele é "agente imobiliário". Disse que, como as visitas aos imóveis são agendadas com antecedência, ele tem tempo para cuidar dela.

Tive de me concentrar para segurar o riso. Tadinha da Maria João, acho que até ela própria pensa que tem cinco anos de idade! Mas ela tinha os olhos cheios de lágrimas quando choramingou:

– Não consigo mais ver o José Augusto como antes, sabes? Meu pai não me larga, pá! Só me resta escapar da escola. Tem um café bem ao lado dela, então, ando a fugir das aulas, saio mais cedo, chego atrasada, dou um beijo nele durante o recreio. Mas é tão pouquinho... Na semana passada, ficamos juntos uma manhã inteira. Foi maravilhoso! Tudo o que eu queria era poder passear de mãos dadas à beira do Tejo, como todos os namorados do mundo.

Abri a boca para dar o maior sermão nela, mas consegui fechá-la a tempo: quero me segurar para conversarmos direitinho no próximo domingo, quando pretendemos ir sozinhas a Sintra, sem pai nem namorado, só nós duas. Vai ser uma aventura! E vou tentar descobrir mais algumas coisas nos papos com ela.

Falando em descobertas...

Sobre o Aldonço, não sei nada. Nem mesmo se foi namorado da dona Fê. Mas vou ficar mais ligada, conversar com ela, perguntar com jeito. Agora, se o cara foi expulso da Ordem dos Advogados, boa coisa ele não deve ser! Quando me lembro do jeito esquisito que ele falou que tinham de manter sei lá o que em segredo, fico toda arrepiada!

Meu resfriado teve uma vantagem: decifrei longos trechos do diário da Maria Otília, que envio agora, digitados. Você vai gostar. O caderno virou meu companheiro inseparável! O tempo todo ele agora fica dentro de um *nécessaire*, escondido no fundo da minha bolsa, e vai comigo aonde quer que eu vá.

Por hoje chega! Vou te deixar com os relatos dela.

Abração e boa leitura,

Dô

27 de Julho de 1956

Querido diário, ontem foi um dos dias mais lindos da minha vida! Quero deixar aqui registrada, para sempre, a minha emoção! Acredite-me: J.S. levou-me para ouvir Amália Rodrigues! Sim, fomos ao teatro, como um casal elegante. Não um simples cinema ou um sorvete no parque, mas ao teatro! Não foi a primeira vez na minha vida, mas, embora ele não tenha dito, acho que, para ele, foi sim. De qualquer maneira, para nós dois, ouvir Amália, vê-la à nossa frente, quase poder tocá-la... foi indescritível! Chorei quando ela cantou "Uma casa portuguesa"... E, durante vários dias, esta música não me saiu da cabeça:

(...) Quatro paredes caiadas,
Um cheiro a alecrim,
Um cacho de uvas doiradas,
Duas rosas num jardim,
Um São José de azulejo,
Mais o sol da primavera...
Uma promessa de beijos...
Dois braços à minha espera...
É uma casa portuguesa, com certeza!
É, com certeza, uma casa portuguesa!

E fico a me indagar: Quantos sonhos essas poucas frases conseguem abraçar?

Infelizmente, minha alegria findou quando retornei à casa da minha anfitriã. Eu não tinha contado a ela que ia ao teatro, e muito menos com J.S. Ela descobriu sozinha, não me perguntes como. Ficou furiosa: primeiro, por não eu ter dito que ia sair com um rapaz; e, principalmente, porque ela não gosta do meu amigo. Disse que já ouvira falar dele – e muito mal. Ficou a repetir como um disco estragado:

– Ele não é um rapaz respeitável! Ele não é um rapaz respeitável!

Ora, como ela sabe? De onde tirou isso?

Ele buscou-me e levou-me à casa, foi gentil o tempo todo, trouxe-me bombons. Quando estamos juntos, abre a porta para eu passar, puxa a cadeira para eu me sentar, elogia-me com discrição e delicadeza, recebe-me com um buquê de flores nas mãos... O que mais pode-se esperar de um homem?

A mim, ele parece sério e responsável, sim, senhora! Analisa como ele me trata e responde: o que mais pode uma mulher desejar?

A F. cismou que não devo mais vê-lo. Quando protestei, ela ordenou:

– Enquanto estiveres aqui, hospedada em minha casa, não quero que voltes a encontrar esse gajo!

Diário, não sei o que fazer. Não tenho outro lugar para ir. Vou começar a trabalhar na semana que vem, mas o salário de uma bibliotecária assistente é pequeno, não sei se conseguirei alugar um apartamento para mim. O J.S. está a morar em Sintra, distante por demais. Ele ganha pouco; já me confidenciou que só poderá se casar quando se sentir capaz de sustentar uma família. De qualquer maneira, eu jamais teria coragem de dizer a ele como agir. Ai, só me resta ter paciência...

Meu problema maior é: não posso mais imaginar minha vida sem ele! Acho que terei de começar a fingir, a mentir, a camuflar o que faço. É correto isso? Mas é correto receber ordens de uma amiga, por mais querida que ela seja, por mais que ela esteja a ajudar-me?

• • •

12 de Agosto de 1956

Querida amiga, dedico a ti este belo soneto de Florbela Espanca. Quero que saibas o quanto sinto a tua falta, agora que tens-te recusado a ver-me com a mesma frequência de antes.

Teu admirador,

J.S.F.A.

Vulcões

Tudo é frio e gelado. O gume dum punhal
Não tem a lividez sinistra da montanha
Quando a noite inunda dum manto sem igual
De neve branca e fria onde o luar se banha.

No entanto que fogo, que lavas, a montanha
Oculta no seu seio de lividez fatal!
Tudo é quente lá dentro... e que paixão tamanha
A fria neve envolve em seu vestido ideal!

No gelo da indiferença ocultam-se as paixões
Como no gelo frio do cume da montanha
Se oculta a lava quente do seio dos vulcões...

Assim quando eu te falo alegre, friamente,
Sem um tremor de voz, mas sabes tu que estranha
Paixão palpita e ruge em mim doida e fremente!

• • •

Outubro de 1956

Meu diário, tu não hás de ralhar comigo, mas não pude resistir ao convite de J.S., que com tanta insistência exigiu que eu passasse um domingo com ele em Sintra. Comprei este postal na lojinha de um seu conhecido, mas ele não me deixou pagá-lo. Guardo-o, então, com mais carinho ainda (se isso for possível), pois ele é a lembrança viva dos bons momentos que passamos juntos.

Dezembro de 1956

Querida e boa irmã,

Deus queira que estejas com saúde, aqui estamos todos bem, felizmente. Ao ensejo das comemorações de Natal, envio este cartão com os nossos votos de um Feliz Natal e um Ano-Novo cheio de alegrias. Sentimos muito a tua falta, quando virás nos fazer companhia num Natal tropical? Ficaremos felizes em recebê-la, não te demores muito! Os anos se vão um a um, mas celeremente. Espero que tu não deixes passar mais um em branco...

Beijos e o amor da tua irmã
Filomena

3 de Abril de 1957

A amiga será capaz de ler as entrelinhas deste trecho do poema "Fanatismo", que Florbela Espanca escreveu especialmente para que fosse enviado a esta pessoa que seu amigo tem em tão alta estima? O seu admirador cá de Sintra acredita que sim... Se não, vejamos.

"Minh'alma, de sonhar-te, anda perdida.
Meus olhos andam cegos de te ver.
Não és sequer razão do meu viver
Pois que tu és já toda a minha vida!"

Novidade: seu amigo foi promovido!

Ele está feliz, minha cara! Se o permitires, dirá "minha amada"! Porque isso significa que seu ordenado vai ser aumentado e ele poderá, enfim, assumir de fato os compromissos que seu coração há muito tomou como seus! Vá visitá-lo no próximo domingo. Ele faz questão de dizer-te, pessoalmente, tudo que sente, sentimentos esses que se entrelaçam ao belo futuro que ele entrevê a se descortinar no horizonte...! Ele te espera como sempre no domingo, trazida pelo comboio das 11 horas.

Inteiramente teu,
J.S.F.A.
Primavera de 1957

7 de Abril de 1957

Querido diário,

Acabo de retornar de Sintra e estou imensamente feliz!

J.S. declarou-me seu amor na carta que colei aqui, e hoje ele pediu-me em casamento. Estamos noivos!

É só entre nós dois, por enquanto, porque minha família não está em Lisboa para ele oficializar o pedido. Desejamos casar-nos o quanto antes, mas isso quer dizer daqui a, pelo menos, um ano, ou mesmo dois, pois há muito o que preparar! Não temos nada – nem aliança ou móveis, casa ou enxoval, nem mesmo a data do casamento!

Ainda não sabemos como vamos resolver tudo isso, mas estou tão feliz que não consigo pensar em nada prático, ainda estou a morar na terra dos sonhos... E como é bom...!

Quero gritar de alegria, sinto vontade de abraçar as pessoas que me olham nas ruas, mas, acredita-me, não tenho nem a quem contar a novidade! Só me resta celebrar contigo, diário amigo, tu que conheces todos os meus segredos!

Quisera telefonar a minha irmã Filomena... Ela havia de ficar feliz por mim. Mas nem isso me é permitido. Uma ligação demora horas, eu precisava ir à companhia telefônica e pedir a ajuda da telefonista. Imagine! Eu a sair sozinha a esta hora! É para rir, de tão ridículo. Mas não importa, eu estou feliz! O poeta Fernando Pessoa não disse que uma pessoa pode ser ridícula quando está feliz? Claro que sei que não foi isso, exatamente, o que ele disse, mas faz de conta...

Ainda não sabemos como vamos contar a novidade à família de J.S., que eu não conheço. Seus parentes moram em Faro, que ao menos é em Portugal. Ele quer apresentar-me e contar pessoalmente à mãe, que o pai já é falecido, e aos irmãos. Não temos meios para viajar nem para o sul, que dirá para o Brasil, mas isso não atrapalha em nada a minha felicidade. A única coisa que me importa é saber que ele corresponde ao meu amor!

Seremos muito felizes! Moraremos numa linda casa portuguesa como na canção, teremos lindos filhos, dois meninos e duas meninas, e todos os meus sonhos serão realizados!

• • •

29 de Abril de 1957

Querido diário,

Minha vida tornou-se muito difícil. Não sei explicar-te, mas minha amiga já não é mais a mesma e já não trata-me como antes. Ela mal fala comigo e, quando o faz, é de uma maneira ríspida, muitas vezes usando palavras rudes. Perdeu toda a cortesia. Parece que está todo o tempo a vigiar-me: aonde vou, a roupa que estou a vestir, a que horas saio, quando volto, o que comprei com o meu dinheiro, tudo, tudo! É uma doença! Ou uma alucinação. E critica-me o tempo inteiro. Chama a minha atenção como se eu fosse sua filha, não uma amiga da mesma idade.

Creio que sei o motivo: ela não tem mais dúvidas sobre aonde vou e com quem vou-me encontrar, quando saio, na manhã de domingo. Procuro levantar-me o mais cedo possível, para que não me veja, mas ela sempre antecede-me e fica a atrapalhar-me, a pedir coisas inúteis, a dizer que precisa conversar urgentemente sobre um assunto, que, de facto, é irrelevante, ou mesmo tolo.

– Achas que eu devia mudar o penteado? – perguntou-me, ontem. E pôs-se a virar os cabelos para lá e para cá, a fazer poses, e em cada uma delas queria saber a minha opinião, até que saí a correr sem arrumar-me direito para não perder o comboio que levar-me-ia a Sintra. Ela ficou não só frustrada, mas especialmente furiosa – coisa que percebi na volta, é evidente.

Por outro lado, com o J.S., que fica a me declarar seu amor todo o tempo que estamos juntos, está tudo a correr sobre rodas. Somos noivos, mas eu tenho de escondê-lo como se estivesse a cometer um crime! É óbvio que importo-me, mas finjo até para mim mesma, de modo a não atrapalhar a nossa felicidade. Sei que o melhor é ter cautela. Nada de colocar o carro à frente dos bois. Temos todo o tempo do mundo para ficar juntos depois de nos casarmos.

Vou a Sintra todos os domingos para vê-lo. A F.F. faz cara feia, mas eu a ignoro. Ela não pergunta mais aonde vou e está permanentemente a implicar comigo. Claro que ela sabe também que J.S. escreve-me, deve ver as cartas na caixa do correio, mas eu escondo-te, meu diário, junto com elas, no fundo falso de uma caixa de madeira trabalhada que comprei em Alfama. Ela não vai conseguir te encontrar!

O trabalho na biblioteca segue às mil maravilhas, mas tenho enorme receio de fazer amizades. A situação política em Portugal anda complicada, não quero ligar-me às pessoas erradas, então, o melhor é ficar só. Imagina que, depois do que aconteceu ao meu pai, que tanto sofreu quando teve de exilar-se no Brasil, não quero nem chegar perto dos salazaristas; mas também não me sinto à vontade com partidários da oposição... De todo modo, há tantas coisas a acontecer na minha vida, neste momento, que não tenho tempo para pensar em política ou na economia do país. Acho que esqueci-me de contar-te uma novidade que deixou-me tão perturbada, que nem sei como defini-la – é boa ou má?

O chefe do J.S. lhe disse que seria muito bom para a sua carreira se fosse trabalhar em Braga. Ele poderia ter um novo aumento no ordenado, bem como mais responsabilidades, e talvez, se tudo der certo, logo poderia tornar-se o gerente da filial. E ele está tentado a aceitar.

– Passaremos um tempo mais distantes – disse-me. – Não será possível, por exemplo, encontrarmo-nos todos os domingos. Por outro lado, com mais dinheiro, podemos nos casar mais depressa. Em um ano, no máximo, pois que vou receber também uma casa!

Não perguntou-me o que acho, porque não precisa. Os homens tomam decisões melhor do que nós, mulheres. Tenho certeza de que escolherá o caminho certo para nós dois. Mas pensar na distância que nos separará foi como uma nuvem a escurecer o azul do céu da minha felicidade!...

Não vai ser fácil, diário! Longe dos olhos, longe do coração, diz o ditado. E eu sinto um medo imenso de que essa separação dure para sempre...

23 de abril, domingo

De: <toni@...>   **Para:** <doroteia@...>

Novidades grandes por aqui! Estou sozinho em casa.

Minha mãe e o Zeca foram passar o fim de semana prolongado no apartamento de praia de uma amiga dela. E, claro, eu não queria ir. No final quase que a viagem deles não saiu, porque ninguém queria me deixar sem supervisão... Mas tanto insisti, que acabaram concordando e me deixaram ficar! Afinal, todos os exames médicos dão conta de que estou bem e até o doutor Mateus disse que preciso de mais autonomia.

Minha mãe encheu a geladeira de comida e eu só preciso esquentar um leite aqui, uma refeição ali. Dei uma arrumada na sala e, acredite, consegui fazer minha cama! Não me sinto mais um inútil. Você não tem ideia de como foi maravilhosa a sensação de liberdade que me invadiu!

Apesar de tudo, o Lucas fica telefonando de Minas e o zelador aparece de manhã e à tarde (adivinha se não recebeu mil recomendações?).

Não pense que parei de investigar. Imprimi todo o material do diário que você mandou e estou analisando. É mesmo emocionante! Comecei a montar num caderninho uma cronologia da vida de dona Maria Otília. O engraçado, nesta primeira compilação, é que dona Fernanda, no diário, começa como uma criatura generosa, boazinha, acolhendo a amiga e, aos poucos, parece estar se tornando a vilã da história...

Mande notícias! Quero especialmente de seu passeio a Sintra com a Maria João.

Beijão do Toni

25 de abril, segunda-feira

De: <doroteia@...>   **Para:** <toni@...>

Nossa, Toni, você é demais!!!

Eu já te disse como te acho incrível? Aposto que não vai demorar muito pra morar sozinho e ser independente. Como eu queria ter a sua coragem!

Mas qual... Qualquer bobagem me deixa mais gelada que sorvete no *freezer*.

Conforme o programado, Maria João e eu fomos a Sintra, no domingo. Dona Fê nos convidou para ir à missa com ela, logo cedo, na Basílica da Estrela, e aceitamos porque isso facilitava nossos planos: Maria João deveria dormir aqui na noite de sábado para domingo. O pai dela bem que chiou, mas acabou deixando.

De manhã, fingimos enjoo e dor de estômago, fazendo caretas e resmungando que a culpa era dos pastéis que Maria João tinha trazido para comermos à noite. Dona Fê foi sozinha à missa...

Mal ela virou as costas, nós duas nos mandamos! Deixamos um bilhete dizendo que estávamos melhor e tínhamos ido passear no Centro Cultural de Belém.

Pegamos o metrô e, em seguida, na estação de Rossio, o trem para Sintra. Em meia hora já estávamos lá. Maria João quis comprar imediatamente uns doces na Piriquita, uma famosa confeitaria. Apesar dos quilinhos que já ganhei, não pude recusar. Ele é chamado de "travesseiro" e é uma delícia. Provamos também a "queijada", outra delícia. Que cidade, Toni! Habitada pelos celtas e pelos mouros, acabou se tornando o refúgio de verão da realeza portuguesa. Ali, belezas exóticas, cada uma mais deslumbrante do que a outra, convivem em harmonia numa incrível mistura de estilos... Palácios históricos, florestas e jardins esplendorosos emergem das montanhas como se a cidade fosse o cenário de um filme de fantasia!

As ruas do Centro Histórico são cheias de lojas e cafés, que ficam em redor do Palácio Nacional. Depois de visitá-lo, fomos com uma van de turismo para a Quinta da Regaleira, onde fica o inacreditável Palácio da Regaleira. O que vimos ali não dá pra descrever de tão intenso. Os jardins são cheios de símbolos místicos e espaços secretos, inclusive túneis, torres góticas e paredes de pedra fortificadas. É melhor que você mesmo pesquise na internet. Imperdível, ainda mais para um detetive! Seus mistérios vão te deixar de olho arregalado! Tudo muito lindo, mas o mais emocionante para mim foi ver ao longe o Castelo dos Mouros, uma fortaleza árabe do século VIII, já em ruínas, que parece um promontório rochoso em cima da cidade. Quero visitá-lo um dia. Dizem que, de suas muralhas, tem-se uma vista panorâmica sensacional.

Um dia é muito pouco para ver tanta coisa e também ficou faltando conhecer o Palácio da Pena. Mas eu vou voltar a Sintra, com certeza!

Mesmo assim, passeamos bastante e conversamos muito também. A princípio, amenidades. Depois, o papo foi se aprofundando até atingir o território das confidências. Para ganhar a confiança dela, contei as minhas desventuras do tempo do "fantasma" e terminei com a frase:

– Maria João, felicidade é algo que sentimos de dentro para fora. Nenhuma garota precisa de um namorado para ser feliz. Muitas vezes, é o contrário. Um namorado prende a gente, principalmente se ele for ciumento e possessivo. Com esse tipo de garoto não dá para ser feliz.

Ela me encarou, tão horrorizada que pulei do banco onde estava sentada. Parecia que eu tinha dito algo absurdo.

– O ciúme faz parte do amor. Amor sem ciúme não é amor – ela declarou, convicta.

Eu a olhei bem dentro dos olhos e aí foi a vez dela de estremecer, quando eu disse:

– Você está enganada. Quem ama verdadeiramente confia no ser amado. Ninguém merece ser vigiado. Você mesma é um bom exemplo disso: de que adianta o seu pai não largar do seu pé? Você sempre acha um jeito de driblar a vigilância dele e fazer o que quer...

Ela não respondeu. Fechou a cara e disse que o melhor era a gente ir logo para a estação, senão poderíamos perder o trem – e o nosso álibi.

Voltamos mais caladas. Confesso que estava cansada. E ainda

tivemos de passar no Centro Cultural, agora de verdade, para pegar uns folhetos das exposições.

E quem estava lá, à nossa espera, com a maior cara de poucos amigos?

O namorado ciumento, como a me dar razão no que dissera à minha amiga.

Não aguentei e insisti:

– Nada de demorar mais! Vamos embora agora!

Emburrada, ela teve de concordar.

Na esquina de casa, quem parecia esperar por nós?

O bigodudo suspeito.

Abrimos a porta da casa e quem vimos na sala de estar?

Dona Fernanda, mordendo as paredes.

E quem soltava fumaça pelas orelhas, sentado no sofá?

Milton, o pai.

Era emoção demais para um só dia, Toni!

Nós nos fizemos de inocentes e o Milton, que estava certamente doido para ir embora, catou a filha e se mandou, bem depressa.

Dona Fê apenas olhou para "a menina" com ar de suspeita e não teve tempo de dizer nada, porque o telefone tocou bem na hora, e ela foi atender num passo arrastado. Parecia cansada. Ela pegou o telefone, fez sinal de "é pra mim" e esperou que eu me afastasse pra começar a falar, mas eu ouvi quando ela disse, com raiva:

– Mas eu já não te disse para não me chamares aqui, em minha casa...?

Nesse momento, tive certeza de que era ele: o tal senhor Aldonço. Fui voando pro meu quarto e fiquei lá até o jantar, que foi tétrico: nós duas, mudas, olhando para o prato, pensativas...

Agora estou decidida: tenho de voltar ao apartamento da Tivó. Quero procurar pela tal "caixa de fundo falso" citada no diário. Será que ela ainda existe? De qualquer maneira, de uma coisa tenho certeza: tem muito mais lá!

Beijos da

Dô

---

26 de abril, quarta-feira à noite

De: <toni@...>   **Para:** <doroteia@...>

Menina, fiquei até sem jeito com a sua mensagem. Não sou corajoso, não, só tento ser prático. De que adiantaria ficar me lamentando por não poder mais fazer tudo o que fazia antes? O jeito é focar no que eu posso fazer e seguir em frente... Para mim, você é que é corajosa, Doroteia! Está no meio de um mistério em Lisboa e não desiste. Muita gente já teria voltado para o Brasil, deixando a herança e as encrencas pra trás. Eu te admiro por isso.

E essa ideia de enganar todo mundo pra fazer aquele passeio? Só pode ter saído da sua cabeça, porque a Maria João parece que pensou unicamente num jeito de encontrar o namorado, não é?

Uma queixa: você não enviou fotos do passeio... Sintra é mesmo tão linda quanto nas fotos que a gente vê? Esse é definitivamente um lugar onde eu gostaria de viver um monte de aventuras!

Guardei o mais estranho para o final. Encontrei algo no mínimo bizarro, esta tarde, quando pesquisei em outro site o tal Aldonço. A conselho do Lucas e de um amigo dele que estuda em Coimbra, entrei no "sítio" do Diário da República. É o jornal oficial de Portugal e, antes de 1976, se chamava "Diário do Governo"; lá há cópias de páginas do jornal contendo notícias, atos governamentais, despachos e outros documentos oficiais. Dei busca juntando o nome da dona Fernanda Fátima ao do homem, pra ver no que dava, e não é que achei uma nota que inclui os dois? Trata-se de uma procuração, publicada em março de 1981, que, em resumo, diz o seguinte:

"A Senhora Fernanda Fátima Silveira Fortuna de Alencar confere ao Senhor Aldonço Louveiras Martinho poderes para representá-la legalmente no caso judicial envolvendo a menor Maria de Lourdes S.F. de Alencar".

Agora está confirmado que o homem era advogado, ao menos em 1981. Em 1989, a notícia da Ordem dos Advogados dá conta de que ele foi posto pra fora. E o nome da sua anfitriã está lá, inteirinho. Mas quem será a tal "menor"?

Beijos confusos,
Toni

---

27 de abril, sexta-feira pela manhã

De: <doroteia@...>   **Para:** <toni@...>

Toni, você não vai acreditar! Estou perplexa, abismada, estarrecida! Agora, além de precisar fazer mais buscas no apartamento de cima, tenho de avançar na leitura do diário. Preciso saber mais!

Mas uma coisa eu posso te adiantar já: Maria de Lourdes era a filha da dona Fê. Ela é a falecida mãe da Maria João!

PRIMAVERA DE MEDO

> As lágrimas inflamam o meu amor
> e sinto-me contente de mim porque vos amei.
>
> Camões

• • •

28 de abril, sexta-feira

De: <doroteia@...>   **Para:** <toni@...>

Boa noite!
Tenho várias notícias, por isso nem esperei sua resposta ao meu último e-mail.
Preciso começar com algo que me esqueci de comentar: como Lisboa é linda na primavera! Os brotos parecem arrebentar da noite para o dia, e agora por onde ando vejo flores: em praças, canteiros, janelas, jardins, vasos. Você ia adorar... Mas, apesar do colorido e da lindeza, a primavera portuguesa está me amedrontando.
A paranoia anda a mil por aqui! Cada homem de terno que vejo me parece o bigodudo sinistro, e a cada dia dona Fefê se mostra mais estranha. Tem conversas sigilosas a toda hora pelo telefone – e desconfio que sejam papos com o senhor ex-advogado trambiqueiro!
Claro que essa estranheza que detecto agora na dona Fernanda Fátima pode ser resultado das conversas a respeito do diário da Tivó que nós dois tivemos – como você disse, estamos concluindo que ela é a "vilã da história". Será uma conclusão apressada? Ontem, achei que sim. Hoje, eu acho que não. Amanhã... tudo pode mudar, nesta primavera assustadora.
Amigo, fiquei mesmo espantada com o documento que você desencavou. Aquela história de "caso judicial" é intrigante, porque sempre me pareceu que a falecida Maria de Lourdes fosse uma santa! Primeiro, aturava a mãe esquisita; depois, casou-se com o grosso do Milton; e a coitada ainda morreu jovem. Numa de nossas primeiras conversas, Maria João deixou escapar que se lembrava pouco da mãe, pois ela esteve

doente por muito tempo, vivia a entrar e sair de hospitais. Pelo que entendi, ela morreu quando a filha tinha uns seis ou sete anos.

Outra coisa estranha é que, apesar de o apartamento onde estou ter uma parede cheia de porta-retratos, não achei nenhuma foto da tal moça. Fui até rever todos, ontem de manhã, quando minha anfitriã estava na cozinha e não implicaria comigo. Tem muitas fotos amareladas, que devem ser da família dela, umas duas da dona Fefê com amigas, várias moças com a Tivó no meio, e três da Maria João, ainda pequena. É como se, na lembrança dela, Maria de Lourdes não tivesse existido... Nem o outro falecido da família, o marido! Nenhuma foto dele, nem do casamento, nada.

Aí tem coisa, Toni. Será que eu deveria pressioná-la e perguntar da filha?

Bom, agora vamos às notícias importantes! Prepare-se, que lá vem bomba (suspense...)

Na madrugada de ontem para hoje, voltei ao apartamento do andar de cima! Agora que a pintura dos corredores está terminando, tive acesso à porta e tomei mais cuidado que antes, para não fazer barulho – não queria encontrar a dona Carmen de novo!

Foi frustrante, porque não achei, mesmo, nadinha no guarda--roupa. E, de repente, ouvi uns barulhos de chave. Era a porta de entrada, que alguém ia abrir!

Por sorte, eu estava só com a lanterninha acesa, não havia acionado as lâmpadas do apartamento. Voltei pro quarto e me escondi debaixo da cama... No silêncio total, ouvi passos na sala e uns resmungos. Era a voz de dona Fefê, mas não entendi o que ela resmungava.

O ruído que veio em seguida foi de vidro e metal. Inconfundível: ela estava mexendo naquele pote cheio de moedas. Deu para concluir, pelo som, que ela esvaziou o vidro, pegou algumas moedas (quem sabe as mais antigas, que podem ter valor?), depois deve ter posto as outras de volta e ajeitado a tampa. Escutei o barulho da chave na porta quando ela saiu.

Fiquei um bom tempo embaixo da cama, apavorada, até me sentir segura para sair de lá e vir embora. Na sala, esperei mais um pouco, conferi o vidro – realmente, parecia um pouco mais vazio do que antes, ou será que eu fiquei sugestionada? – e, como não ouvi mais nada, decidi ir embora.

E foi aí que eu percebi uma coisa inusitada: a parede que divide o primeiro e o segundo quartos me pareceu mais grossa do que deveria ser. Será que há ali algum compartimento oculto? Se houver, fica entre os dois quartos, exatamente por trás do tal roupeiro proibido...

Não tive tempo de investigar isso, porque precisava ir logo para o apartamento de baixo. E voltei sem novos incidentes. Ufa!!!

Hoje está um tempo nublado e chuvoso, apesar de abafado. Não tive ânimo de ir pra rua e fiquei bem surpresa quando, depois do pequeno-almoço, dona Fernanda avisou:

– Vou sair a cuidar de uns assuntos, ficarei fora boa parte do dia. A menina também pretende sair?

Assegurei que estava cansada e queria ficar em casa, e ela pareceu satisfeita. Mas não me abalancei a subir de novo, não! Deu medo. Além de ainda ter alguns pintores pelo prédio, dona Carmen poderia me ver. Então, aproveitei o dia para fotografar e decifrar mais trechos do diário de tia Maria Otília. Seguem anexos, OK?

E agora você tem dois e-mails meus pra responder, estou esperando!

Beijos um tanto amedrontados da

Dô

24 de Abril de 1959

Querido diário,

Enviei uma carta ao meu pai e à minha mãe a contar que o J.S. me pediu em casamento. O meu pai ficará, sem dúvida, um pouco triste por não haver recebido um pedido formal, pessoalmente; a minha mãe talvez entenda melhor que eu escolhi outra vida, mais independente deles. Ah, quando me lembro do escândalo que foi a minha partida... Eu não passava de uma rapariga inexperiente, recém-formada pela Escola de Biblioteconomia. De qualquer maneira, tudo isso já lá vai no passado. Tenho certeza de que eles entendem que a distância é muito grande, a viagem é cara e eu vou fazer 25 anos, já passei da hora de me casar. A maioria das moças da minha idade tem ao menos dois filhos! Mesmo assim, espero que eles venham participar do nosso casamento.

J.S. também mandou uma carta para a sua mãe. Eu, naturalmente, ainda não recebi resposta, a missiva tem de atravessar o oceano duas vezes, mas ele, sim: dona Maria parece estar contente e escreveu que anseia por conhecer a sua futura nora.

Eu estou a preparar o enxoval. Comprei alguns tecidos; por enquanto, pouca coisa, só para sentir o gosto de bordar as nossas iniciais entrelaçadas: MO & JS. Quero trabalhar a barra das peças também, em especial dos lençóis e das fronhas. Enfim, tenho muito trabalho pela frente. Enquanto isso, ele andará a juntar dinheiro para os móveis.

Infelizmente, o que deveria ser a mais doce espera ficará um pouquinho amarga por causa da distância que teremos de aturar. Vou sentir muita saudade dele nesse tempo! Mas não dizem que o amor vence todas as barreiras? Isso não há de ser nada para um afeto forte como o nosso.

Ainda preciso te contar, diário, que ontem chegou uma carta de J.S. Ele está amofinado porque a casa que recebeu da empresa é uma "porcaria". Descreve-a como "fria e úmida; quando chove, fica a alagar-se como se o céu fosse o teto". E acrescentou: "A residência é indigna de uma rapariga como tu". No final, ele diz que precisará alugar outra para nós, mas isso mais tarde, "por enquanto vou ficar aqui mesmo, a poupar muitos contos". Sei que ele tem razão, mas fiquei preocupada: e se ele adoecer? Seria ainda pior...

•••

15 de Maio de 1959

Querido diário,

Algo de muito estranho está a acontecer: algumas cartas que J.S. escreve parecem extraviar-se. Ele diz, por exemplo, que eu não respondi a uma pergunta que me fez, mas ele não me perguntou nada. Diz que não lhe contei certo assunto, mas eu nem sabia do que se tratava. É como se existissem "buracos", qual um queijo que o rato roeu. Ele também se queixou de que eu estava a escrever-lhe menos. E perguntou-me: "Isso significa que me tens menos amor? Isso quer dizer que tu estás a pensar menos no teu noivo? Acho que tu não tens mais tempo para ele, e ele está a sofrer!".

Chorei! Chorei muito! Chorei horas a fio...

Não é verdade! Mas como falar-lhe do meu amor assim tão abertamente?

Escrevi-lhe que sempre respondo às cartas que me envia, mas não sei se ele ficou convencido... E eu não quero parecer muito afoita, a mandar uma nova missiva sem ter recebido a resposta à anterior... Não sou uma rapariga arrojada e intrometida! Isso não fica bem para uma mulher, é o homem quem deve tomar todas as iniciativas, quem não sabe?

Sinto-me confusa, diário. Esta carta ainda está a perturbar-me!

•••

25 de Junho de 1959

Urge que eu saia desta casa, diário. A minha amiga de tantos anos está a comportar-se como uma inimiga. Persegue-me com o seu olhar desconfiado e os seus silêncios casmurros, ou então fica a crivar-me de perguntas às quais não quero ou não posso responder. O seu rosto ao fitar-me tornou-se uma máscara.

Estou a procurar sem trégua um apartamento, nos jornais, nas ruas perto da biblioteca, em todos os lugares, mas está difícil conseguir um que eu possa pagar.

Talvez, se eu conhecesse as pessoas certas na cidade, as coisas tornar-se-iam mais fáceis. Fui procurar dois amigos de meu pai para pedir ajuda, mas fiquei ainda mais apavorada: esses, e mesmo vários outros de quem tive notícias, foram presos pelo regime de Salazar. Presos! Na cadeia!

Meu Deus, em que mundo vivemos?!

•••

25 de Julho de 1959

Querido diário,

A minha vida tornou-se algo de muito difícil. Tenho um noivo que amo, ele escreve que ama-me, mas nós não conseguimos ver-nos. Tento não pensar na solidão que sinto, trabalho com muito afinco, ocupo o meu tempo bordando o meu enxoval – e ainda tenho de fazê-lo em segredo, porque não contei para Fernanda, embora ela esteja desconfiada. Nas horas vagas, procuro uma nova morada. Mas, mesmo assim, sinto-me muito sozinha. Encontramo-nos tão raramente...!

Ele está a trabalhar demasiadamente e não tem tempo de escrever-me tanto quanto antes. Agora não recebo mais do que uma carta por semana; às vezes, nem isso. Não pretendo ser uma noiva rabugenta, daquelas que só reclamam, mas... Vou anotar abaixo as vezes que encontramo-nos e como foi, desde que ficamos noivos.

No início do mês de maio, J.S. mudou-se para Braga. Ah, como eu gostava de já estar casada com ele para ajudá-lo, ou mesmo fazer a mudança para ele...! É muito difícil para um homem resolver esses assuntos domésticos, guardar roupas e utensílios nos armários, por exemplo. Eles não nasceram para isso... Rio ao imaginá-lo a mexer na cozinha – será que a sua casa, enquanto celibatário, vai ter cozinha? E quem vai cozinhar para ele, coitado? Só espero que o meu noivo não morra de fome!

No final do mês de junho, fui visitá-lo para conhecer a casa. Ela é, realmente, muito ruim. Tudo o que ele contara era mesmo verdadeiro. A cidade, no entanto, agradou-me sobremaneira. É linda, jovem e cheia de vida, apesar dos seus dois mil anos de história. A catedral da Sé é uma beleza. Dizem que, quando uma pessoa quer explicar que algo é muito antigo, compara: "É mais velha que a Sé de Braga!".

O que mais me impressionou, porém, foi a escadaria que os peregrinos precisam subir para chegar ao Santuário, no alto de uma colina. Ah, diário, eu também subi os 670 degraus! E pedi que o Bom Jesus do Monte proteja o nosso amor e faça com que esse casamento não demore a acontecer!

Fiquei hospedada em uma pensão simples, porque não ficaria bem para uma rapariga sensata dormir na casa do noivo. Eu sei que ele respeitar-me-ia, mas o que os vizinhos podiam pensar? Não quero ser chamada de leviana! Assim, só entrei muito rapidamente na casa e durante o dia, sob a luz do sol. J.S., sempre tão atencioso, teve o cuidado de convidar um colega de trabalho e a esposa para acompanhar-nos. Sei que seu pensamento foi: "Que ninguém tenha a menor dúvida quanto à pureza da minha noiva!", e admirei-o ainda mais por isso.

Estou a sonhar que ele me virá ver logo após minha mudança. Naturalmente, teremos de agir da mesma maneira: ele se hospedará em uma pensão e eu convidarei uma amiga para entrar junto conosco, quando ele for conhecer o apartamento novo. Não gostaria que fosse F.F., mesmo porque ela não gosta de J.S., então, talvez precise pedir a uma das minhas colegas da biblioteca.

É claro que, quando ele levar-me à casa, ao voltarmos de algum passeio, não poderá subir, teremos de nos despedir na porta. Ai, raios de sociedade cheia de regras! Que bom seria se nós dois pudéssemos ficar um pouco juntos, conversando de mãos dadas no sofá da sala...! Afinal, somos noivos, vamo-nos casar e ele até já beijou-me nos lábios!

Ah, diário, eu gostei muito, confesso somente a ti, por favor, não contes a ninguém. Mesmo contigo, envergonha-me comentar essas coisas...

•••

2 de Agosto de 1957

Minha doce amada,

Apesar de estar muito preocupado contigo, estou bem no meu emprego. Gosto da cidade de Braga, gosto do que faço. Uma pena, o ordenado... Este não é o que eu gostaria, ainda não dá para o sustento de ambos, mas quero que saibas que sigo lutando. Agora mesmo me foi oferecida uma série de viagens e respondi que sim, que gostava de ir, porque terei meus almoços e jantares pagos pela empresa, além da oportunidade de aumentar meus rendimentos com as comissões. Devo abrir novas praças e visitar as filiais espalhadas por Portugal e Espanha durante dez semanas. Vais sentir a minha falta?

Claro que não mais do que já sentes, meu bem, posto que estamos separados... Mas quero que saibas que penso em ti todos os minutos da minha vida. E sonho com o dia encantador em que tu te tornarás minha esposa e eu não precisarei mais me separar de ti senão por breves momentos.

Afetuosamente teu,

J.S.

•••

10 de agosto de 1957

Meu querido noivo,

Hoje tenho uma novidade maravilhosa para te contar: consegui um apartamento!

Estou muito satisfeita. Ele é pequenino, mas não fica longe da biblioteca, o que será excelente para economizar (e não apenas o meu dinheiro, mas também o meu tempo). Antes que tu recebas esta missiva, já terei assinado o contrato e, quiçá, até mesmo me mudado para lá. Como não tenho muito a transportar, um carro de praça com um motorista simpático deve dar para todo o serviço. Terei de comprar alguns móveis, mas é a própria loja que fará a entrega. Não será muita coisa: para o quarto de dormir, uma cama pequena, um guarda-roupa, uma escrivaninha; para a cozinha, alguns utensílios, um fogareiro, uma mesa, duas cadeiras. Por enquanto, isso há de me bastar. Comprarei de um jeito que possam ser aproveitados em nossa futura casa, em Braga (ah, como sonho com esse dia!...).

Sinto tua falta. Gostava de te poder contar pessoalmente tudo isso... Mesmo assim, acrescento que continuo feliz com o trabalho na biblioteca. Ele é rotineiro, mas agradável. Meu chefe acompanha o meu expediente sem comentar nada, o que me diz que está tudo bem. Tu sabes como uns gostam de criticar os outros, sobretudo os chefes, sempre exigentes...!

Claro que não posso fazer amizades nesta cidade, mas ao menos me relaciono com as pessoas. Isso diminui minha solidão, tu bem o podes imaginar, mas o que, na verdade, compensa-me é meu amor pelos livros. Tenho lido muito e gosto cada vez mais de fazê-lo. Nunca me canso de repetir: quem tem a companhia dos bons autores jamais se sente totalmente só.

Quando escreveres para a tua mãe, não te esqueças de lhe enviar as minhas recomendações.

E agora preciso terminar, não sem antes deixar aqui o carinho daquela que pensa em ti o tempo todo,
M.O.

...

1º de Setembro de 1957
Querido diário,
Estou muito angustiada. Não sei o que está a acontecer! Desde que me mudei para o apartamento novo, não recebi uma única correspondência do meu noivo! J.S. desapareceu como se houvesse sido tragado pela terra e eu não tenho mais forças nem para chorar.

Parei de bordar o meu enxoval. Essa actividade entristece-me, porque me faz pensar nele mais intensamente. Estou preocupada. Será que aconteceu alguma coisa?

Em caso positivo, o quê?

E, se não aconteceu nada de ruim com ele, por que é que não escreve?

Não posso sequer perguntar na empresa onde ele trabalha, porque sei que ele está a viajar – foi exactamente o que ele me disse na última carta. Receio que ele me tenha esquecido. Pode ter conhecido outra pessoa e... Não. Melhor não pensar nisso. Continuarei a esperar, como convém a uma moça, e rezar para que esteja tudo bem. Mas estou a ficar desesperada... Cravo as unhas na palma das mãos e sinto vontade de arrancar os cabelos... Ou o meu coração do peito para parar de sofrer... Ou... Não. Melhor não escrever mais. Estou muito confusa.

...

10 de Novembro de 1957
Minha amada,
Espero que não tenhas ficado aborrecida comigo por eu me ter esquecido de levar teu endereço comigo, na viagem da qual acabo de regressar. Novamente, peço que me desculpes. Já te contei, mas repito uma vez mais: no afã de arrumar a mala para ficar fora um tempo tão grande, fechar a casa, deixar tudo de uma maneira que não me trouxesse problemas na volta (tu sabes, a chuva que cai dentro pode estragar muitas coisas) e outras particularidades de última hora, deixei o papel onde anotei teu endereço em cima da escrivaninha. E não havia meios de o recuperar, posto que só eu tenho a chave. Mais uma vez, imploro ardentemente que me perdoes. Tenho certeza de que tua amiga Fernanda te entregou todas as cartas que mandei para o seu endereço, em teu nome, de modo que sabes que não te esqueci em momento algum.

De minha parte, confesso que estou um pouco decepcionado: não me enviaste uma única linha durante todo esse tempo! Ora, querida, não pensaste que eu havia de ficar contente quando encontrasse cheia a caixa dos correios?

Mas perdoo-te, sei que não fizeste por mal. Certamente imaginaste que as tuas cartas se perdiam ou podiam ser lidas por pessoas alheias, o que era desagradável. Ao menos pensaste um pouco no teu noivo? Ele está ansioso por ver-te!

Infelizmente, não sei quando isso será possível. Já o patrão está a pensar em novas viagens para mim, fato que, por um lado, é cansativo, contudo, por outro, enche-me de orgulho: isso significa que ficaram satisfeitos com o meu trabalho, não achas? E uma promoção, nesse momento, acrescida de um aumento no ordenado, bem que vinha a calhar...

De resto, só te posso dizer que penso muito em ti, que sinto a tua falta, que gostaria de te poder olhar nos olhos e, quem sabe, até afagar as tuas doces mãozinhas... Minha amada, pensar em ti me faz feliz!

Abraço-te carinhosamente,

J.S.

• • •

20 de Novembro de 1957

Diário querido, sofri muito com o afastamento de J.S., com o seu atroz silêncio. Chorei tanto que inundei o mundo com as minhas lágrimas. Agora estou confusa e não sei o que pensar.

Minha avó dizia: "As atitudes é que importam. O papel aceita tudo".

Ele escreve-me belas cartas, mas prova que não me ama quando deixa de importar-se comigo e com os meus sentimentos. Dizer que esqueceu-se de levar o meu novo endereço consigo deve ser uma brincadeira de mau gosto. Eu coloco-me no lugar dele e afirmo com os dois pés no chão: isso jamais acontecia comigo! Seu endereço era a primeira coisa que eu guardava na mala!

Dizer que mandou as cartas para o endereço da Fernanda! É óbvio que está a mentir! Por que a minha amiga não mas entregaria?

Não lhe escrevi uma única linha. Não fica bem para uma moça fazer algo assim. Em compensação, gastei muitas folhas a descrever tudo de ruim que senti, mas rasguei a metade e a outra metade deitei no fogo. Não quero que alguém, um dia, possa saber do quanto me senti desgraçada com a ausência das notícias. Aliás, nem eu própria quero reler tamanha dor, pois sinto tudo de novo...

A minha decepção não tem medida. Mais de dois meses sem uma carta, um telegrama, uma linha a informar que ainda estava vivo! Estou magoada. Sinto que o nosso amor esfria. E tenho o horrível pressentimento de que não vamos aguentar essa separação!

Tenho muito medo de ficar solteirona. Todas as moças compartilham comigo esse sentimento. Mas a minha maior dor é imaginar-me sem o noivo que amo (a ti posso falar assim, posso contar tudo!), é... ai, não queria escrever esta palavra, mas tenho de o fazer... O meu pavor é... perdê-lo! Sem ele, morria.

Ah, algum demônio viu a nossa felicidade e, invejoso, dispôs-se a destruí-la... Por que, ó demônio? Por que é que te preocupas conosco, pobres mortais à mercê das agruras da vida? Sangra-me o coração. Algo muito ruim está a acontecer. Talvez seja "distância" o nome deste ser que resolveu imiscuir-se entre nós... Gostava de poder dizer: "Vai-te embora, monstro!", mas tenho medo de, ao nomeá-lo claramente, chamá-lo, ao invés de o espantar.

•••
5 de Dezembro de 1957
Hoje vou deixar aqui apenas uma nota, diário. Não vou descrever novamente a minha tristeza, não quero macular com ela as tuas doces e pacientes folhas. Mesmo porque, ai, me faltam as palavras! Ele não me pôde vir ver, mas vai passar o Natal com a família. Até perguntou se eu não queria ir consigo, mas não fica bem para uma moça. Devo permanecer em Lisboa. Sinto-me mais solitária do que nunca. Não devia dizer, mas estou a perder as forças. Acho que não conseguirei mais lutar pelo meu amor.

•••
22 de Dezembro de 1957
Minha querida,
Agradeço muitíssimo o belo cartão de Natal que enviaste. Já estou a preparar as malas para a viagem e quero desejar boas festas para ti e para os teus. Manda as minhas lembranças aos meus futuros sogros e a toda a tua família no Brasil.
Ficas mesmo em Lisboa?
Abraços carinhosos de alguém que muito te aprecia,
J.S.

•••
26 de Dezembro de 1957
Ai, diário, como estou triste!...
Recebi uma carta de J.S., mas ela me deixou ainda mais amofinada, tanto que nem a quero comentar. Respondi no mesmo tom. E, no meio dessa tristeza toda, a minha amiga F.F. me convidou a passar o Natal em sua casa. Ela disse que também não tinha família próxima, que ficaria só, se eu não fosse.

Acho que este vai ser o Natal da Solidão... Pensei em recusar, diário. Ela só fez isso porque estava com pena de mim e eu não preciso da pena de ninguém. Mas aceitei. Então vi uma coisa... Não, jamais serias capaz de adivinhar o que eu encontrei na gaveta da sala de jantar do apartamento dela quando fui pegar a toalha para forrar a mesa. Por isso, vou contar logo. Ah, tu não vais gostar disso, meu amigo! Queres mesmo saber? Então, eu conto: sim, um cartão de Natal endereçado a mim, com selo e carimbo do Brasil, enviado pela minha querida irmã, a Filomena.

– Por que é que isso está aqui? – não pude deixar de perguntar, com uma voz por demais azeda.

Ela respondeu com um sorriso:

– Desculpa-me. Alguma correspondência para ti ainda chega aqui, lembras? Acho que não enviaste a todos o teu novo endereço. E eu esqueci-me do cartão. Claro que pretendia entregá-lo a ti, guardei-o por engano.

Aceitei as desculpas, mas depois, na volta para casa, pus-me a pensar: será que ela não apossou-se das cartas de J.S. também e as está escondendo de mim?

Pouco a pouco, essa ideia começa a tomar corpo... Agora, a cada vez que penso nisso, mais certeza tenho: foi ela! Foi ela quem interceptou as cartas que J.S. me enviou!

Acho que o demônio atende pelo nome de Fernanda Fátima!

---

30 de abril, domingo

De: <toni@...> **Para:** <doroteia@...>

Amiga, desculpe a demora da minha resposta! Tive muita coisa para digerir desde anteontem, quando chegou seu segundo e-mail com todas as transcrições das cartas e do diário. Comecei a registrar mais fatos relacionados ao seu mistério no meu caderninho – nomes de pessoas, acontecimentos marcantes, datas – para conseguir raciocinar direito e fazer um balanço da história.

A primeira conclusão é que isso daria um romance ou uma novela! Amor, intrigas, suspeitas. A segunda é que, de fato, dona Fefê esconde coisas demais.

Veja só, já sabíamos que sua tia-avó voltou do Brasil para Lisboa por conta de uma paixão. E agora sabemos que foi noiva, e do tal J.S. Mas eles nunca se casaram, pois ela morreu solteira. Teria o rompimento acontecido por causa da "amiga" Fernanda Fátima? É o que tudo indica. O problema é que temos poucas provas disso, só as desconfianças da dona Maria Otília – e mais as nossas, é claro.

Na minha opinião, Dô, você precisa combater o medo, porque entrar em pânico só vai piorar as coisas; o jeito é ter ainda mais cuidado do que já tem. Parece-me provável que a dona Fefê tira objetos do apartamento da Tivó para obter dinheiro, como indica ela ter mexido nas moedas antigas, que podem ser de grande valor. Será que a sua aparente abastança e a posse dos apartamentos não são apenas uma fachada? Ela pode estar cheia de dívidas...

Não encontrei mais nada sobre o tal Aldonço, por enquanto; aquele amigo de Lucas (o Bernardo, que está fazendo mestrado em Coimbra) tem me dado mais dicas sobre sites (ops! Sítios, em português lusitano).

Enviei para ele, por e-mail, a foto do bigodudo e aquela do namorado da Maria João que você tirou sem ser vista. Quem sabe ele descobre algo sobre os dois?!

Outra coisa: se houver um espaço oculto na parede entre os quartos do apartamento, você pode encontrar dando toques com os nós dos dedos na parede e no armário; o som será diferente onde é sólido e onde é oco.

Preciso terminar agora, hoje teremos visitas da família e minha mãe está chamando lá da sala... Maaaaas repito: cuidado! Cautela. Eu só subiria ao apartamento proibido se me sentisse muito seguro de não ser apanhado! E não sei se é inteligente "cutucar a onça com vara curta", como diz a mãe da minha mãe. Por via das dúvidas, desconfie sempre da nossa provável "vilã"!

Beijo do
Toni

---

1 de maio, segunda-feira

De: <doroteia@...>   **Para:** <toni@...>

Oi de volta, amigo!

Desta vez desculpo a demora, mesmo porque também não respondi prontamente. E porque, quando afinal li sua mensagem, já tinha feito exatamente o contrário do que você aconselhou...

Explico melhor. Ontem, domingo, dona Fefê estava de bom humor durante o pequeno-almoço. Até me convidou para ir com ela à missa na igreja de Santo Antônio de Lisboa – fica pertinho da Sé, passei por ali quando fui com a Maria João para aqueles lados.

Aceitei o convite, pegamos um bonde (o *eléctrico*) e fomos. A igreja é pequenininha e foi bem interessante do ponto de vista histórico, pois as placas lá informam que naquele local ficava a casa do homem que seria considerado santo depois – e eu nem sabia que o cultuado Santo Antônio era português! Mas, enfim, fomos, foi um bom passeio, e não vi o bigodudo no caminho.

Quando a missa terminou, ela se afastou um pouco no meio de um grupo de senhoras e, claro, fui atrás, disfarçadamente. Tem um corredor do lado esquerdo da nave da igreja (parece que leva a uma cripta ou coisa parecida), e lá eu a flagrei conversando... com quem? Claro, com o senhor Aldonço Louveiras Martinho. O homem me viu e tratou de sumir, nem vi por onde ele saiu!

Aí eu fui para perto dela com ar de inocente e perguntei:

– Aquele não é o seu amigo que encontramos na Basílica?

Ela não gostou muito, mas disse que sim, que era o *S'nhor* Martinho. E eu resolvi plantar verde pra colher maduro (mais um dos ditados da minha avó materna). Comentei:

– Acho que ele é um seu apaixonado! A senhora é bem bonita, elegante...

Ela ficou vermelha, disfarçou, mas não bronqueou. Foi para a rua, dizendo que tínhamos de voltar para casa. Estava pensativa e, quando nos instalamos no *eléctrico*, disse mais ou menos isto:

– A menina sabe, fui considerada uma bela rapariga, em tempos idos, antes de casar-me. Tive lá os meus pretendentes, e naturalmente que Aldonço me cortejou. Porém o coitado era... Como se diz no Brasil? Um "pé-rapado", sem eiras nem beiras. Não convinha que me ligasse a um pobretão. Depois a sorte sorriu-lhe, está em boa situação financeira, mas a esta altura da minha vida não tenho interesse em amores. Dediquei meus anos à filha, que Deus a tenha, e hoje há a neta.

Eu não podia perder a oportunidade e disparei:

– Sua filha deve ter sido bem bonita, também. Como era mesmo o nome dela?

Nessa altura ela teve um acesso de tosse (bem fingido, claro). Eu não deixei o assunto morrer e comentei que a Maria João me contou que a mãe era linda. Só que o "momento saudade" havia passado e recebi apenas grunhidos como resposta. Mas eu não me dei por vencida e disparei:

– A senhora nunca pensou mesmo em se casar de novo?

– Claro que não! – Ofendida, ela fechou a cara ainda mais, acrescentando: – Como a menina bem o deve saber, a viuvez é o estado civil ideal para uma mulher.

E, com essa, foi ela quem me derrubou!

Chegamos em casa e ela foi conferir um prato vegetariano que ia preparar, porque a neta viria para o almoço. Pior: vieram a garota e o insuportável do pai dela, que passou boa parte do tempo resmungando que "não deveria ter vindo" e que tinha "negócios a resolver". Dona Fernanda não dizia nada. Aí, durante a sobremesa, Maria João ergueu o copo de refresco e disse:

– À lembrança da minha saudosa mamãe, mais um ano longe de nós!

Eu fiquei surpresa, mas brindei junto, e a dona da casa teve de acompanhar erguendo um pouco sua taça. Mas o grosso do Milton quase que nem se tocou. Só não ignorou completamente o assunto porque suspirou, fitou a filha e murmurou, olhando de lado para a sogra:

– À Maria de Lourdes, que a terra lhe seja leve...

A tarde passou num tédio completo. Só depois que eles saíram pude ir para meu quarto e li seu e-mail. Então... não foram grandes descobertas, mas é óbvio que tem algo errado com a mãe da Maria João. Eles insistem em ignorar a existência dela, apesar da filha. Penso que estava envolvida em alguma coisa ilegal e o tal Aldonço foi advogado dela; claro, como ele era trambiqueiro, acabou descredenciado. Se era um "pobretão" e depois "a sorte sorriu-lhe", não é caso de suspeitarmos que enriqueceu desonestamente? Pra mim, ele e a dona Fefê têm juntos algum negócio sujo.

O que você acha? E, mais importante: como descobriremos a verdade?

Beijão da

Dô

3 de maio, quarta-feira

De: <toni@...>   **Para:** <doroteia@...>

Terei de escrever rapidamente, estou enrolado com os horários da físio hoje. A semana será atrapalhada! O pior é que já estou dolorido da última sessão e tenho mais tortura pela frente, ai, ai...

Sobre o almoço que você descreveu, sinto que tenha de conviver com gente tão esquisita. Eu não disse que eles parecem personagens de novela?! Agora, a dona Fernanda deve ter inventado esse amor do Aldonço para despistar. Claro que entre eles tem algo sujo acontecendo, não é preciso ser detetive para perceber. Mas não aconselho que você a provoque mais ainda. Pode ser perigoso...

Se eu não conseguir te escrever mais nesta semana, peço desculpa antecipadamente. Terapias e exames se amontoaram de uma vez só!

Bj do Toni

5 de maio, sexta-feira

De: <luciana@...>   **Para:** <doroteia@...>

Oi, sumida! Como vão as coisas por aí? Olha, estou chateada. Você escreveu pra Mika outro dia e para mim, nada!!! Esqueceu de sua fiel companheira de compras e papos? Ou será que seu rolo com o gato do Toni está tomando todo o seu tempo, hein??? Admita, amiga, você gosta dele!

Aguardo notícias suas. Conte mais sobre o povo estranho de Lisboa e a garota sonsa que está me substituindo como amiga!

Beijão da Lu

7 de maio, domingo

De: <doroteia@...>   **Para:** <luciana@...>

Querida da minha vida! Como eu poderia substituir a sua amizade por essa confusão ambulante que é a Maria João? Nem em um milhão de anos!

Não tenho tido ânimo pra escrever, é isso. Já estou aqui há três meses e o tempo se arrasta. Parece que nunca vai chegar a hora de voltar para a minha casa e os meus amigos... E esta semana tem sido quente, pesada, mal tenho saído da toca.

Mas já que perguntou, fui a Sintra com a Maria João no mês passado e, apesar de ter sido um passeio maravilhoso, minha amizade com ela não parece ter sobrevivido – ou, ao menos, murchou bastante. Ela fechou a cara quando critiquei sua relação com o namorado, que é um grande idiota, machista e mandão... Depois daquele dia, só a vi no domingo em que ela e o pai almoçaram aqui. Foi constrangedor! Aí, do nada, ontem ela telefonou e perguntou se no próximo sábado eu quero ir com ela a um passeio no Palácio da Pena, que ainda não conheci. Aceitei, porque há tempos quero ir lá, mas não estou muito animada com a companhia...

De qualquer forma, escolhi minhas melhores fotos de Sintra e mando anexadas para você! Divirta-se, e veja se manda notícias da próxima vez. Como vai a faculdade? E o namorado novo?

Da sua BFF (*Best Friend Forever*!)

Dô

P.S.: Pode parar de me pressionar sobre o Toni. Somos só amigos! Nem temos nos falado muito...

---

10 de maio, quarta-feira

De: <toni@...>　　　　　**Para:** <doroteia@...>

Boa noite, Dô,

Caramba! Só hoje percebi que você não respondeu meu e-mail de quarta-feira passada, e nem eu te escrevi na semana inteira. Espero que esteja tudo bem por aí.

Aqui, foram dias corridos. Quando acabei a fase aguda dos exames e terapias, precisei imprimir material para o grupo de estudos sobre acessibilidade de que vou fazer parte. É que tinham marcado um encontro na faculdade para uma espécie de começo dos trabalhos, e aconteceu ontem.

Fiz um tour mais interessante pelo campus desta vez, porque já estou me locomovendo melhor. Levei o material que havia coletado e conheci a Celina, uma garota cega, que também fará parte do grupo. Ela está no terceiro semestre da faculdade, mas faz outro curso (Comunicações). Celina conhece outros alunos com "necessidades especiais" e está animada. Combinamos de fazer uma reunião a cada duas semanas para discutir as instalações e redigir uma lista de sugestões à diretoria. Então, meu pouco tempo livre quase acabou.

Mas nossas investigações têm precedência! Ontem recebi uma mensagem do Bernardo (o amigo do meu irmão). Ele se interessou pelo mistério do bigodudo de Lisboa e prometeu pesquisar as fotos que enviei, mas não me deu muita esperança de identificar o homem, pois não temos um nome para começar as buscas. Quanto ao namorado de sua amiga, será mais fácil, já que sabemos como ele se chama.

Escreva, por favor. Sei que andei ocupado, mas me preocupo quando não tenho notícias suas. Com um abraço,

Toni

---

14 de maio, domingo

De: <doroteia@...>　　　　　**Para:** <toni@...>

Bom dia! Hoje o domingo está úmido, chuvoso, e os últimos dias andaram quentes e opressivos. Não tenho passeado (com exceção de ontem, já te conto a encrenca) e resolvi colocar o quarto em ordem, fazer um balanço dos meus euros, organizar várias coisas.

Sério mesmo que ficamos uma semana sem nos falarmos? Realmente, foram dias meio largados e nada de significativo aconteceu até ontem...
Acontece que a Maria João (que eu não via desde aquele almoço) ligou outro dia me convidando para ir ao Palácio da Pena. Aceitei, apesar de não querer muita conversa com ela.
É, na verdade, um baita castelo, e fica no alto de um morro. O pai dela, o Milton, nos levou. No caminho, só falou em tomarmos cuidado, não conversarmos com estranhos, não aceitarmos nada de ninguém, as paranoias paternas de sempre. Quando chegamos, fiquei deslumbrada olhando as torres e ameias. Ele pagou os ingressos e nos deixou na entrada; combinou nos buscar ali mesmo à tarde, com hora marcada e tudo.
A Maria João parecia toda feliz e logo percebi o objetivo: ela queria escapar para ir, de alguma forma, encontrar o namorado. Ficava olhando para a entrada, não queria entrar no palácio, dando desculpas bobas como: "Vamos aproveitar a manhã aqui fora, está tão bonita!".
Ah, eu não me aguentei e preguei um baita sermão na garota. Disse que namoros escondidos nunca dão certo e que ele é tão dominador e grosso quanto o pai dela. Parece estar usando-a, de alguma forma! E você pode imaginar como ela ficou furiosa. Quase berrou:
– Tu não podes me falar assim, pá! O José Augusto é um amor! Só porque ele às vezes pede que eu faça algum favor, na escola, ficas me criticando? Ele estudou lá também, só não entra mais por não ser aluno. São segredos que partilhamos, afinal, estamos apaixonados e vamos nos casar!
Cara, fiquei passada. Ela nunca tinha mencionado que fazia "favores" para ele no colégio. Você pensou o mesmo que eu? Será que ela está *entregando coisas* para ele dentro do colégio? E se forem drogas?
Não podia deixar passar essa, e falei:
– Se você faz entregas pra ele, Maria João, é prova de que ele está te usando!
Ela ficou vermelha, depois branca, e disse que nada daquilo era da minha conta. Sem nem ligar para minha cara de horror, sumiu no meio do pátio. Desconfiei de que foi para a entrada principal, mas estava tão aborrecida com tudo aquilo que fui para dentro e fiz o tour inteiro sozinha.
Toni, foi um dos palácios mais legais que visitei nesta viagem! Parece um castelo de contos de fadas, com torrezinhas, alas pintadas em vermelho e amarelo vivo, arcos e azulejos árabes em recantos inesperados, jardins internos. E nem te conto das salas e quartos! Parece que a família real lusitana vai aparecer a qualquer momento, está tudo pronto para eles – mesas postas, camas arrumadas, objetos pousados sobre os móveis, a cozinha com panelas penduradas e as verduras sobre a bancada de trabalho... Ali morou o último rei de Portugal, aquele que foi assassinado no Terreiro do Paço (esqueci o nome dele, continuo confusa com as dinastias portuguesas, desculpe!). Esse rei era artista, vi

as pinturas dele e tive pena de que tivesse um fim tão trágico. Mando, anexas, várias das fotos que tirei nesse dia, inclusive uma selfie minha diante da sala de jantar, com os pratos, talheres e cristais arrumadinhos para um jantar. Veja que as taças são verdes e vermelhas, as cores de Portugal! Olha, eu realmente amei o Palácio da Pena. Descobri que o nome vem, na verdade, de "Penha", que em espanhol era "Peña" e acabou virando só "Pena"...

Parei para comer um sanduíche e tomar um refri numa lanchonete no próprio pátio do castelo. A vista lá de cima, meu amigo, é alguma coisa espetacular! Montanhas, muito verde, aldeias e casas no meio, e ao longe o mar – ou seria o Tejo? Sei lá, só sei que era azul e imenso.

Quando vi que já era tarde, fiquei inquieta com o sumiço da Maria João. Dei nova volta pelo pátio e, quando me aproximei da entrada, lá estava ela. Nos portões, do lado de fora, aos beijos e abraços com o infeliz do namorado!

Eu não cheguei perto. Parei e fiquei só olhando. Vi quando ele tirou um pacote do bolso e deu para ela, que o enfiou na bolsa. Dá pra acreditar??? Ela está servindo de *avião* pra ele, Toni! Aposto minha futura coleção de miniaturas como aquilo é droga!

O pior é que bem nessa hora o José Augusto olhou para o pátio do palácio e me viu. Lançou um olhar tão cheio de ódio que, se olhares matassem, eu estaria agora mortinha da silva... Dei uma disfarçada e continuei andando na direção da entrada, me misturando com um grupo de jovens, mas quando cheguei lá ele tinha sumido. Apesar de ter um ônibus que faz o trajeto até a base lá embaixo, muitas pessoas descem o morro a pé; ele deve ter-se metido no meio dos grupos de turistas.

Quando me viu, a Maria João só sorriu, como se nada estivesse acontecendo, e perguntou com a maior naturalidade:

– Fizeste um bom passeio? Não achaste que o palácio é lindo, na primavera?

O que eu ia dizer? Não podia confessar que esta é uma primavera de medo para mim. Comentei algumas coisas legais que havia visto, e logo ouvimos uma buzina.

Era o carro do pai dela, que tinha vindo nos buscar.

Na volta, Milton fez dezenas de perguntas sobre o lugar; ela sabia todas as respostas de cor, como se precisasse provar que fez o tour completo... E eu só conseguia olhar para a bolsa dela, imaginando o que haveria dentro daquele pacote.

Chegamos a Belém no fim da tarde. Despedi-me deles com frieza e subi ao apartamento, me sentindo totalmente bloqueada. A situação é clara: ele deve ser um usuário de drogas, ou pior, traficante, e está manipulando a namorada. O que é que eu posso fazer, Toni?!

Beijos confusos da
Dô

15 de maio, segunda-feira

De: <toni@...> **Para:** <doroteia@...>

Querida Dô, desta vez respondo bem depressa, para compensar a semana passada!

Fiquei tão perplexo quanto você com a história do pacote. Infelizmente, hoje recebi um e-mail do Bernardo, lá de Coimbra, que confirma as suas suspeitas...

Ele não descobriu nada sobre o bigodudo sinistro, ainda. Mas achou on-line um processo ou coisa parecida que informa que um tal José Augusto Peluso Barreiros, de 23 anos, tem passagem pela polícia por porte de drogas. Pode ser um homônimo, claro, mas as suas novidades indicam que deve ser a mesma pessoa. Pedi que ele desse uma olhada também no nome do tal Aldonço...

Olha, acho que o melhor seria você parar totalmente de se encontrar com essa garota. O rapaz olhou para você com ódio, no dia do passeio, e pode querer vingar-se. Imagina se a Maria João acusar você de falar mal dele e ainda mencionar drogas!

Traficantes são perigosos, não preciso te dizer isso. E vou te confessar uma coisa: agora eu é que estou com medo, por você – e no Brasil não é primavera, é outono...

Abraço apertado do
Toni

16 de maio, terça-feira

De: <doroteia@...> **Para:** <toni@...>

Amigo, sua notícia sobre o processo não me surpreende nem um pouco. Tem de ser ele!

Você acha que eu deveria avisar a dona Fernanda sobre o namorado da neta e seu possível envolvimento com drogas? Por favor, preciso da sua opinião sobre isso. Por enquanto, é claro que tenho de evitar ver o rapaz. Já decidi que não quero me encontrar com a Maria João tão cedo.

Para atrapalhar as minhas pesquisas no apartamento de cima, apesar de os pintores terem terminado com os corredores, agora começaram a pintar todas as portas... Vejo homens trabalhando durante o dia (o que me impede de ir lá nas saídas de dona Fefê) e madeiras, lonas plásticas e cordões no chão e diante das portas. Isso resulta num cheiro horrível de tinta, atrapalha a passagem e potencializa ruídos (o que me impede, de novo, de ir lá durante as madrugadas).

Resolvi aproveitar a semana e frequentar mais a biblioteca, onde terei espaço e tempo para tentar transcrever partes mais adiantadas do diário. Estou começando com uns trechos que consegui decifrar ontem, uma segunda-feira morna e preguiçosa.

Retribuo seu abraço com um mais apertado ainda!
Dô

10 de Fevereiro de 1960

Querido diário,

Perdoa-me por mais uma vez ocupar as tuas páginas com as minhas mazelas, mas estou muito triste. Mais triste do que tu podes imaginar. Preciso desabafar com alguém. Como só tenho a ti, peço-te que entendas o meu sofrimento e tenhas paciência comigo.

As cartas de J.S. estão a ficar cada vez mais raras, escassas, espaçadas. Não exactamente frias, mas estão diferentes, a reclamar de mim como nunca o fez antes. Há meses que não nos vemos e ele não parece ter pressa de o fazer. Nem sequer conheceu o meu apartamento, o que muito me magoa. Não veio a Lisboa nem uma única vez, recentemente. Sim, ele até escreve belas cartas, mas não passa disso. Nunca senti tão claramente a verdade da frase que as pessoas mais velhas repetem: "Os homens não têm sentimentos".

Há um colega meu e da Fernanda que anda a aparecer na biblioteca. Vem buscar e devolver livros e sempre procura conversa comigo, com ar inocente. Ontem, ele convidou-me para um café no centro. Eu precisava conversar com alguém, falar de outras coisas, olvidar a minha dor. Aceitei. Ele é um pretendente da minha amiga e pareceu-me despeitado a contar que a F.F. anda a encontrar-se com um rapaz que mora em Braga. Comentou que ouviu dizer que o gajo tem uma noiva, mas que a F.F. decidiu conquistá-lo para si e tem impedido que ele se encontre com a tal noiva.

Senti um nó na garganta. Foi como se ele tivesse socado-me no peito. Não tenho visto a minha amiga ultimamente e desconheço os seus movimentos. Eu não a procuro, porque sinto que não temos mais nada a dizer-nos. E ela também não o faz, deve sentir o mesmo.

Sei que a F.F. tem vários pretendentes – ela é rica e coquete; tem fama de bonita; e com aquele arzinho desamparado que assume, na presença dos rapazes, desperta neles um estranho desejo de a proteger. No entanto, jamais gostou de J.S. e sempre criticou o nosso namoro. Imagine se se interessava por ele! Para ela, ele não passa de um pobretão...!

Não sei o que pensar. A ti, esta conversa também parece estranha, diário, ou é imaginação minha? Esse nosso conhecido, o A. (por Deus, que nome esquisito ele tem!), é também um joão-ninguém, não é ao gosto da minha amiga... Ou engano-me?

Acho que estou demasiadamente sensível. De qualquer maneira, tenho a certeza de que esse assunto não tem nada a ver comigo. Braga é uma cidade grande, tem muitos habitantes... Evitarei ver esse tal de A., que não passa de um mexeriqueiro. O que pretende ele, com essas conversas esquisitas?

Mas... Não me posso impedir de pensar: já estamos em fevereiro e J.S. continua desaparecido. Por que não responde minhas cartas? Já mandei duas, o que é contra todos os meus princípios, contudo, não pude resistir. Ele só agradeceu o cartão de Natal que enviei-lhe, sem, no entanto, enviar-me outro. E nem sequer contou-me como foi a viagem para encontrar-se com a família. Será que ele mudou-se e perdemo-nos novamente? Mas ele havia de me avisar, não?

Farei uma última tentativa: enviarei uma carta para o escritório dele. Devia ter pensado nisso antes!

...

20 de março de 1960

Cara Maria Otília,

Agradeço tua missiva, que chegou na semana passada, quando eu estava fora da cidade. Quero que saibas que, nos últimos meses, estive desmesuradamente ocupado – e não apenas com as viagens de negócios: a minha casa alagou de tal maneira que fui obrigado a abandoná-la e ir viver numa pensão.

É óbvio que comuniquei-te o meu novo endereço, mas não recebi nenhuma carta tua, nem mesmo lastimando o ocorrido, o que foi deveras difícil para mim.

Estive em Lisboa. Avisei-te com antecedência, mas não estavas à minha espera, conforme pedi e, naturalmente, imaginei que o farias com alegria. Mesmo assim, tentei encontrar-te, mas foi impossível. Parecia que fugias de mim.

Compreendo que não estejas mais disposta a esperar por um homem que não consegue marcar uma data para resolver a situação, mas, apesar dos meus esforços, as coisas insistem em permanecer muito difíceis para mim. Sinto como se alguém tivesse enfiado uma faca em meu peito; todavia, vejo-me obrigado a entender que tu preferes um rapaz mais abastado para um casamento. Só me resta conformar-me e pensar em outros assuntos.

Beijo respeitosamente a tua mão,
J.S.

...

20 de março de 1960

Estou arrasada, diário!

Como é que ele pôde vir a Lisboa e não encontrar-se comigo? Nunca recebi aviso algum de que viria! Ele mente a respeito disso, como certamente está mentindo sobre outras coisas também!

Agora sei que o seu amor por mim acabou e só me resta chorar a minha irreparável perda. Não entendo, todavia, o que aconteceu. Comportei-me como uma moça sensata, sonhando que podia ser a esposa perfeita que ele viu em mim quando pediu-me em casamento... Fiz tudo como mandam as regras e as coisas pareciam correr sobre rodas... Algo, porém, deu errado. Ele não fez nada, pelo menos não consigo ver nada de errado nas atitudes dele ou mesmo nas cartas. E eu, é óbvio que não fiz nada de errado mesmo! Disto estou bem consciente!

A culpa só pode ser daquele monstro que atende pelo nome de "distância"...

Tenho chorado tanto, diário... A minha vontade é procurar o consolo da minha família e voltar ao Brasil. Até imagino-me nos braços da minha mãe, ela havia de me confortar... Quando penso, porém, que ia com o rabo entre as pernas, qual um cão acuado, ah, mudo de ideia e decido esperar mais um pouco, quem sabe...?

Não consegui escrever meu pensamento. Ah, a esperança... Ela é sempre a última que morre.

Bem que os poetas avisam: amor é sofrimento. Mas quem acredita?

Muita dor e um rio de lágrimas são os meus companheiros agora. Preciso suportar estoicamente o meu destino.

• • •

24 de abril de 1960

Ah, meu diário, meu único amigo... Que triste é a minha sina... As coisas só têm piorado!

Acabo de chegar a casa. Estou a molhar as suas páginas com as minhas lágrimas, mas quero registrar aqui outro momento doloroso da minha vida.

Outro dia, duas colegas dos velhos tempos, que eu não via há anos, apareceram na biblioteca. Conversamos e acabamos por combinar de irmos juntas tomar um chá. Assim, ao final do expediente de hoje, fomos à Confeitaria Nacional. E lá vieram mais conversas estranhas e mexericos...

Elas acreditavam que eu e o Aldonço (sim, vou escrever o nome dele inteiro aqui, só de raiva! E os outros também!) estávamos de namoro. Disseram que fomos vistos a conversar, várias vezes, nos cafés do centro. E eu, na minha inocência, nem sabia que era assim tão conhecida em Lisboa...

Isso, entretanto, ainda não é nada, perto do que me contaram a seguir.

Podes imaginar, diário, que a mãe da Fernanda Fátima está senil e agora é ela, a filha, quem cuida das finanças da família? No Natal, quando almocei com a minha amiga, soube que a boa senhora estava internada, mas não julguei ser tão grave a sua situação. Comenta-se à boca pequena (juraram de pés juntos a Inês de Assis e a Ana de Castro, as duas amigas com quem fui tomar chá) que a Fernanda Fátima está a passar a perna nos irmãos e a apossar-se dos bens. E que ela tem viajado frequentemente a Braga, ao que parece para cuidar de uma propriedade que a família tem lá, mas que, de facto, é porque ela anda a namorar um sujeito chamado J.!

Não aguentei ouvir mais. Desculpei-me com uma dor de cabeça e vim-me embora; deixei-as com caras de tolas à mesa! A verdadeira tola, porém, sou eu...

Diário, tu sabes que amo meu noivo, que estou a sofrer enormemente com a sua frieza e que nunca, jamais, tive nada com esse Aldonço, gajo arrogante e antipático, cuja companhia eu nem aprecio! Sim, encontrei-me com ele duas vezes, e agora já estão a dizer que foram várias! E sempre foi porque ele insistiu muito, ficava até deselegante não aceitar

o convite, era ele quem queria conversar comigo e contar-me coisas que eu nem desejava ouvir.
 Ah, como fui ingênua... Ingênua e tola, isso sim! Aceitei seus convites sem maldade e as pessoas já andam a falar de nós.
 Não vai mais haver casamento. J.S. mentiu para mim. Para a Fernanda, porém, ele não passa de um pé-rapado, portanto, não pode ser com ele que ela, sempre tão interessada quando o assunto é dinheiro, anda a namorar!
 Adeus, diário. Não posso escrever mais. Quero apenas sofrer e chorar em paz.

19 de maio, quarta-feira

De: <toni@...>   **Para:** <doroteia@...>

Respire fundo, minha amiga!
 Você já passou mais da metade do tempo que tem de permanecer em Lisboa, só precisa aguentar mais um pouco. Meu conselho é de que faça isso mesmo, desencane da encrenca, vá à biblioteca, leia, passeie em lugares agradáveis e deixe de fazer investigações nas madrugadas.
 Quanto a contar para dona Fefê, não sei não. O que você diria? Nossas desconfianças não são, exatamente, provas materiais... Sugiro que fique de boca calada e espere as coisas seguirem seu curso. Depois, lembro de ler no seu blog que a Maria João viria para o Brasil, como uma contrapartida de você ter ido para Portugal, não é? Talvez isso sirva para afastar a garota desse elemento suspeito (uau, agora eu me senti de verdade falando feito um detetive!).
 Sobre o diário: desculpe, mas sua tia-avó nessa época era bem ingênua, não? Romântica até não poder mais e desculpando os outros, enquanto se afogava nas lágrimas. Fico feliz porque as mulheres evoluíram nas últimas décadas a ponto de não precisarem mais depender de um namorado, ou noivo, ou marido! Não devia ser fácil ser independente no século passado...
 Para mim (aposto que pra você também) é cada vez mais óbvio que F.F. traiu a amiga para ficar com o noivo, mesmo ele sendo um "pobretão", como ela diz. Talvez só tenha feito isso pelo prazer da "caça", pela competição, para provar que era melhor do que a outra... Estou ansioso pra saber o que vem a seguir no diário, nas cartas, nos comentários.
 Uma coisa que pensei estes dias é que o rapaz, esse José Augusto, deve achar que a avó de Maria João é rica, e a menina parece ser sua única herdeira, não é? Uma herdeira rica, cega de amor pelo primeiro namorado, será ótima para ele arrumar algum dinheiro no dia que precisar.
 Olha, Dô, fique esperta. Repito: tente mesmo se afastar dessa garota.
 Aqui, tudo muito corrido, desde que entrei no grupo de estudos. Minha nova amiga, a Celina, já marcou um novo encontro com mais dois colegas que farão parte. Ela me pediu pra pesquisar umas imagens de equipamentos em faculdades do Canadá, adequados a quem não pode

andar. Dá um trabalhão encontrar os sites e imprimir as especificações, mas estou entusiasmado com algumas soluções tecnológicas! Depois te conto mais sobre isso.

Assim que puder, escreva, OK?

Beijo grande do

Toni

---

21 de maio, sexta-feira

De: <doroteia@...>   Para: <toni@...>

Boa noite! Pretendia te escrever ontem e comentar o que você disse, mas não consegui: passei a maior parte do dia fazendo compras com minha anfitriã. Ela me pediu que a acompanhasse e não pude negar, já que era preciso abastecer a casa. Mas é uma chatice tão grande, Toni, você não pode imaginar... Não, é mais do que isso. É um pesadelo! E sempre o mesmo pesadelo! Como é horrível andar pelas lojas com uma pessoa tão mão-fechada!

A mulher entra em, pelo menos, cinco mercados para comparar os preços do leite, do arroz, da farinha, de tudo. Sem se esquecer das casas de carnes e de pescado! Os vendedores já a conhecem, porque alguns tratam de desaparecer assim que dona Fefê se aproxima... e, quando ela pega um pobre coitado de jeito, leva meia hora entre discutir os custos e regatear até conseguir um descontinho.

Como sempre, tudo o que eu queria era afundar no meio do chão quando ela começava a falar. E não podia, é claro – então me limitei a carregar as sacolas. Claro, continuo fazendo questão de comprar os doces, sucos, achocolatado, pães e frios que gosto de comer nos lanches em casa. Mesmo sabendo que eu pago com meu dinheiro, ela critica minhas compras. Quando peguei um refrigerante na prateleira, só faltou me excomungar com água benta, como se eu tivesse comprado um ingresso para o inferno!

Resultado: até chegarmos em casa e guardarmos tudo – ela se queixava de dores nas pernas e tive de me oferecer para ajudar, claro – era noite e tudo que eu queria era um banho, um copo de leite com chocolate e cama.

Esta manhã, dormi até mais tarde e acordei ouvindo berros na sala. Bom... talvez não fossem berros, mas era uma bela discussão a altas vozes.

Entreabri a porta do quarto e me pus a ouvir. Era o Milton, pai da Maria João, e, pelo tom da conversa, acho que já estava lá fazia algum tempo. Ele falava muito, e repetiu várias vezes:

– Não posso permitir, pá! A senhora não é uma boa influência para a menina!

Dona Fernanda falava mais baixo e eu custei a entender algumas das suas frases. Por sorte, ele repetia sempre o que ela dizia, para desdizer. Coisas assim:

– O que a senhora quer dizer com "não tenho culpa se ela saiu à mãe"? A senhora mimou tanto a Maria João quanto fez com a Maria de Lourdes! Eu devia ter percebido, devia ter proibido...

A certa altura da discussão, ela ergueu a voz e aí, sim, escutei bem:
– Tu não tens de intrometer-te com as minhas finanças, pá! Está tudo difícil nos últimos anos!

E Milton rebateu com algo assim:
– Eh, pá, que mentira deslavada! A senhora está a nadar no dinheiro! Anda até a reformar o prédio! Pensa que não sei que sempre livrou a Lourdes da lei, a usar o monte de dinheiro que herdou da vossa mãe? E todos sabem que a senhora meteu a pobre velha num asilo só para poder usufruir os seus bens antes mesmo que ela morresse!

Não ouvi a resposta dela, meio choramingada, mas logo depois ele foi bem ríspido, quando disse:
– Pois não me importa o que a senhora fez para arrumar todo esse dinheiro! Sei bem demais que a vossa filha levava vida dupla, acobertada por essa fortuna! Isso não vai acontecer com a Maria João, pá! Ela não virá mais aqui. Só me faltava que seguisse os passos da mãe e da avó...

A essa altura eu estava morta de fome e queria tomar café, mas não podia sair do quarto de pijama e irromper no meio da briga! Então recuei, fui me vestir e só depois de pronta saí do quarto, fazendo barulho para abrir e fechar a porta.

Ainda ouvi dona Fernanda dizer:
– Ela é minha neta! Se quiser cá vir, virá! Em vez de te meteres com a minha vida, deverias é atentar ao que acontece debaixo do teu nariz! Não sabes que a tua filha anda de namoricos? Ela foge das aulas para encontrar-se com um rapaz que não é boa coisa. Podes acreditar no que digo: um bom amigo, que sempre sabe de tudo, informou-me.

Milton ficou pálido de raiva, deu-lhe as costas e saiu, batendo a porta. Ela só ficou olhando com ar de desprezo. Então virou-se para mim, como se nada tivesse acontecido, e perguntou:
– A menina deseja seu pequeno-almoço agora?

Eu consegui dizer que sim, obrigada, e fui para a cozinha preparar alguma coisa para comer.

Que encrenca!!!

O que mais me impressionou foi ela saber do caso da Maria João com o José Augusto. Como descobriu? Não fui eu que contei. Será que o tal "bom amigo" é o seu Aldonço? Ou será... será que ela está mancomunada com o bigodudo também, além do ex-advogado?

Com essa manhã maaaaaravilhosa, eu tinha tanto em que pensar que nem abri o diário da Tivó. Fui passear no calçadão do Belém, andei do Padrão dos Descobrimentos até a Torre, bati pernas em volta do Mosteiro dos Jerônimos. Fiquei lembrando meus primeiros passeios por ali, deslumbrada com tudo aquilo. Agora, as belezas de Lisboa me parecem imagens de pesadelo...

Para piorar, é claro que vi o homem misterioso duas vezes: quando saí de casa logo após o pequeno-almoço e quando voltei, antes de anoitecer. Sempre o mesmo, escondido pelas sombras das árvores, sumindo quando eu chego perto.

O que eu faço, meu amigo? Espero que você tenha mais conselhos a me dar, pois, mesmo eu não saindo de casa e ficando na minha, parece que as encrencas me procuram! Isto é, se ainda conseguir me escrever. Parece que essa tal de Celina está tomando conta do seu tempo, hein? Te incumbindo de fazer pesquisas e tudo o mais.

Não me esqueça, Toni. Preciso, muito mesmo, de seus poderes detetivescos e da sua amizade...

Beijo da
Dô

---

24 de maio, quarta-feira

De: <toni@...>   **Para:** <doroteia@...>

Querida Doroteia,

Mais uma vez, peço desculpas pela demora. Desde sexta-feira a porcaria do roteador pifou e ficamos até hoje sem internet! No fim de semana, choveu a cântaros em Sampa, minha mãe custou a sair para comprar outro e só esta manhã consegui botar a rede pra funcionar de novo.

Voltando aos nossos assuntos... Será que percebi um toque de ciúme no seu e-mail?

Não precisa achar que a Celina vai me ocupar o tempo todo, são só algumas reuniões e relatórios para a faculdade. Além disso, ela não é nem de longe tão bonita e inteligente quanto você!

Sobre a discussão que você ouviu, ela corrobora muitas das nossas suspeitas, não é?

Primeiro, a filha da dona Fefê, a Maria de Lourdes, esteve enrolada com a lei; agora o marido diz que ela levava vida dupla e que a avó não é boa influência para a neta...

Segundo, a situação financeira da sua anfitriã é mesmo estranha. É dona de um prédio de apartamentos que aluga, mas regula centavos nas compras. Manda pintar corredores e portas, mas rouba moedas do vidro que você descreveu... Por que, se é rica? Tudo isso pede mais investigações!

Agora, como ela descobriu o namorado da Maria João, não tenho ideia. Pode ser que o tal Aldonço seja mesmo um espião e fofoqueiro. Não acho que ela tenha nada a ver com o bigodudo sinistro, não! Não faria muito sentido, sei lá.

De qualquer forma, continuo curioso com o diário. Você conseguiu ler mais páginas?

Até qualquer hora,
Toni

25 de maio, quinta-feira

De: <doroteia@...>   **Para:** <toni@...>

Toni, que alívio receber seu e-mail! Já estava pensando que tinha me esquecido.

Não quero que pense que estou com ciúme... Acho que é só minha solidão aqui em Lisboa. Não posso contar para minhas amigas e nem para meus pais tudo que te conto sobre os mistérios! Para a Lu e a Mika até dei uns toques das esquisitices da dona Fefê e sua família, mas não disse muito sobre o namorado-talvez-traficante ou minhas aventuras no apartamento de cima!

Bom, tenho várias notícias. Ontem eu retomei o diário e fui adiante... para descobrir, bem frustrada, que várias páginas que dariam continuidade à história foram arrancadas! Abri bem a lombada e vi os vestígios, ali, amarelados e empoeirados – o que mostra que não foi coisa de agora.

Será que foi a Tivó mesmo que arrancou as páginas? Ou alguém que se apossou do diário? Nas folhas seguintes, encontrei algumas coisas coladas, tipo papel de bombom, um lenço bem fininho e amarelado, com iniciais bordadas (adivinhe: J.S.) e uma fita cor-de-rosa num lacinho, com a data "julho de 1961". Adiante há algumas notas meio borradas, que ainda não consegui ler direito, e algumas páginas coladas, parece talvez por conta daquela umidade que tinha na gaveta. Fiquei com medo de rasgar essas, por isso ainda não li o que diz lá.

Na biblioteca que venho frequentando há um funcionário bem idoso, o seu Jordão, que já me deu informações e está sempre consertando capas de livros. Quem sabe ele é um restaurador? Pensei em perguntar a ele como desgrudar as páginas para não me arriscar a destruir informações.

Resultado: guardei de novo o diário, por enquanto, e fiquei alucinada para voltar ao apartamento da Tivó... Sei que conversamos sobre eu ficar aqui quieta, mas a curiosidade foi mais forte, ainda mais que surgiu uma oportunidade imperdível!

Ontem a dona Fefê recebeu um telefonema durante o almoço. Veio toda perturbada me contar que o seu "mano caçula" (ela nunca mencionou que ainda tivesse irmãos vivos!) acabava de ser internado num hospital de Leiria e que a cunhada pediu que ela fosse vê-lo com urgência.

Logo depois telefonou para a dona Carmen, que, pelo que entendi, conhecia bastante o tal irmão (desconfiei até de que foi namorada dele no passado!). A vizinha veio até a nossa casa e ficou insistindo que ela devia mesmo ir a Leiria, se oferecendo para ir junto. Eu fiquei de ouvidos atentos; elas trataram um carro para levar as duas e reservaram quartos num hotel. Só então a dona Fernanda veio me perguntar se eu me importava de ficar uma noite sozinha...

Claro que eu respondi que não, que estava tudo bem, e até estimulei as duas a irem. Afinal, era uma emergência! (rs)

Elas se foram à tarde – a tal cidade fica a cerca de uma hora e meia de carro – e, à noite, sem as duas no prédio, me preparei toda para o que ia fazer: fuçar no andar de cima, é claro!

Pela primeira vez pude ir tranquila, acender as luzes e vasculhar o lugar sem pressa. Comecei fazendo o que você aconselhou: fui batendo com o nó dos dedos nas paredes entre um quarto e outro. De fato, o som muda em um grande quadrilátero, indicando que ali tem um compartimento escondido. Mas como abrir? Não vi portas nem nada que indicasse uma entrada...

Em compensação, voltei a mexer no gaveteiro do guarda-roupas, pensando naquela gaveta trancada a chave (ainda não encontrei nada que caiba na fechadura), e olha só a novidade: tirei o conteúdo de outra gaveta – lençóis – e dei com uma caixinha escondida entre duas fronhas. Minha memória disparou: lembra que, em uma página do diário, a Maria Otília contou que escondia as cartas do namorado numa caixa de madeira trabalhada que comprou na Alfama? Achei que fosse a própria!

Tem a madeira escurecida e cheia de enxertos formando desenhos. Mexi nela até que encontrei o fundo falso que ela havia mencionado... Não havia ali nenhuma carta, só duas fotos bem amarelas e um recorte de jornal.

Toni, a primeira é uma fotografia da Tivó com um rapaz. No rodapé, as iniciais M.O. e J.S., seguidas da data, 1957. Era tia Maria Otília com o noivo antes do rompimento...

Mas a surpresa foi quando vi a segunda fotografia, um retrato de casamento.

Era o mesmo sujeito, sem tirar nem pôr, de terno e gravata, de braços dados com uma moça vestida de noiva – que não era a Tivó! Não havia iniciais, só o ano: 1961.

Então olhei o recorte de jornal... e a ficha caiu. Mando a você uma foto que tirei dele com o celular. Pode conferir, diz o seguinte:

NOTA DE FALECIMENTO

Junho de 1962. Faleceu em Lisboa, de uma queda acidental, o sr. João Santiago Ferreiros Alencar. Deixa a esposa, sra. Fernanda Fátima Silveira Fortuna de Alencar e a filha ainda infante, Maria de Lourdes Silveira Fortuna de Alencar.

Ou seja: as iniciais do marido da dona Fefê são as mesmas do noivo de Maria Otília! A moça na foto do casamento é dona Fernanda Fátima quando jovem... Ela roubou mesmo o amado da outra e se casou com ele.

Até aí, tudo combina com nossas conclusões, Toni. Mas o pior de tudo é que no recorte tem um toque sinistro: as palavras "de uma queda acidental" estão sublinhadas a caneta. E, logo ao lado delas, a mesma caneta desenhou um ponto de interrogação.

Agora, me diga: é minha imaginação superexcitada falando, ou será que a Tivó suspeitava de que *a morte do J.S. não foi acidental*?

Espero que sua resposta venha logo, meu amigo... O suspense tá me matando aqui.

Beijos MUITO amedrontados da sua

Dô

ALGUMAS REVELAÇÕES E UMA EMERGÊNCIA

O amor só vive pelo sofrimento e cessa com a felicidade, porque o amor feliz é a perfeição dos mais belos sonhos, e tudo que é perfeito ou aperfeiçoado toca o seu fim.

Camilo Castelo Branco

• • •

27 de maio, sábado

De: <toni@...> **Para:** <doroteia@...>

Enquanto te escrevo, tenho diante de mim o caderninho em que anotei os detalhes da nossa investigação. Tô me sentindo o próprio Sherlock, sério! Mas vamos ao caso "Mistério em Lisboa"...

Tudo faz mais sentido agora. A Fernanda Fátima se casou com o noivo da Maria Otília e logo depois teve uma filha – a fitinha cor-de-rosa no diário com data de 1961 parece indicar o nascimento da menina. E, em 1962, segundo a notícia que você encontrou, ele morreu "de uma queda". Reli sua descrição das escadarias do prédio, será que a queda aconteceu lá, quando ainda era o casarão da família? Claro, ele pode ter sido empurrado... Mas também pode ter caído, e ela simplesmente o deixou morrer por falta de socorro... Ou será que até mesmo teria "ajudado" a Dona Morte a levar sua vítima? Isso torna tudo mais complicado.

Você ainda está sozinha no apartamento? Fiquei preocupado com isso e com o bigodudo esquisito andando no seu bairro, mais a Maria João com o namorado suspeito... Pelo menos ela e o pai não têm a chave da entrada, eu espero.

Avise se conseguir falar com o tal senhor da biblioteca sobre a recuperação das páginas do diário. Estou ansioso a respeito disso!

Ontem, finalmente, baixei um aplicativo para conversarmos com mensagens instantâneas e de voz – teria instalado antes, mas meu celular andou com problemas e custei a trocar o sistema operacional, só agora consegui. Mando para você o meu número. E quem sabe assim a gente converse com mais agilidade? Estou curioso para ouvir a sua voz.

Beijo do
Toni

28 de maio, domingo

De: <doroteia@...>   **Para:** <toni@...>

Uau, Toni, também gostei da ideia de ouvir a sua voz! Falar com você, então, vai ser *fixe*, cara, muito *giro* mesmo! E, enquanto o momento não chega, me divirto brincando com as mais expressivas gírias portuguesas do momento... rsrs.

Tenho novidades (ou deveria dizer "novas coisas estranhas"?) pra contar. Porque tudo aqui me parece cada vez mais esquisito...

Dona Fê veio ontem de Leiria. Ficou dois dias fora, o que foi um refresco para mim. Só voltou quando teve certeza de que o irmão estava realmente fora de perigo, fez questão de explicar.

Para mim, isso soa um tanto sem propósito: ela nunca falou nada sobre a própria família. Sei de mais coisas pelos diários da Tivó do que pela boca dela... Mas isso ainda não é nada. Dona Fê estreitou a amizade com dona Carmen, amizade que andava, digamos, meio capenga. Antes, elas nem se falavam muito. Quando se encontravam, o que me parecia ocorrer meio por acaso, elas até papeavam bastante, mas era pura conversa de corredor. Uma vez ou outra, dona Fê batia na porta da dona Carmen, ou o contrário, e uma convidava a outra para um chá. Conversavam amenidades. Pois agora, pasme! As duas ficam juntas horas a fio, diariamente, aos cochichos como duas adolescentes a falar de garotos. Riem do que sussurram como duas crianças combinando artes para enganar a mamãe (eu, no caso, ou, pelo menos, é assim que sinto). Claro que não sei do que falam, mas volta e meia eu "pesco" uma palavra ou uma frase e fico ainda mais intrigada. Decidi até espioná-las um pouco, quer dizer, me colocar de um jeito que pudesse ouvir o que diziam, mas acho que elas perceberam, porque conversam em voz alta o que é para eu ouvir mesmo – as tais amenidades – e falam ainda mais baixinho o que não querem que eu ouça.

Isso também parece estranho pra você ou estou mesmo paranoica? Hoje mesmo, no final da tarde, as duas estavam na cozinha e entreouvi algo esquisito... A vizinha disse:

– Tu devias dar mais atenção a tua família, em vez de te ligares a certas pessoas que...

Perdi o final, porque a voz da dona Fê se sobrepôs, quando retrucou, irritada:

– Não posso fazer nada. Ele me ajudou muito quando tive problemas, tu te lembras, minha filha (... perdi um trecho da fala aqui). Agora é a minha vez de ajudá-lo, tu não achas? Uma mão lava a outra.

Rolou mais um cochicho, enquanto elas se dirigiam à porta. Dona Carmen recomendou:

– Depois não vás dizer que não te avisei, pá!

E saiu pisando duro, sem se despedir.

Fiquei refletindo, imaginando, conjecturando... E me dei conta de outra coisa: Toni, eu nunca vi uma casa sem uma foto de casamento. Pois, acredite-me, aqui não há nenhuma! Nem do casamento da dona Fê com o ex-noivo da Maria Otília, nem da Maria de Lourdes com o Milton, nada. A única foi aquela que encontrei escondida na caixinha de madeira, no apartamento da Tivó.

Aproveitando os meus dois dias de "folga", mexi nos armários da dona Fefê. Fucei tudo, procurando por elas. Nada. Aqui, é como se esses casamentos nunca tivessem existido.

Fui de novo ao apartamento de cima e não achei nada diferente. Nenhuma entrada para o compartimento secreto, que pode existir ou não; nenhuma outra caixa escondida. Nada!

Nas prateleiras do alto, vi as caixas empilhadas, bem arrumadinhas, caixas bonitas, antigas. Já as tinha examinado por cima e agora olhei uma por uma, com mais cuidado. Tudo que encontrei foram contas pagas, um monte de papéis, nada suspeito. A que continha fotografias me pareceu promissora. Mas tudo que me mostrou era, digamos, light: ou fotos muito antigas (de antes dos anos 1950) ou muito recentes (após os anos 2000). As pessoas fotografadas não me diziam nada, não consegui nem imaginar quem poderia ser uma única delas, com exceção da Maria João, claro, que dá pra adivinhar desde quando era bebê. Havia uma pasta com postais colados, todos antigos, mas não sei se velhos de verdade ou se a fotografia é que era dos tempos passados. Tentei descolar um, procurando algo escrito no verso, mas eles foram colocados ali para sempre, por alguém que não queria que saíssem nunca mais e seriam danificados se eu continuasse a puxar. Desisti. Não iriam me contar nada do que eu queria saber, tive certeza, e ainda iam "entregar" minha indiscrição.

Na sexta-feira, fui à biblioteca, mas a pessoa que eu buscava, o senhor Jordão, não estava. Soube que ele é mesmo restaurador de livros antigos e que estará lá na semana que vem, provavelmente na terça-feira. Estou decidida: vou levar o caderno para ele e perguntar quanto custa para desgrudar as páginas. Preciso saber mais. Assim que conseguir, nem preciso dizer, te conto.

Cada vez mais, estou me sentindo muito mal aqui. Sou um elemento "de fora", que não pertence ao lugar. Não consigo mais nem encarar a dona Fê. Só de olhar para ela, fico imaginando o possível momento em que ela empurrou o pobre J.S. escada abaixo e as perguntas se atropelam na minha mente: será que foi nessa mesma escada que eu uso para subir aos andares de cima? Ela é de mármore, tem um ar antigo muito distinto, não deve ter sido substituída... Como será olhar todos os dias para o lugar em que se cometeu um crime bárbaro?

Não sei por que, mas imagino que o marido caiu e ela não o socorreu, deixando-o morrer sufocado no próprio sangue ou com o pescoço quebrado... Não muda nada, mas talvez amenize a culpa, sei lá. Ideias malucas, as minhas. Mas eu estremeço só de olhar para a escadaria! Quanto entro no saguão, fixo meus olhos no chão, mas não tem adiantado muito, confesso. O casarão, o apartamento, dona Fê, tudo aqui me dá arrepios...

Para encerrar, quero dizer que registrei seu número e estou louca para testar as mensagens de voz, mas saberei esperar até amanhã. Como estamos com quatro horas de diferença, acho que, quando aqui for duas horas da tarde, já poderei ligar, pois aí serão dez horas da manhã e você já estará disponível, imagino. Pode ser?

Bjs ansiosos,
Dô

 29 de maio, segunda-feira
Mensagem instantânea de Toni para Bernardo
Olá, Bernardo, sou eu de novo, o Toni, irmão do Lucas. Tomei a liberdade de me comunicar por este aplicativo, as mensagens vão mais depressa. Agradeço as dicas que já me deu e vou abusar pedindo mais: você conseguiu alguma coisa sobre aquele fulano da foto? O bigodudo? Espero que não tenha esquecido. A amiga de quem eu te falei continua vendo o sujeito lá em Lisboa...

 29 de maio, segunda-feira
Mensagem instantânea de Bernardo para Toni
Fala, Toni! Claro que não esqueci. Cá entre nós, essa sua amiga com problemas deve ser bem bonitinha pra você estar se preocupando tanto com ela... Eu entendo. Conte comigo, cara. Tenho um bom amigo na universidade, ele está testando um programa novo de reconhecimento facial que vai ser usado pelas autoridades. Vou enviar para ele a foto do bigodudo misterioso.
Abração!

 30 de maio, terça-feira
Mensagem de voz de Doroteia para Toni
Oi, Toni... meio estranho falar com você assim. Espero que o aplicativo no seu celular esteja funcionando direitinho! Bom, esta mensagem foi para testar. Responda, se puder!

 30 de maio, terça-feira
Mensagem de voz de Toni para Doroteia
Oi, Dô. É mesmo esquisito conversar desse jeito. A gente se conhece há meses e só agora ouvimos as vozes um do outro! Acho que no meu celular tudo funciona bem. Mas vamos continuar trocando e-mails, né? A gente se fala. Um beijo e até mais.

31 de maio, quarta-feira

De: <doroteia@...>   **Para:** <toni@...>

Oi, Toni!

Claro que os e-mails continuam... Eu ia te responder ontem mesmo, mas aconteceu o maior rebu aqui: dona Fê passou mal pela manhã. Ela estava suando e com falta de ar, me pediu para chamar a dona Carmen. Lá fui eu correndo, apavorada. A vizinha não me pareceu muito preocupada, disse que era um ataque de pânico, certamente provocado pela doença do irmão. Mesmo assim, me fez acompanhar dona Fê a um centro de saúde perto daqui. Isso me custou quase o dia inteiro, porque o médico pediu vários exames e tive de ficar esperando. No final, ele disse que ela não tinha nada grave, mandou-a para casa, mas exigiu que ela fosse direto pra cama e ficasse de repouso nos próximos dias. Claro que ele também disse que não era para ela ficar sozinha...

Assim que chegamos em casa, dona Carmen apareceu. Queria saber as notícias: o que o médico havia dito, quais os exames que ela fez e vai por aí afora. Como a doente dormiu logo que se deitou – coitada, devia estar mesmo exausta, qualquer doença gera estresse –, aproveitei para perguntar umas coisinhas que estavam cutucando a minha curiosidade, tipo esse irmão que acaba de entrar em cena, os dois falecidos – o marido e a filha – e a amizade com a Tivó.

– É mesmo verdade que a Maria Otília, minha tia-avó, foi noiva do marido da dona Fernanda Fátima, antes de os dois se casarem? – perguntei.

– Ah, a menina nem imagina como a pobre Maria Otília sofreu com esse casamento... – contou. – Ela gostava mesmo do rapaz, estava a bordar o enxoval, era só ele marcar a data do matrimónio quando... – Não concluiu a frase e até suspirou antes de continuar.

Ela contou tudo o que a gente já sabe: que ele morreu logo em seguida ao nascimento da Maria de Lourdes, e a Maria Otília se condoeu, ficou por perto da Fernanda Fátima, achava que a amiga precisava da ajuda dela, sobretudo para cuidar da "miúda", enfim, afeiçoou-se à pequena, apegou-se ainda mais à amiga e foi ficando na volta, permanecendo em Lisboa. Facilitou o fato de a Tivó gostar do trabalho na biblioteca e também haver se desiludido completamente com o sexo oposto. Dona Carmen disse que ela nunca mais se interessou por outro rapaz.

Ela também falou sobre a reforma do prédio, acrescentando que dona Fê ofereceu um valor bem abaixo do mercado para a Tivó alugar um dos apartamentos – e eu fiquei pensando: uma superbabá dessas, e de graça, não dá pra deixar escapar. Onde dona Fê ia arrumar outra? E, quanto mais perto, melhor, é claro! Foi assim que elas se tornaram vizinhas. Parece que, depois da morte da Maria de Lourdes, a relação delas se deteriorou muito, mas, talvez por comodismo, a Tivó permaneceu onde estava e elas continuaram amigas.

Nesse momento do papo, a vizinha se levantou, deu uma olhada no quarto – percebi que estava conferindo se a doente continuava dormindo – baixou o tom da voz e fofocou:

– Olha, menina, pessoalmente, nunca acreditei muito naquela amizade. Era uma coisa esquisita... Uma estava sempre se queixando da outra. Elas viviam juntas, mas era só uma virar as costas, que a outra começava com mexericos.

Um gemido no quarto interrompeu as confidências. E dona Carmen aproveitou que já tinha se levantado para ir embora.

E já que dona Fê ainda está quieta, te mando um abraço e vou pesquisar aquele site.

Ah, com toda essa confusão, não consegui falar com o seu Jordão. Tive de deixar para ir à biblioteca num outro dia.

Dô

 1 de junho, quinta-feira
Mensagem instantânea de Bernardo para Toni
Oi, Toni, hoje trago boas novas, uma mensagem do meu amigo da universidade, que acabei de receber. Ele fez uma busca com a fotografia que você enviou e o programa achou, só em Lisboa, seis fotos que batem com os detalhes faciais do sujeito. Eles chamam de "matches". Vou enviar as seis por e-mail pra você e poderá mandá-las para a garota. Meu amigo estuda casos criminais, então, por favor, diga a ela que, se ela reconhecer o gajo misterioso em alguma das fotos, e se realmente suspeita que está sendo assediada por ele, não facilite! Lembre a ela que o sujeito deve ser bandido fichado e aconselhe-a a procurar a polícia. Espero ter ajudado. Até mais!

 1 de junho, quinta-feira, 10h05
Mensagem instantânea de Toni para Bernardo
Valeu, Bernardo! Recebi seu e-mail e vou enviar as fotos agora mesmo para minha amiga em Lisboa. Uma pergunta: você sabe quem são os homens das fotografias, para o caso de ela reconhecer algum? É que aqui chegaram apenas as imagens numeradas, sem nomes associados.

Um abração do Toni.

 Mesmo dia, 10h10
Mensagem instantânea de Bernardo para Toni
Oi, Toni. Eu não sei quem são os suspeitos nas fotografias, mas meu amigo tem como captar os nomes. Ele faz estágio na Ordem dos Advogados e em pessoa não tem acesso a isso, mas se sua amiga identificar o gajo e quiser dar queixa, passamos toda a história para um professor de Direito Criminal que conhecemos, em Lisboa, e que dá assessoria para a polícia. Até mais!

Mesmo dia, 10h15

De: <toni@...>   **Para:** <doroteia@...>

Amiga,

Nossa investigação começa a dar resultados! O Bernardo conseguiu, com um amigo dele que mexe com programas de reconhecimento facial, seis fotografias de homens parecidos com a foto que você tirou do sujeito do bigode. Mando anexas. Dê uma boa analisada em todas e veja se acha uma de que possa afirmar: é ele! Com um reconhecimento seu, a gente pode acionar pessoas da polícia de Lisboa, graças aos contatos do Bernardo e do amigo dele – ou você mesma pode dar parte dele em algum posto policial por assédio!

Espero sua resposta urgente, OK?

 2 de junho, sexta-feira
Mensagem de voz de Doroteia para Toni

Toni, oi! Recebi as fotos, obrigada. Legal, esse programa! Só tinha visto esse tipo de coisa em séries policiais. Examinei bem cada uma delas e... sim! Achei o bigodudo! Mas não tenho muita certeza, total certeza, sabe? Na verdade, estou em dúvida entre dois rostos: o número 2 e o número 5. São muito parecidos, mas um deles é o cara! E agora? Beijos.

 2 de junho, sexta-feira
Mensagem de voz de Toni para Doroteia

Hoje te mando mensagem de voz mesmo, bem rapidinho, porque estou na clínica e a Gi tá me chamando para uma sessão de físio que promete ser das mais chatas. À noite envio sua resposta para o Bernardo e te contato com mais calma... Aí você me conta se dona Fernanda Fátima melhorou e se conseguiu, afinal, encontrar o restaurador na biblioteca. Tchau!

3 de junho, sábado

De: <doroteia@...>   **Para:** <toni@...>

Oi, Toni!

Apenas ontem, sexta-feira, consegui encontrar seu Jordão. Você não vai acreditar: ele conheceu a Tivó! Na verdade, não é de se estranhar tanto, já que os dois trabalharam a vida toda em bibliotecas, mas... Enfim, isso acabou ajudando.

Seu Jordão aparenta ter mais de 70 anos. É quieto, do tipo que só fala o necessário, mas é amável no seu jeito manso. Tem um problema na perna que o faz mancar bastante – provavelmente desde sempre, algo assim tipo de nascença. Ele está aposentado e trabalha por hobby, quer dizer, porque quer e com paixão. Examinou o diário e disse que vai me cobrar bem baratinho, "já que a menina é sobrinha-neta e herdeira de dona Maria Otília, que Deus a tenha ao seu lado direito".

Ele a conheceu quando eles eram jovens. Costumavam trocar informações sobre os livros e as bibliotecas onde trabalhavam, ele contou, acrescentando que ficou triste quando ela faleceu.

– Ela era uma rapariga recatada e sofrida, a pobre... – disse ele. – Sempre me tratou bem. A menina não imagina quanta gente desfaz de mim, por causa do meu defeito na perna...

Vai demorar pelo menos uma semana para ele descolar as páginas do diário, mas ele ficou de me avisar quando devo buscar o caderno de volta. Agora, é aguentar a ansiedade!

Quanto à nossa doente, está bem melhor. Parece que foi mesmo um ataque de pânico, dona Carmen insiste. E, como o médico só fala em estresse, ficou por isso mesmo.

Maria João veio visitar a avó – escondida do pai. Nem imagino como soube do acontecido, mas também não perguntei. Ela cochichou para mim que o Milton proibiu-a de se encontrar com dona Fê sem que ele esteja junto. Percebi que ela queria abrir espaço para confidências e conversas pessoais, reatar nossa amizade, mas eu não lhe dei trela, só concordava, sem comentar o que ela dizia. Ela estava com um ar bem aborrecido quando dona Carmen chegou, de surpresa.

– Melhor eu ir embora – disse, colocando a bolsa no ombro e se mandando.

Minha mãe me ligou hoje cedo. Conversei bastante tempo com ela, bati um papo enorme com o meu pai também, mas não tive coragem de contar a eles nada do que está acontecendo aqui: nem sobre a "doença" da minha anfitriã e menos ainda sobre as encrencas.

É engraçado: quando estou longe, tenho vontade de contar tudo, mas basta ouvir a voz deles que já me sinto reconfortada e concluo que o melhor é não comentar nada que possa deixá-los preocupados. Ao desligar, fico com uma saudade tão grande e uma vontade enoooooorme de que o tempo passe mais depressa, para eu recuperar a minha tão amada "vida anterior". Toni, juro pra você, nunca imaginei que, um dia, daria tanto valor ao que tinha antes...

E o Bernardo, já deu notícia sobre as fotos dos dois homens?

Beijos,

Dô

---

4 de junho, domingo

De: <toni@...>   **Para:** <doroteia@...>

Bom dia! Mandei uma mensagem pro Bernardo na sexta à noite, mas ainda não tive resposta. Em compensação, tenho uma boa notícia: pela primeira vez consegui andar só com uma muleta, em vez de duas! Minha agilidade está progredindo e até a Gi me elogiou.

Amanhã, segunda-feira, será um dia atrapalhado: terei uma reunião com o pessoal do grupo de estudos logo de manhã e outra com os coordenadores de cursos na faculdade à tarde. Por isso, posso demorar a me comunicar com você.

Por favor, continue tomando cuidado com suas saídas aí, acho mesmo bom você evitar encontrar a Maria João e, por extensão, o namorado problemático...

Bjs do Toni

 5 de junho, segunda-feira, 15h15 em Lisboa
Mensagem de voz de Doroteia para Toni
Toni, oi! Estou falando baixinho porque está rolando a maior encrenca lá na sala, mas espero que dê pra você me ouvir. Cara, não sei o que fazer. Eu estava tomando um chá com a dona Fê quando o Milton apareceu do nada. Mal entrou e já começou a berrar: diz que não acha a Maria João. Segundo ele, ela saiu de manhã pra ir à escola, mas não apareceu lá e não está em lugar nenhum. Ninguém sabe dela, nem os colegas, nem a administração do colégio, que até comentou que ela tem faltado bastante às aulas. Dona Fê disse para ele ir atrás do namorado dela e aí os dois começaram o maior bate-boca. Eu vim pro meu quarto e agora estou agoniada, sem saber se conto o que sei do José Augusto ou se fico fora da confusão... O que é que eu faço? Eles continuam discutindo, posso ouvir daqui os berros...

 Mesmo dia, 12h17 no Brasil
Mensagem de voz de Toni para Doroteia
Oi, Dô! Olha, eu acabei de almoçar e já saí, estou na van indo pra reunião na faculdade com a Celina e os coordenadores. Acabei de ouvir a sua mensagem e acho que o melhor é você tentar ficar fora da encrenca... Fica tranquila, eu entro em contato assim que a reunião na coordenação terminar.

 16h em Lisboa
Mensagem instantânea de Maria João para Doroteia
Preciso de ti, vem te encontrar comigo, por favor! Estou desesperada. Só tenho a ti para pedir ajuda. Vem logo, não sei o que fazer...!

 16h02 em Lisboa
Mensagem instantânea de Doroteia para Maria João
Fique calma, amiga, e me diga o que aconteceu. Onde você está? Por que não chama seu pai? Ele está enlouquecido à sua procura. Esteve aqui há pouco e ele e dona Fernanda tiveram uma briga horrorosa.

 16h03 em Lisboa
Mensagem instantânea de Maria João para Doroteia
Não quero falar com o meu pai. Vem logo. Estou na Travessa do Terreiro do Trigo. Há uma casa de fado na esquina. Está fechada, mas ficarei na entrada. Socorre-me! Preciso muito de ti.

16h05 em Lisboa
Mensagem instantânea de Doroteia para Maria João
Estou saindo de casa. Me aguarde!

 16h30 em Lisboa
Mensagem de voz de Doroteia para Toni
    Oi, Toni. Estou num táxi, metida num trânsito terrível. Sei que você só vai ouvir esta mensagem depois da sua reunião da facul, mas preciso contar que a Maria João mandou mensagem, pedindo que eu fosse me encontrar com ela. Parece uma emergência, coisa séria. Dou notícias mais tarde. Beijos!

 16h45 em Lisboa
Mensagem instantânea de Maria João para Doroteia
    Onde estás? Estou muito nervosa. Hoje cedo fugi da escola para me encontrar com o José Augusto, mas ele não me deu atenção, disse que estava ocupado. Ele foi tão frio que achei que estivesse com alguma rapariga, então eu o segui e descobri coisas bem desagradáveis, te conto depois os detalhes. Dois homens horríveis falaram com ele. Um no Chiado, outro no Algarve. Parecia discussão, briga. O segundo gajo me viu e agora está atrás de mim. Ele é muito mal-encarado. Estou sem dinheiro, gastei tudo, não tinha levado muito. Não sei como voltar para casa nem como despistar o tal sujeito que me segue. Ajuda-me, eu imploro!

 16h50 em Lisboa
Mensagem de voz de Doroteia para Maria João
    Fique aí, amiga, estou indo. Aguente firme. Disfarce lendo os cartazes da casa de fado, tente conversar com alguém, fazer uma compra em alguma lojinha, sei lá. O táxi está subindo pela Mouraria, mas vai devagar, o trânsito está complicado. Devo chegar logo.

 16h55 em Lisboa
Mensagem de voz de Doroteia para Maria João
    Cheguei, Maria João, estou na esquina, exatamente onde você falou, na entrada de uma casa de fado, mas você não está aqui. O que aconteceu? Peguei uma echarpe caída no chão, parece ser sua, vi uma bem parecida outro dia enfeitando a sua bolsa, mas não tenho certeza. Que loucura, amiga! Agora fiquei confusa. Será que estou no lugar certo? Nossa, eu seria capaz de jurar que estou vendo o José Augusto logo adiante, do outro lado da rua... Bom, posso estar enganada. Me liga!

 17h em Lisboa
Mensagem de voz de Doroteia para Toni
    Toni, faça contato comigo, por favor, é urgente. Maria João se meteu em apuros, vim socorrê-la e agora acho que estou encrencada também, porque o Jo...

 **16h10 no Brasil**

Mensagem de voz de Toni para Doroteia
 Oi, Dô, desculpe, estive mesmo enrolado até agora, acabo de sair da reunião. Ainda estou na faculdade, mas aguardo sua mensagem, me diz o que está acontecendo! Como eu posso ajudar?

 16h15 no Brasil

Mensagem de texto de Toni para Doroteia
 Dô, pelo amor de Deus, me dê notícias! Tentei te ligar, mas a ligação caiu na caixa postal. O que está acontecendo aí?!

 17h no Brasil, 19h em Lisboa

Mensagem de texto de Toni para Bernardo
 Oi, Bernardo, desculpe te mandar mensagem a estas horas, mas preciso de ajuda com urgência. Acho que a minha amiga Doroteia se meteu em problemas graves com a garota portuguesa e o namorado dela, aquele que achamos que é traficante de drogas. Será que você pode falar com o seu amigo do programa policial, ou com aquele professor que você disse que conhece, em Lisboa?

 19h30 em Lisboa

Mensagem de texto de Bernardo para Toni
 Calma, cara, que estou aqui para ajudar. Acabo de descobrir algo novo. Sabe aqueles retratos que te mandei? Meu amigo disse que o sujeito que aparece como número 2 é um criminoso que está preso, mas o número 5 é o sr. Ludovico Beiras, que não é bandido, e sim um informante que trabalha à paisana, a serviço da polícia de Lisboa! Ele vai ter muita coisa pra te contar, aposto! Pode entrar em contato diretamente com ele pelo celular. Meu amigo me passou o número e eu te repasso. Aí vai. Continue me mantendo informado, OK? Abração.

 17h35 no Brasil

Mensagem de texto de Toni para Bernardo
 Como é que é? Você está me dizendo que o bigodudo misterioso, que observa a Dô desde que ela chegou a Lisboa, na verdade é da polícia?!

NADA É O QUE PARECE

Na memória mais antiga
a direção da morte
é a mesma do amor.

Herberto Helder

• • •

5 de junho, segunda-feira, à noite
Do caderno de anotações de Toni

Tenho usado este caderninho para anotar as informações que eu e a Doroteia reunimos sobre os mistérios que ela encontrou em Lisboa. Mas, agora que minha amiga sumiu, não tenho com quem conversar sobre isso tudo! Não posso mencionar nada no blog. E o desespero que sinto precisa ser colocado pra fora ou sou capaz de ter outro aneurisma... Então resolvi fazer como a tia-avó dela e escrever como num diário. Pelo menos desse jeito eu digo o que me passa pela cabeça!

Hoje criei coragem e telefonei para o número do tal Ludovico Beiras, que o Bernardo me passou. Que voz estranha tem o sujeito! Fala depressa, engolindo as sílabas, do jeitinho que a Dô comentou. Custei para entender, e acho que ele também não me entendia bem... Expliquei que sou amigo da menina brasileira que estava hospedada na casa da dona Fernanda Fátima, que consegui o telefone dele através de amigos na Universidade de Coimbra e que sabia que ele vigiava a rua no Belém para a polícia.

Uau! O homem começou a berrar que aquilo era um absurdo, que suas atividades são confidenciais, sei lá o que mais – só entendi metade. No fim, acabou se acalmando, quando eu disse que estava desesperado, porque a minha amiga desapareceu quando saiu para socorrer a neta da dona Fernanda em algum lugar de Lisboa...

Tive de dizer meu nome completo, meu endereço no Brasil, o número do celular – e o do celular dela – até o sujeito se acalmar. Mesmo assim, sei lá se ele acreditou em mim. Falou que "a menina só tem saído para ir à biblioteca". Aí eu me cansei e pedi para ele me mandar mensagem ou ligar, caso descobrisse alguma coisa. Pra reforçar, falei:

– A Doroteia sumiu, pode estar em apuros! Achamos que o namorado da Maria João trabalha pra traficantes de drogas! A polícia de Lisboa precisa descobrir o que aconteceu com elas, antes que seja tarde!

E foi só. Como é difícil fazer as pessoas acreditarem na gente – especialmente quando se fala a verdade! Garanto que, se eu contasse lorotas, o sujeito me daria crédito...

Estou bem frustrado, e agora minha mãe resmunga lá fora para eu apagar a luz do quarto e dormir. Ela nem desconfia da tempestade que acontece dentro de mim!

De qualquer forma, fiz o que podia e agora vou tentar pegar no sono.

6 de junho, terça-feira, pela manhã

De: <bernardo@...>   **Para:** <toni@...>

Fala, amigão! Ou melhor, deixa que eu falo, para confirmar que o sr. Ludovico trabalha, sim, com a polícia. Claro que ele não pode entregar isso para qualquer um que lhe telefone, então, segure um pouco que a coisa está andando aqui.

Consegui conversar com meu ex-professor, Cipriano. Ele prometeu procurar uma pessoa de suas relações, que é mandachuva na polícia portuguesa, para descobrir se a garota está mesmo desaparecida. Dará notícias assim que possível. Portanto, fique ligado, que na sequência faço contato com você. Um abraço.

 6 de junho, terça-feira, pela manhã
Mensagem de voz de Celina para Toni
Toni, sou eu, Celina. Você sumiu depois da reunião na faculdade, aconteceu alguma coisa? Você saiu tão apressado que esqueceu a pasta com os relatórios. Estão comigo, guardei pra te entregar noutra hora. Mas fiquei preocupada... Você nunca desapareceu desse jeito! Está com algum problema? Posso ajudar? Me ligue. Beijo.

 6 de junho, terça-feira, pela manhã
Mensagem de voz de Toni para Celina
Obrigado por me contatar, Celina. Desculpe ter ido embora sem me despedir, é que estou com problemas, sim, muito preocupado com uma amiga querida que pode estar desaparecida. Ela está em Lisboa e a última mensagem em áudio que me enviou estava confusa e cheia de ruídos estranhos em cima da voz. O pior é que o celular dela não atende mais, está fora do ar desde ontem. Desculpe o desabafo, é que ouvi aquela mensagem tantas vezes que tô surtando de preocupação!

 6 de junho, terça-feira, pela manhã
Mensagem de voz de Celina para Toni
Ah, Toni, pense positivo! Não deve ser nada, aposto que a bateria

do celular dela acabou. Daqui a pouco ela faz contato e você vai se sentir um bobo... Mas me avise quando ela ligar, tá? Beijo.

6 de junho, terça-feira, hora do almoço

De: <luciana@...>   **Para:** <mikaella@...>

Oi, amiga! Me diz uma coisa: você tem falado com a Dô nos últimos dias? Tenho me ocupado com os trabalhos da faculdade e não falo com ela há tempos... Aí, do nada, a dona Cátia, a mãe dela, me ligou hoje querendo saber se eu tenho notícias!

Imagina só, ela precisava conversar com a Dô sobre não sei que documento da faculdade e tentou ligar para Lisboa, várias vezes; ninguém atende no apartamento da tal velhinha portuguesa, e o celular da nossa amiga não sai da caixa postal. Tentei ligar também, logo depois de falar com ela, e nada! O que será que tá acontecendo com ela, hein?!

6 de junho, terça-feira, hora do almoço

De: <mikaella@...>   **Para:** <luciana@...>

Nossa, Lu, que esquisito... Sabe que ultimamente eu também não tenho tido contato com a Dô? Agora fiquei preocupada. Será que aconteceu alguma coisa? Ando enrolada com a facul, ela também não tem escrito, nos perdemos e fiquei meio por fora da vida dela, nas últimas semanas.

Quem pode saber de alguma coisa é o Toni, lembra dele? Aquele garoto bonitinho do blog, com quem ela anda se correspondendo. Eles estavam bem ligados, se falando muito, desconfio até que estão namorando... Mas não tenho o contato dele, nem e-mail nem celular, só conheço o blog.

Se você souber de algo, me avisa?

Beijos da

Mika

6 de junho, terça-feira, hora do almoço

De: <luciana@...>   **Para:** <toni@...>

Olá, Toni, tudo bem? Encontrei este e-mail de contato no seu blog, espero que você veja, porque estou bem aflita. Sei que o blog está desatualizado, mas como você ficou amigo da Doroteia nos últimos tempos, estou te contatando para saber dela.

Olha, o celular da nossa amiga só cai na caixa postal, e a mãe dela me ligou hoje cedo querendo saber se tenho notícias da Dô. Por acaso você tem? A dona Cátia está muito aflita, parece que o telefone do apartamento onde nossa amiga está hospedada também não é atendido.

Se souber de alguma coisa, por favor, conta pra gente? Te agradeço.

Luciana (amiga da Doroteia)

6 de junho, terça-feira, à tarde

De: <toni@...>   **Para:** <luciana@...>

Oi, Luciana,
Sei quem você é, a Dô me disse que é sua melhor amiga... Também tenho tentado falar com ela desde ontem. Ela me mandou umas mensagens e, de repente, sumiu! Estou preocupado, e acho que é bom mesmo contar o que está acontecendo para os pais dela. Se você me passar o número da dona Cátia, eu ligo para ela agora. Acho que fui a última pessoa a ter contato com a Doroteia!
Eu é que te agradeço pelo contato,
Toni

 7 de junho, quarta-feira, manhã bem cedo
Mensagem de texto de Bernardo para Toni
Toni, tenho novidades! Mas não se anime muito, cara... O professor Cipriano me telefonou. Disse que a situação está complicada. No distrito policial que atende a região, a 26ª Esquadra, consta que o pai da senhorita Maria João registrou queixa do desaparecimento da filha.
Dois policiais foram à casa da avó dela, sra. Fernanda Fátima, se não me engano, e souberam, por uma vizinha, que na noite do dia 5 a velha senhora recebeu a visita do pai da garota sumida. Os dois tiveram uma discussão acalorada e a senhorinha passou mal. Teve de ser internada com suspeita de ataque cardíaco. Quanto à garota brasileira, também está desaparecida, pelo menos foi o que a vizinha contou, porque ela não voltou à casa da sra. Fernanda, onde se hospeda. Mas, por enquanto, isso não é oficial, porque ninguém deu queixa às autoridades. Você conseguiu falar com o sr. Ludovico, o informante da polícia?

 7 de junho, quarta-feira, manhã bem cedo
Mensagem de texto de Toni para Bernardo
Oi, Bernardo. Valeu pelas informações! Vou repassar para a mãe e o pai da Doroteia: entrei em contato com eles ontem e estão desesperados, não sabem a quem recorrer. Ligaram para o advogado da tal tia-avó, que cuidou da ida da Dô para Lisboa, mas o homem não sabe de nada e diz que jovens são assim mesmo, ficam dias sem dar notícias. Imagina só!
Essa história de a dona Fernanda estar no hospital piora tudo. Que encrenca! O pai da Dô, seu Teodoro, me disse que ia dar um jeito de comprar passagem para Lisboa. Talvez viaje ainda hoje. Eu tenho vontade de ir também!
Será que não seria o caso de a gente avisar a Embaixada do Brasil???
Respondendo: sim, ontem eu falei com o homem que você disse que é informante da polícia, o seu Ludovico, mas ele não me deu muita atenção. Acho que nem acreditou em mim! Agora, se a polícia já começou a procurar a outra garota, quem sabe se toquem de que a Dô sumiu também...
Qualquer outra coisa, me avisa, ok?

7 de junho, quarta-feira, pela manhã
Mensagem de voz de Celina para Toni
Oi, Toni, tudo bom? Espero que você esteja mais calmo. Sua amiga de Lisboa deu notícias? Beijo.

 7 de junho, quarta-feira, pela manhã
Mensagem de voz de Toni para Celina
Oi, Celina. Não, não tive nenhuma notícia. Se quer saber, tô pensando seriamente em comprar uma passagem e ir pra Lisboa! Tive a ideia de passar para a polícia portuguesa o áudio das últimas mensagens da Dô. Eles podem achar indícios, apesar de todos os ruídos que ficaram gravados e que atrapalham a escuta. O que você acha dessa ideia?

 7 de junho, quarta-feira, pela manhã
Mensagem de voz de Celina para Toni
Nossa, Toni, que rolo esta história está virando! Você acha mesmo que precisa ir a Lisboa?

É uma viagem pesada, tanto em tempo quanto em dinheiro... Não faça nada precipitado, viu? Vamos confiar que ela dará notícias logo e a gente ainda vai rir de toda essa confusão. Quanto ao áudio, olha, se você quiser, eu posso ajudar, caso me envie as mensagens da garota brasileira. Lembra que já trabalhei com som na rádio da faculdade de Comunicação? Sei mexer com uns aparelhos digitais, posso tentar isolar os ruídos e descobrir mais coisas. Por causa da falta da visão, minha audição é muito apurada, consigo ouvir coisas que outras pessoas normalmente não conseguem. Beijo e procure ficar calmo. Ah, você faz bem em passar tudo para a polícia. Afinal, eles são especializados nesses assuntos, né?

7 de junho, quarta-feira, hora do almoço
Do caderno de anotações de Toni
Desde ontem, graças às amigas da Dô, estou em contato com os pais dela. E hoje recebi mais notícias pelo Bernardo. A situação vai bem mal! A Maria João continua desaparecida, o tal Milton, pai dela, deu parte na polícia – e também arrumou briga com a dona Fernanda. Parece que ela teve um troço depois de discutir de novo com ele e está hospitalizada. Bom, da outra vez que ela passou mal, a Dô disse que era estresse, vai ver foi isso de novo. Espero que ela esteja melhor.

Sabe o que eu fiz? Como tinha anotado o nome completo do pai da garota problemática – Milton José Brito de Vasconcelos –, dei uma busca na internet e consegui o telefone do homem. Para mim, ele é um dos principais suspeitos. Imagino que pode ter forjado o rapto da filha para extorquir dinheiro da sogra... Aquelas discussões que a Dô ouviu, em que ele falava de dinheiro com a dona Fefê, são bem suspeitas! Mas ele também é a melhor fonte de informações que temos.

Claro que não posso me esquecer do namorado, o José Augusto, sempre um suspeito em potencial. Não sei o quanto a família ou a polícia sabem sobre ele. Falei para o seu Ludovico, só que ele não me deu trela. Então... Telefonei para a casa do tal Milton e disse que sou amigo da Doroteia. Ele estranhou receber uma ligação do Brasil, mas, quando contei que a Dô me mandou mensagem dizendo que ia encontrar a Maria João e que parecia ser uma emergência, ficou aflito. Pediu detalhes.

Por mais que eu suspeite dele, acabei contando quase tudo. Até do ataque que a dona Fernanda teve... Uau! O homem desmontou. Confessou que foi à casa da sogra e a acusou de haver se mancomunado com "pessoas fora da lei" e raptado a filha, porque ele a proibiu de ver a avó.

Fiz de conta que não sabia que ele estava se referindo ao tal do Aldonço e perguntei se era verdade que a dona Fefê estava internada. Ele disse:

– Sim, está no hospital, mas não confio se é doença de verdade ou fingimento...

O pior é que ele confirmou o que eu já sabia: a "menina brasileira" não voltou ao apartamento, segundo a vizinha, dona Carmen. Ele tem falado com ela várias vezes por dia.

Outra coisa importante que me disse é que não houve pedido de resgate... O que, para mim, é o pior. Se a Maria João foi sequestrada e a Dô também, uma tentativa de conseguir dinheiro quer dizer que elas estão vivas! Mas nem isso aconteceu.

Resultado: fiquei no maior desespero. Passei para o Milton o nome do namorado da filha e também o telefone dos pais da Dô. Ele disse que ia conversar com eles. Como esta noite o seu Teodoro deve embarcar para Lisboa, eles vão acabar se entendendo...

Tenho ainda o apoio da Celina, minha nova amiga da faculdade, que disse que consegue analisar arquivos de áudio. Agradeci o oferecimento e já vou tentar mandar as mensagens pra ela!

E fica a pergunta: e agora, o que é que eu faço???

7 de junho, quarta-feira, à tarde
Do caderno de anotações de Toni

Ainda estou agoniado. E para passar o tempo vou analisando a situação:

• Dô saiu de casa e pegou um táxi (pode ter sido perto da biblioteca, se o bigodudo a viu indo para lá). Uma dúvida: por que ela não chamou um carro pelo celular?

• Conforme as mensagens de voz que recebi, ela atendeu ao pedido de socorro e foi ajudar a Maria João. Apesar de desesperada, a garota não deu nem uma pista do que estava acontecendo.

O que poderia ser?

• Maria João pode ter surpreendido o namorado fazendo alguma coisa errada e se encrencou com ele. O cara mexe com drogas e pode ter reagido com violência...

• Aliás, o José Augusto, que não é flor que se cheire, pode ter atraído Maria João para uma armadilha, querendo extorquir dinheiro do pai e da avó, e Dô estava no lugar errado, na hora errada.

• As duas sumiram. Estariam juntas, naquele momento? Ou Maria João foi agredida e a Dô entrou na história porque tentou ajudar a amiga? Ninguém sabe onde estavam naquela tarde, e Lisboa é grande demais para que eu possa esquadrinhá-la, mesmo com a ajuda da polícia. Eu precisaria ao menos de uma dica de um local, algo mais específico onde buscar.

• Quanto ao pai, o tal do Milton, parece estar aflito de verdade. Mas o homem pode ser um bom ator... E se ele próprio forjou um sequestro para tirar dinheiro da sogra? Dô sempre conta coisas negativas dele, diz que ele é machão e grosso, domina a filha e a trata como uma prisioneira.

• Segundo a Dô, ele acusou a avó da Maria João de estar sempre tentando afastar a garota dele, o pai; acha que a velha senhora é má influência para a filha; suspeitamos que a Maria de Lourdes, a filha da dona Fernanda, foi uma garota problemática, fez algo fora da lei.

• Dona Fernanda Fátima teve um ataque (cardíaco?) e foi internada, mas pode estar fingindo; percebo que faz parte do comportamento dela fugir dos problemas inventando doenças.

• O senhor Aldonço, o tal amigo da velha senhora, que pode estar metido em coisas ilegais, poderia ter sequestrado a garota, também para extorquir dinheiro da avó...

• O bigodudo que vigiava Dô se chama Ludovico Beiras e é informante da polícia. Vigiava a rua dia e noite – até aí, tudo bem. Mas ele também pode ser corrupto e estar implicado no sumiço das duas. Por que achou que Dô ia à biblioteca? Não a viu pegar o táxi? E se vigia a rua há tempos, como parece, como pode ser desleixado, ignorando coisas em que deveria ter reparado?

São tantas as perguntas... Espero começar logo a ter respostas para elas.

7 de junho, quarta-feira, início da noite

De: <toni@...>   **Para:** <lucas@...>

Boa noite, mano. Sei que daqui a pouco a mãe vai te ligar meio surtada, por isso vou avisando o que está acontecendo... Você já sabe que tenho investigado os mistérios que cercam minha amiga Doroteia, que está em Lisboa. Seu ex-colega, Bernardo, tem me ajudado muito com isso! Mas agora a situação por lá se complicou tanto que decidi assumir meu lado detetivesco e ir atrás do problema em pessoa. Claro que eu queria ir a Portugal pra passear, ver lugares legais e conhecer as raízes da nossa família, mas não posso mais esperar. Sinto que é agora que eu tenho de ir... nada é mais importante do que ajudar minha amiga, neste momento!

Comprei a passagem; viajo esta noite. Nossa mãe tá lá na sala, discutindo com o Zé. Ele concordou comigo e até me ajudou a fazer os pagamentos... No susto, precisei fazer um seguro-viagem e comprar alguns euros, além de reservar a passagem. Ainda bem que meu passaporte está em ordem! Eu tinha tirado antes de ter o AVC, lembra?

Bom, agora você já sabe: se a mãe ligar apavorada contando que o filho hemiplégico vai gastar todas as economias pra ficar quase dez horas num avião e se meter com a polícia portuguesa, tudo por causa de uma garota desaparecida, que ninguém conhece e que pode ter sido sequestrada... espero que você me defenda também. Cara, eu não vou desistir!

Além disso, não vou viajar sozinho. O pai da Dô, seu Teodoro, vai no mesmo voo. E aqui tenho outra amiga ajudando nas investigações, a Celina. Ela está analisando uns arquivos de áudio que ficaram gravados no meu celular. Acabei de arrumar uma mochila básica, consigo carregar nas costas mesmo andando com as muletas. E sabe do que mais?

Apesar de eu continuar superpreocupado com o sumiço de Dô, no fundo me sinto meio eufórico quando penso que estou mesmo a ponto de ir para Portugal!

• • •

 Toni
Edição extraordinária!
7 de junho, quarta-feira, final da tarde

Povo, faço uma pausa na pausa e dou uma entrada rápida no blog só para avisar: esta noite viajo para Lisboa. Torçam por mim!

 7 de junho, quarta-feira. Tarde no Brasil, noite em Lisboa
Mensagem de texto de Ludovico Beiras para Toni
Prezado senhor António Gonçalo Barros Sousa Quinto, boa noite.

Por meio desta, solicito que o senhor me coloque, por escrito, a par de todas as informações que possa deter a respeito das raparigas desaparecidas, a brasileira e a portuguesa. A situação está bastante complicada e tudo que puder ser acrescentado ao que já sabemos será, sem dúvida, útil.

Após nossa conversa telefónica, consultei meus superiores e peço-vos um voto de confiança. Como o senhor bem sabe, informações sobre investigações em andamento são confidenciais, o que me impede de vos esclarecer tudo de imediato. Quero vos assegurar, no entanto, que de facto fui o responsável pela vigilância da área ao redor do casarão da sra. Fernanda Fátima Silveira Fortuna de Alencar, o que me torna conhecedor dos movimentos das duas meninas, nos últimos meses.

Certo de poder contar com a vossa compreensão e apoio, despeço-me.
Cordiais saudações,
Ludovico Beiras

 7 de junho, quarta-feira, à noite
Mensagem de texto de Toni para Ludovico Beiras
Boa tarde, senhor Ludovico Beiras.

Tudo que eu puder fazer para ajudar a encontrar as duas, pode acreditar que eu farei! Na verdade, em poucas horas eu e o pai da Maria Doroteia, o senhor Teodoro Manoel de Castro e Silva Albuquerque Filho, embarcaremos num voo direto para Lisboa. Chegaremos ao aeroporto por volta das sete horas da manhã de amanhã. Por isso, acho que conversaremos em pessoa, o que será, por certo, bem melhor. Se tudo correr bem, eu e o sr. Teodoro o procuraremos amanhã.

Toni (António Gonçalo Barros Sousa Quinto)

Madrugada de 7 para 8 de junho, quinta-feira
Do caderno de anotações de Toni
Estou escrevendo durante o voo e tenho tempo, então esta não será só uma "anotação", mas uma espécie de diário de bordo...

É minha primeira viagem de avião para o exterior. Uma vez eu e os manos voamos para Minas Gerais, pra visitar uns parentes. Mas isto aqui é completamente diferente!

Tudo deu certo no aeroporto. Os funcionários da companha aérea me trataram como VIP, graças às muletas – e ao Zé, que foi quem confirmou minha reserva e avisou que sou portador de deficiência! Bagagens despachadas, me levaram pra lá e pra cá numa cadeira de rodas. Seu Teodoro embarcou como meu acompanhante, o que foi bom, pois ele está bastante deprimido.

Fiquei com o coração apertado quando me despedi da minha mãe, antes de entrar na fila do raio-X. Ela foi junto com a van que me transportou para o aeroporto e estava bem chorosa, mas a mãe da Doroteia, que foi levar o marido, não parava de chorar. As duas conversaram um pouco, e dona Cátia repetiu várias vezes:
– Deus abençoe seu filho!

Claro que ela queria ir também, só que a passagem é cara, ainda mais comprada na última hora. E, pelos comentários da Dô no blog, sei que a família dela enfrenta tantas dificuldades financeiras quanto a minha...

Afinal, passamos por todas as formalidades e embarcamos. Nossas poltronas são juntas e bem confortáveis: os assentos que tínhamos reservado (separados) foram trocados por outros no check-in, mais uma cortesia das muletas! Até agora os comissários têm me tratado superbem, a toda hora vem alguém perguntar se preciso de alguma coisa. Sério, acabo ficando mal-acostumado.

Consegui um desconto pra usar a internet durante o voo. Isso foi ótimo, porque no começo estava difícil de aguentar a conversa do pai da Dô.

Primeiro ele me encheu de perguntas sobre o que ela me contou por e-mail. Depois passou um tempão dizendo que *tem* de encontrar a filha, tudo isso é culpa dele, a Dô não queria trancar a matrícula da facul e viajar, ele a pressionou para que ela cumprisse a vontade da tia Maria Otília...

Eu contei sobre os passeios da Dô, os mistérios da dona Fernanda Fátima, os problemas com a Maria João e as suspeitas sobre o bigodudo

misterioso, que agora sabemos trabalhar para a polícia – mas fiquei bem quieto quanto ao diário e às outras suspeitas que temos. E ele repetia:
– Se eu soubesse... Se eu soubesse...

Agora seu Teodoro está cochilando, mas acho que eu não vou conseguir dormir. Liguei o celular, me conectei e entrei no blog da Dô. Reli as mensagens que contavam a viagem dela, reclamando de tudo! Engraçado, eu me sinto de um jeito bem diferente. Estou confortável, acho incrível a sensação de estar sobre as nuvens – e amanhã estarei em Portugal! Tenho certeza de que vamos encontrar a Dô e solucionar todos os mistérios.

Ops! Ouvi um toque num aplicativo do celular, alguém tá me enviando mensagem. Tomara que sejam boas notícias!

 Madrugada de 7 para 8 de junho, quinta-feira
Mensagem de voz de Celina para Toni
Oi, Toni! É tarde, mas só agora acabei de analisar a primeira mensagem de voz que você me passou. A data de entrada no seu celular é dia 5/6, às 16h30, horário de Lisboa. Além da voz da sua amiga (o nome dela é Doroteia, certo?), dá para isolar o ruído do motor do carro, acredito que em segunda marcha. Tem uns resmungos próximos, devem ser do taxista; e várias buzinas. Além disso, pelo menos em dois momentos do áudio deve ter passado um bonde bem ao lado do carro. O barulho que fazem os "eléctricos" de Lisboa é inconfundível!

Vou descansar agora e depois verifico melhor isso, mas já sei que o circuito por onde passam os bondes no centro de Lisboa é cheio de ruas estreitas; principalmente nos arredores do Castelo de São Jorge, há muitas ladeiras. O que acho provável é que, na hora da gravação, o táxi estivesse subindo uma rua bem congestionada. Podem ser os bairros da Mouraria, Castelo ou Alfama... Amanhã vou analisar a segunda mensagem e entro em contato de novo, OK?

 Madrugada de 7 para 8 de junho, quinta-feira
Mensagem de voz de Toni para Celina
Valeu, minha amiga! Estou no avião, sobre o Atlântico. Amanhã dou notícias. Beijão!

 8 de junho, quinta-feira, pela manhã
Mensagem de texto de Ludovico Beiras para Toni
Sr. António Gonçalo,

Aguardarei que nos encontremos no aeroporto, para mais detalhes. Por hora, posso informar-vos que, embora a sra. Alencar ainda esteja no hospital, passa bem e está consciente. Ontem à noite ela autorizou uma vizinha e amiga, a sra. Carmen Rigostra Alves, a dar queixa do desaparecimento de sua hóspede, a brasileira Maria Doroteia Mello de Castro e Silva Albuquerque.

Aproveito a oportunidade para vos solicitar o obséquio de me colocar também a par de tudo o que o senhor souber sobre certo José Augusto

Peluso Barreiros, o que muito auxiliará em nossas investigações a respeito do ocorrido.

Agradeço antecipadamente e envio as minhas mais
Cordiais Saudações
Ludovico Beiras

 8 de junho, quinta-feira, pela manhã
Mensagem instantânea de Bernardo para Toni

Fala, Toni! Você ainda não deve ter chegado a Lisboa, mas eu já tenho coisas para te contar.

Espero que esteja fazendo uma boa viagem.

O professor Cipriano me telefonou agora há pouco, do distrito policial, para contar que ontem à noite um jovem foi encontrado inconsciente, baleado, num canteiro de obras à beira do Tejo, próximo à Praça do Comércio. Não tem identificação, mas a descrição bate com a do José Augusto Peluso Barreiros. A polícia o encaminhou ao hospital, onde está em estado grave, e está analisando as impressões digitais para identificá-lo.

Falando no professor, ele estará à espera de vocês, no aeroporto. Abraços!

 8 de junho, quinta-feira pela manhã, após o café
Mensagem instantânea de Toni para Bernardo

Oi, Bernardo. Cara, que encrenca! Agora entendo uma mensagem que recebi do tal senhor Ludovico... Será que é mesmo ele?! Pelo menos não se trata de nenhuma das garotas. Tenho certeza de que elas estão vivas, ou seriam outras as descobertas da polícia... Essa Praça do Comércio não é a mesma que aparece nos mapas turísticos com o nome de "Terreiro do Paço"?

Acabamos de tomar o café da manhã servido no avião. Viajo com o pai da Doroteia, que continua bem deprimido. Ainda bem que logo vamos pousar. Assim que eu chegar e conseguir me conectar, te dou notícias. Abração!

 8 de junho, quinta-feira pela manhã
Mensagem instantânea de Ludovico Beiras para o Comissário Alberto Silvares

Bom dia, senhor comissário. O voo procedente do Brasil que traz a família da menina brasileira desaparecida acaba de pousar em Lisboa. Estou no aeroporto e encontrei aquele intrometido do professor Cipriano na área do desembarque. Solicito indicações do procedimento de abordagem do rapaz que me telefonou, e que, ao que parece, julga-se um detetive. No aguardo.

8 de junho, quinta-feira, hora do almoço
Do caderno de anotações de Toni

Quem diria que meu primeiro passeio em Portugal não seria visitar o Mosteiro dos Jerônimos ou a Torre de Belém, mas sim entrar numa delegacia de polícia!..." Escrevo diretamente da "26ª Esquadra da Polícia de Segurança Pública". Fica no Belém e viemos para cá de carro.

Assim que eu e o seu Teodoro passamos pela Imigração e pegamos nossas bagagens, saímos no desembarque e lá estava o bigodudo, o pedante senhor Ludovico Beiras. Junto a ele vimos um homem mais simpático, o professor Cipriano. Fomos bem recebidos, mas dá pra ver que um não gosta do outro. De qualquer forma, logo nos informaram coisas de que já sabíamos: que nem Maria João nem Doroteia apareceram e que dona Fernanda está consciente, ainda internada.

O professor contou que acompanha o caso com interesse por causa de sua especialidade, Direito Criminal, por sua ligação com Bernardo e porque sua esposa é brasileira; fez questão de nos trazer no carro dele à Esquadra (assim se chamam as delegacias aqui) e nos apresentar ao Comissário Alberto, encarregado das investigações.

O senhor Ludovico não gostou muito da ideia dessa carona, mas veio junto conosco e no caminho ficou me interrogando sobre o José Augusto Peluso Barreiros. Contei o básico, que a Dô desconfiava de que ele usava a namorada para inocentemente "fazer entregas" na escola... Ele só balançava a cabeça concordando.

Quando chegamos, fomos conduzidos à sala do Comissário e adivinhe quem estava ali, sentado, também esperando pra falar com o homem? O Milton, pai da Maria João. Foi difícil encarar aquele homem sabendo de tudo que a Dô me contou. Pude constatar duas coisas. Primeiro, que ele é grosso de nascença: mal me olhou, cumprimentou depressa o seu Teodoro e só me deu atenção quando passei o celular ao seu Ludovico, que tocou os áudios das mensagens da Dô, enquanto um técnico da polícia gravava. Segundo, que ele está desarvorado e parece genuinamente desesperado para encontrar a filha. Resmungou um monte de vezes:

– Minha filha... Por que não me chamou?! Por que havia de chamar a outra rapariga?!

Depois disso, como se eu fosse uma criancinha inútil, o Comissário mandou uma agente policial me levar para outra sala para "tomar um refresco", enquanto eles – os adultos – conferenciavam... A moça se chama Analice e foi a pessoa mais legal que encontrei até aqui. Contou tudo o que sabia sobre as investigações e perguntou se eu queria uma cadeira de rodas, que eu recusei. Estou usando as duas muletas e me locomovendo bem, apesar de que poderia usar só uma... Mas deixemos que eles me subestimem.

Pelo que a agente Analice me contou, ela irá nos levar ao hospital para falar com a dona Fernanda Fátima. E, enquanto os "adultos" continuam sua conversa, eu aguardo...

8 de junho, quinta-feira, à tarde
Do caderno de anotações de Toni

Meu respeito por quem faz viagens internacionais e não sente o baque do jet lag! São só quatro horas de diferença do Brasil e pode ser o estresse falando, mas estou morrendo de cansaço, tenho fome nas horas erradas e ando com uma baita vontade de me deitar por umas 24 horas... O que terá de esperar, pois ainda estamos no meio da encrenca.

Almoçamos ali mesmo, perto da delegacia – ops, Esquadra – e, logo em seguida, a agente Analice nos trouxe ao hospital em que dona Fefê está internada. Estou escrevendo de uma grande sala de espera, pois não me deixaram entrar na enfermaria. Só entra uma pessoa, e foi o pai da Dô, mesmo assim porque chegou lá com a polícia.

Quando entramos, com a policial nos abrindo caminho, ainda fiquei por um tempo na porta, observando. É uma enfermaria enorme, com muitos leitos; por sorte, a anfitriã da Doroteia estava numa cama próxima e consegui ouvir uma parte da conversa que rolou.

Minha primeira impressão dela foi um tanto estranha. Não parecia verdade que aquela senhorinha mirrada, frágil, largada no colchão, era a mesma mulher de personalidade forte que a Dô descreveu. Cumprimentou o seu Teodoro toda chorosa, falando na "terrível desgraça" que se abateu sobre "as raparigas", mencionou Deus e um monte de santos... Mas ficou bem contrariada quando o pai da Dô disse que gostaria de ficar no apartamento da dona Maria Otília.

– Não há de ficar bem, não há de ficar bem... – ela repetiu várias vezes.

Mas ele não deu brecha para ela negar a permissão. Disse que, a rigor, todas as coisas da tia dele estão lá e que ele precisou vir para Portugal emergencialmente, sem meios para se hospedar num hotel. A mulher continuava com a cara feia, até que o seu Teodoro completou:

– Posso dar um jeito de pagar por alguns dias de hospedagem no seu apartamento, se for um preço justo...

Mesmo estando longe, na porta, com a policial Analice do meu lado, deu para eu ouvir a voz dela mudar de tom. Claro, por tudo que a Dô falou nestes meses, é óbvio que dona Fernanda Fátima adora dinheiro. Mesmo que ela tenha muito a esconder naquele apartamento, o amor pelos euros – ou escudos, como ela diz – falou mais alto!

Não ouvi o resto da conversa porque, a essa altura, a agente me trouxe para a sala de espera. E se afastou de mim quando seu celular tocou, o que me deixou com a pulga atrás da orelha, por conta da expressão no rosto dela ao conversar sei lá com quem.

Quando Analice voltou, eu fui direto e perguntei se havia novidades.

Ela ia dizer que não, mas acabou se sentando ao meu lado e contando:

– Na *v'rdade*, meu colega acaba de *conf'rmar* que o rapaz *f'rido* é o José Augusto Peluso Barreiros.

Pois é, a coisa ficou ainda mais esquisita: a análise das impressões digitais comprovou que é mesmo o namorado mandão da Maria João que está em uma cirurgia neste momento. E, segundo a agente policial, ninguém sabe se ele vai sobreviver!

8 de junho, quinta-feira, à noite

De: <toni@...>   **Para:** <lucas@...>
Cc: <zeca@...>

Oi, manos! Desculpem a demora em dar notícias, mas só agora conseguimos nos instalar. Estamos, eu e o seu Teodoro, pai da Doroteia, hospedados no apartamento onde morou a tia dele, aqui no Belém. E com wi-fi emprestado da vizinha! Mandei uma mensagem rápida para o celular da mãe logo que aterrissamos e depois não consegui mais me comunicar.

Foi um dia atrapalhado. Fomos à delegacia de polícia que investiga o desaparecimento e depois ao hospital, onde a dona do apartamento (a anfitriã da Dô) está internada. Ela nos passou o telefone de uma vizinha, a dona Carmen, que foi quem nos recebeu e nos deixou entrar.

Digam para a mãe que está tudo bem comigo. Apesar do cansaço, estou me movimentando bem e não tive nenhum problema, além de um jet lag básico...

O apartamento é feio, atulhado de enfeites. Mas eu tenho a sensação um tanto assombrada de que já estive aqui: conheço tudo direitinho por causa das descrições da minha amiga. Tem uma escadaria de mármore impressionante (por vários motivos), que precisei subir (um lance de escadas, nada de mais, embora duplo), e outros detalhes que me lembram de cada um dos e-mails da Dô...

Por enquanto, a polícia não tem nada de positivo pra dizer. No fundo, eles querem achar que as duas garotas fugiram de casa por alguma bobagem e estão sumidas por conta própria. E como agora foi confirmado que o namorado da amiga da Dô foi baleado, uma das hipóteses deles é de que as duas tenham presenciado o tiro, ficaram com medo e fugiram – coisa em que nem eu nem o seu Teodoro acreditamos. A tal Maria João é meio bobinha, mas a Dô é muito responsável; pode ser que elas tenham sido, mesmo, sequestradas. Só que ninguém pediu resgate por enquanto, o que é estranho, porque já faz mais de 48 horas – e nada.

Bom, era isso. Estou sozinho agora, acabamos de tomar um lanche e o seu Teodoro tá lá no corredor conversando com a vizinha – a tal dona Carmen é uma fonte inesgotável de fofocas! – e eu vou tomar um banho e ir para a cama, que o cansaço bateu...

Digam pra mãe que mando um beijo. Amanhã dou mais notícias.

 8 de junho, quinta-feira, tarde da noite
Mensagem de voz de Celina para Toni

Toni, oi! Sei que aí em Portugal deve ser madrugada, mas eu tinha de te mandar notícias logo. Analisei a segunda mensagem de voz e consegui isolar vários ruídos: umas batidas fortes e ritmadas, tipo de estacas, que podem indicar uma obra em construção perto do local de onde a Dô telefonou; sinos tocando cinco vezes – há uma igreja ali perto e as badaladas informam a hora, o que combina com o horário marcado no seu celular: 17 h. Há ainda o motor de um carro, provavelmente em primeira marcha, ou, no máximo, em segunda: isso indica que o veículo subia uma ladeira. Uma voz masculina que parece dizer "não, eu não..." e um estampido que pode tanto ser um disparo de arma de fogo quanto um estouro de escapamento de carro. Não havia burburinho de vozes, o que para mim significa que a rua estava quase vazia, com exceção do carro e do dono da voz, que soa mais distante que a voz da Doroteia.

Pedi para minha irmã olhar um mapa de Lisboa e chegamos à conclusão de que, se na primeira mensagem Dô estava nas proximidades da Mouraria ou do Castelo, na segunda devia estar bem próxima a várias igrejas; mas a que me parece mais provável, por ficar cercada por várias ladeiras, seria a de São Miguel, no coração da Alfama.

É isso. Espero ter ajudado. Beijo.

9 de junho, sexta-feira, pela manhã
Do caderno de anotações de Toni

Acordei com a sensação de que estava em casa e demorei um tempinho para lembrar que estou em Lisboa... Em Lisboa! Investigando o desaparecimento de uma amiga! E de muletas!

Se alguém me descrevesse, um ano atrás, o que eu estaria fazendo hoje, eu ia rir na cara da pessoa – porque, caramba, como pode a vida da gente virar tão do avesso assim?

Enfim, aqui estou eu, com o lado esquerdo ainda meio paralisado e bancando o detetive.

Escrevo numa "cafetaria" onde tomamos o café da manhã, já que não tem nada para comer lá no apartamento. Acho que é a mesma que a Dô descreveu, tô namorando o balcão de doces... Estou sozinho agora: seu Teodoro foi a um mercado próximo para comprar umas provisões (a infalível dona Carmen indicou o endereço de um lugar aqui perto que, segundo ela, tem bons preços). Sério, aquela mulher tenta ser gentil e prestativa, mas está começando a me dar nos nervos.

Ele disse que eu deveria ir para o apartamento descansar. Depois que fizer as compras, tem de voltar à polícia para encontrar o seu Ludovico Beiras (não fui convidado, claro...). Mas eu já tinha dormido demais e disse para ele que ia dar uma volta no calçadão, ver o Tejo, essas coisas.

É óbvio que quero ver o rio, mas antes tenho coisas mais urgentes a tratar!

Ontem à noite a Celina me enviou uma mensagem de voz com dicas dos lugares por onde o táxi da Dô pode ter passado. Agradeci rapidamente e decidi investigar mais isso. Fui a uma lojinha que o rapaz do café me indicou e comprei um mapa grande de Lisboa. Agora estou de volta, analisando o mapa e tentando refazer o caminho que a Celina delineou.

Aqui tem wi-fi, então consigo pesquisar algumas coisas interessantes, como os trajetos dos bondes. Ainda estou meio confuso com o traçado das ruas lá do centro, especialmente nos bairros Castelo, Mouraria e Alfama. É uma confusão só! E tem dezenas de igrejas, apesar de que a Celina falou na de São Miguel. Sei não, Lisboa parece que tem mais igreja que padaria...

Olhei num aplicativo do celular com imagens de satélite e pude ver que essa tal igreja é cercada de escadarias, vielas, ruas em que não passam carros e com acesso somente a pé. Nos arredores a gente vê centenas, talvez milhares, de casinhas antigas e espremidas, para onde ela e a outra garota podem ter sido levadas.

Uma coisa é certa: se foi lá que o José Augusto levou o tiro, não seria difícil para um carro ocultar o ferido e desová-lo numa obra próxima ao Terreiro do Paço... Está bem perto.

Mas continuo cismado com a questão do táxi. Da rua do apartamento até aqui, travessas mais quietas, não vi muitos táxis; e tem o fato de o seu Ludovico ter achado que a Dô saiu para ir à biblioteca, naquele dia (tá difícil chamar o homem pelo nome, em vez de dizer "bigodudo misterioso"...). Então, acho que preciso colocar essa investigação em primeiro lugar.

De volta ao mapa e ao celular para encontrar a biblioteca do bairro!

• • •

9 de junho, sexta-feira, hora do almoço
Do caderno de anotações de Toni

Estou na biblioteca que a Dô frequentava. Foi fácil encontrá-la no mapa. Além disso, minha amiga escreve de um jeito que me permite "ver" – e constato como tudo está no seu devido lugar...

Se eu não estivesse tão preocupado com ela, se meu pensamento não estivesse tão focado nela, poderia até descrever minha emoção por estar aqui, pisando na terra dos meus antepassados e vendo com os próprios olhos tudo que vi em sonhos... Mas só vou poder pensar nisso, e até mesmo reparar como Lisboa é bonita, depois de encontrar a Dô.

É tudo incrível. O Tejo, grande como o mar. A ponte e os monumentos que ela citou, elegantes e majestosos, vi de longe. Perto da biblioteca, um hotel. Na esquina, um ponto de táxi. Olhei as lojas variadas à esquerda e à direita, atravessei a rua, pensando no que fazer a seguir – talvez conversar com um motorista e tentar arrancar dele alguma informação – quando reparei em um senhor mais velho andando com alguma dificuldade pela calçada. Mancando, ele entrou na biblioteca. Isso me lembrou do seu Jordão, o restaurador de livros. Tinha de ser ele!

Corri – parece incrível, mas as muletas me aceleraram – e alcancei o homem ainda cumprimentando a moça da recepção.

Ele ficou surpreso, mas confirmou ser o restaurador e conhecer Doroteia. Seus olhos ficaram úmidos quando contei do sumiço dela e da minha viagem. Com a voz emocionada, ele disse que já havia desgrudado as páginas do diário, mas ainda não conseguiu avisá-la, o celular dela não atende.

Perguntei se ele se importaria de me mostrar o caderno, explicando que eu poderia encontrar ali algum indício que me levasse ao mistério da dona Fernanda Fátima; ele concordou.

Seu Jordão foi buscar o diário – avisou que ia demorar uns minutos, pois tinha de fazer primeiro sei lá o quê, e estou escrevendo para matar o tempo e segurar a minha ansiedade. Eu me emociono só de pensar que poderei tocar em algo tão precioso e... Opa, lá vem ele!

•••

Quanto tempo se passou? Quinze minutos? Uma hora? Um dia? Não sei. Parece que foi há um ano. Foram tantas as revelações que ainda estou aturdido. Tenho a impressão de que me deram uma pancada na cabeça! Voltei ao apartamento da Tivó. Tive de prometer ao seu Jordão dar notícias assim que a Dô aparecer... E aqui estou, sem saber o que fazer primeiro.

Acho que, antes de tudo, preciso conversar com a Dô. Vou escrever uma carta para ela explicando tudo. Escrevo em papel mesmo e deixo dentro do diário... Assim, se alguma coisa me acontecer, ela não vai ficar chateada comigo pelo que fiz.

•••

Carta de Toni para Doroteia

6 de junho de 20**

Querida Dô,

Sinto muito, muito mesmo, por ter lido antes de você a carta que sua tia-avó te deixou. Mas ela estava no final do diário que a velha senhora conservou por todos esses anos, bem dobradinha, escondida entre duas páginas coladas (provavelmente pelo mofo), e que o seu Jordão recuperou para você... Fazer o quê, além de te pedir perdão?

Eu sei que não deveria tê-la lido, mas quero que compreenda que sou humano... não pude resistir. Ela é reveladora já na primeira linha! Atiçou a minha curiosidade de maneira irreversível!

Além disso, tudo que hoje me cai debaixo dos olhos pode significar uma dica de como te encontrar, uma nova pista para o seu paradeiro... Querida amiga, estou ficando desesperado. Busco como um alucinado qualquer indício, por mais vago que seja, frito meus miolos, ando pelas ruas afora, apoiado nas muletas, sofrendo com as ladeiras e os paralelepípedos. Faço qualquer coisa por uma referência! Acho que você vai compreender a minha indiscrição.

Dô, tenho tanta certeza de que conseguiremos te encontrar! Isso é o que me dá forças para continuar procurando.

Beijos cheios de pedidos de desculpas do
Toni.

•••

Páginas finais do diário de dona Maria Otília

6 de Junho de 1969

Querido diário,

Peço-te perdão por ter, numa crise de desespero, arrancado as tuas páginas e deitado-as ao fogo. Fi-lo com os olhos rasos d'água e espero que tu me compreendas: o que senti com a morte do meu amor foi muito mais do que conseguiria descrever... Mesmo após tê-lo perdido para outra mulher, meu sentimento não se apagou. Nem o dele. Destruí o relato do dia em que ele me procurou com ideias de reatar comigo. Eu o enxotei como a um cão vadio e cheguei a gritar, jogando a verdade no seu rosto:

– Não me venhas falar de amor! Tu já provaste-me o teu amor, ao seduzires a minha amiga! Agora, vai-te embora da minha vida para sempre!

Obediente, ele baixou a cabeça e foi-se. Então, três dias depois, nos braços da Morte, ele *saiu da minha vida para sempre*. Carregarei essa imensa culpa pelo resto dos meus dias.

Por que escrevo sobre isso hoje, tantos anos depois?

Porque já que estou deixando a ti, um simples caderno, a missão de relatar a minha vida para a posteridade, creio que tu deves ser verdadeiro. Um dia, vou morrer também e tu acabarás, indefeso, nas mãos de sabe-se lá quem... Não importa. Não narrarás meias verdades e menos ainda completas mentiras.

• • •

6 de junho de 1975

Não sei o que me levou a reler-te, querido diário, mas o motivo pelo qual escrevo é bem claro: dei-me conta de que, por casualidade, a última vez que conversamos foi no mesmo dia e mês, só que há seis anos. E constato que tudo continua no mesmo lugar...

Tu bem sabes como sempre desejei mudar a minha vida. Nunca, porém, pude fazê-lo. Hoje tenho certeza de que, assim que meu noivado foi desfeito, eu deveria ter voltado para o Brasil, ao encontro da minha família. Mas não tive coragem. Não é fácil voltar derrotada. O que eu diria às pessoas? Também não tive coragem de voltar quando a verdadeira tragédia se abateu sobre mim – havia uma criança inocente envolvida... E eu via nela um pedaço do meu amado, um anjo que ele tinha deixado na terra para que eu nunca o pudesse esquecer. Tentei ajudar minha amiga a criar aquela filha. Ela podia não ser minha, não era minha, mas eu a sentia como se fosse.

Quanto à F.F., porém, afirmo-te que ela jamais amou aquela pobre miúda, que cresceu sozinha, jogada pelos cantos da casa. Na medida do possível, puxei-a para a barra das minhas saias. Fiz o que pude, mas não foi o bastante, portanto, não é de se admirar que ela tenha trazido tantos problemas. E, após o tratamento que a mãe lhe deu nesses anos todos, a oscilar entre a indiferença e o rancor, o que se pode esperar dela, além do...? Deixa para lá, meu diário amigo. É apenas a minha opinião e não mudará o mundo. Nem os fatos.

Quanto a mim, ah, minha vida segue a mesma, sem tirar nem pôr. Era isso o que eu queria dizer-te, quando principiei a escrever. Continuo a trabalhar na mesma biblioteca, a morar meio de aluguel, meio de favor na casa da F.F., a frequentar sem entusiasmo os mesmos sítios e as mesmas pessoas. Nunca tive coragem de começar de novo algures, fosse em Lisboa, fosse de volta ao Brasil ou mesmo em qualquer outro lugar deste vasto mundo. Sou uma covarde. Mas agora é tarde, é muito tarde...

• • •

6 de Junho de 1980

Desta vez foi de propósito, diário: mesmo dia, mesmo mês; pisquei, e mais cinco anos se passaram... É uma lástima, mas, onze anos depois, posso copiar tudo o que escrevi, palavra por palavra, porque nada saiu do lugar. Tudo está como sempre foi. Idêntico. Nem mesmo os problemas que a Maria de Lourdes traz são diferentes. Ela fará aniversário no mês que vem e sua mãe não se cansa de repetir:

– São dezenove anos de sofrimento! Sou uma desgraçada!

Claro que ela exagera... Mas para quem jamais usufruiu da infância da filha, jamais se emocionou com seus sorrisos, seus bracinhos em volta do pescoço, suas bonecas, suas histórias... é verdade. A Maria de Lourdes está a devolver em dobro para a Fernanda Fátima tudo aquilo que sempre recebeu dela.

Não culpo a miúda, mas a mãe. E alegro-me por nunca haver me casado, por nunca ter trazido um filho ao mundo. Pelo menos desta vez, escolhi o melhor.

Há algo que há muito me deixa intrigada, mas nunca tive coragem de comentar nem contigo. Agora, porém, decidi fazê-lo.

Desde quando a Maria de Lourdes ainda era uma miúda a correr pelo parque, procuro nela um traço do pai. Sei que ela não se parece muito com ele fisicamente, mas eu gostava de encontrar um olhar, um gesto, um repente, algo que me remetesse ao meu amado. Nunca o percebi.

Diário, certamente que ideias maldosas passam pela cabeça das pessoas. Mas desta vez... Tu conheces o ditado: "cara de um, focinho do outro"?

Por Deus, que nesse caso é mesmo verdade o que os mexericos alardeiam: aquela rapariga é simplesmente a cara chapada do Aldonço!

E eu ponho-me a divagar...

Como isso pôde acontecer, se eles não são sequer parentes distantes?

Convivência também não é, posto que eles mal se cruzam por acaso na soleira da porta. Será que...?

Meu amigo de todas as horas, tu ainda apostarias um vintém que o meu João Santiago é mesmo o pai daquela rapariga?

• • •

8 de outubro de 1984

Querido diário,

Cada vez mais tenho certeza de que a vida é muito cruel e nos cobra com juros cada ato, cada escolha, cada palavra jogada ao vento, até mesmo um pensamento que nem sequer foi expresso...

Agora, porém, tudo é passado e no passado ficará. Ou não???

Só nos resta uma última folha, o que quer dizer que tu tens apenas uma página em branco. Vou guardá-la assim, para nela registrar algo realmente importante que acontecer na minha vida.

• • •

Anotações sem data, mas com canetas diferentes e caligrafia cada vez mais trêmula.

Meu diário, recuso-me a encerrar tuas páginas com notícias tristes, por isso, vou anotar apenas que, após o falecimento dos meus saudosos genitores, recebi uma pequena herança. Ela me permitirá a compra de um apartamentozinho em algum sítio de Lisboa. Parece que, finalmente, vou deixar a F.F. sozinha com os próprios problemas...

• • •

Comprei o tal apartamento, diário, muito simples e pequenino, mas gracioso. No entanto, ai... Não fui capaz de ir embora. Qual uma árvore, criei raízes. O que esperar de um lugar desconhecido? Aqui é ruim, mas eu aguento... Lidar com os problemas antigos é mais fácil do que aprender a duelar com os novos. E eles certamente virão, porque, nos ingredientes que compõem a vida, há mais tristezas do que alegrias, muito mais... Ah, se eu não sei... A vida é feita de amargura.

Continuo esperando um acontecimento maravilhoso para encerrar as nossas conversas. Vejo, contudo, que o espaço torna-se cada vez menor. Mas ele continua aqui. E eu também. Nosso tempo agora é tão curto – algumas poucas linhas – que acho melhor despedir-me.

Adeus, diário. Deixo aqui um pedaço da minha alma.

• • •

Sem data, letra trêmula, caneta esferográfica.

Estou a morrer, diário. Reparas como treme a minha mão? Estou velha e doente, mal consigo escrever. O que quero deixar aqui, no entanto, nesta tua última página, a selar esta singela amizade de tantos anos, é muito mais do que uma frase ou relato. O acontecimento singular que nos marcará para sempre está a caminho. Uma ideia assaltou-me... E eu a agarrei. Está feito. Tenho certeza de que vai dar certo! Além do mais... Ah, diário, quem planta batatas não pode colher cenouras...!

João Santiago, meu amor, estou pronta. Podes buscar-me, por favor?

• • •

Carta grudada na última página do diário.

Lisboa, 2 de abril de 20xx

Maria Doroteia,

Quero sonhar que tu leste meu diário. Vou escondê-lo no fundo falso de uma gaveta e estou a apostar que o vais encontrar! Agora, sabes tudo sobre a minha paixão pelo rapaz que tornou-se o marido da minha amiga Fernanda Fátima. E entendeste que era a mim que ele realmente amava. Jamais conformei-me com a situação. Vi-me, entretanto, obrigada a aceitá-la – ele devia reparar o erro que cometera ao desonrar uma jovem rapariga.

Foi assim que perdi meu amor pela primeira vez. Perdi-o novamente, no ano seguinte, para a Morte. Ela levou-o consigo e me deixou ainda mais sozinha. Mas o tempo, sábio tempo que cura todas as feridas, fez-me enxergar as coisas de outra maneira...

Não sei se terás condições de fazer o que vou pedir-te, mas peço-te assim mesmo, esperançosa. E confio-te meu segredo.

Nos últimos anos, uma ideia pôs-se a atormentar-me: a de que a morte de João Santiago não foi um acidente. A maneira como ele feriu-se não diz respeito a uma queda, apenas. Minha querida sobrinha-neta, acho que meu amado foi assassinado. Suspeito de que ele tenha sido violentamente empurrado escadaria abaixo. E depois, só Deus sabe o que passou-se... Naquele momento, havia apenas uma pessoa presente, a mesma que chamou o socorro e relatou os fatos.

Pouco antes do dia fatídico, meu amado e eu tivemos uma conversa difícil, que encerrei com gritos, a encharcar as palavras com as minhas mais amargas lágrimas. Teria a criminosa nos visto? Ou, pior ainda, ouvido? Talvez suspeitasse de alguma coisa...

Não sei aonde isso poderia levar-nos. Muitos anos passaram-se, eu estou morta e enterrada, talvez aquela amiga-que-nunca-foi também. Mas minh'alma ficaria em paz se pudesse ter qualquer tipo de certeza.

És jovem, inteligente, usas dos recursos eletrónicos deste século moderno. Tenho fé que conseguirás descobrir os fatos obscuros do passado e ajudar-me a desvelar a verdade.

Recebe a bênção da tua velha

Tivó.

Maria Otília de Almeida Castro e Silva

ANGÚSTIAS

> Por tudo o que me deste:
> – Inquietação, cuidado,
> (Um pouco de ternura? E certo, mas tão pouco!)
> Noites de insónia, pelas ruas, como um louco...
> Obrigado, obrigado!
>
> Carlos Queirós

• • •

10 de junho, sábado, manhã
Do caderno de anotações de Toni

Acordei tarde hoje. Já me acostumei a dormir no quarto da tia-avó da Doroteia. Eu queria ficar no sofazinho do quarto onde estão as miniaturas, mas seu Teodoro insistiu em me deixar com a cama grande. Não discuti no primeiro dia, estava tão cansado... Mas agora fico sem jeito de ocupar o quarto principal. Enfim... quando a gente encontrar a Dô, dou um jeito de trocar.

Assim que acordei, encontrei um bilhete dele, dizendo que saiu cedo para encontrar o professor Cipriano. Eles iam juntos à Embaixada do Brasil. Achei legal, o embaixador precisa saber do que está acontecendo, se é que já não foi informado. Tem uma cidadã brasileira em perigo!

Fui tomar o café sozinho. Já estava terminando e um som me incomodou: uma campainha de telefone. Tocou, tocou, tocou, e percebi que vinha do apartamento de baixo. Fiquei angustiado: e se forem sequestradores entrando em contato?! Não sei qual é a situação do pai da Maria João, mas dona Fefê tem fama de ser rica... Faz sentido que tentem tirar dinheiro dela, não faz?

Saí meio desorientado e fui bater no apartamento da dona Carmen. Só que ela não estava, porque não atendeu. E fiquei mais perdido ainda, sem saber o que fazer. A única coisa que me ocorreu foi ligar para o seu Milton, o que não ajudou em nada...

Quando mencionei que o telefone da dona Fernanda tocava sem parar e que podia ser um contato dos sequestradores, ele desconversou na hora. Disse alguma coisa assim:
– Rapaz, não te apoquentes. Tu deves deixar que os adultos cuidem do assunto, pá!
Sério. Sei que é uma expressão típica daqui, mas o homem fala tanto esse "pá" que me irrita... Aí ele desligou e eu fiquei muito desconfiado. Será que ele recebeu um telefonema também? Será que os bandidos que sumiram com a filha dele e com a Dô fizeram exigências, e ele não pode falar no assunto?!

 10 de junho, sábado pela manhã
Mensagem de voz de Celina para Toni
Bom dia, Toni, como vai? Esta noite eu não consegui dormir direito, preocupada com você e com a sua amiga desaparecida. Levantei cedo e pesquisei mais um pouco. Lembra daquele aplicativo canadense que encontramos quando começamos o grupo de estudos? Aquele que faz as pesquisas e transcreve todos os resultados para áudio? Bom, eu experimentei e nem precisei pedir a ajuda da minha irmã. Descobri coisas interessantes: a principal é que na região da Alfama tem mesmo uma obra sendo realizada em um casarão antigo, ele está sendo reformado para abrigar um museu. Pode ser de lá o som de construção que eu identifiquei na mensagem da Doroteia. Vou te enviar um link que comenta a tal construção. Aguardo sua resposta!

10 de junho, sábado pela manhã
Caderno de anotações de Toni
Recebi nova mensagem de Celina. Ela acha que identificou o lugar em obras que pode ser a fonte dos barulhos no áudio da segunda mensagem da Dô... Incrível como a Celina é sensível! Escrevi de volta, agradecendo.
O problema é que já não aguento ficar enfiado neste apartamento. Pensei muito e decidi que, como ninguém aqui liga para o que eu tenho a dizer, vou agir. Pretendo refazer o suposto caminho que a Dô fez no dia em que sumiu. Sei que não vai ser fácil, porque tenho de me virar com as muletas... Mas, pelo menos, saio e me movimento um pouco!
Minha letra está um horror, por escrever dentro de um táxi. Saí do apartamento do Belém e fui até aquele ponto perto do hotel, a caminho da biblioteca. Entrei num dos carros e pedi para o motorista me levar à Alfama. Dei como referência a igreja de São Miguel.
Tentei conversar com o taxista e mencionei minha amiga, que deve ter pegado um táxi neste mesmo local há uns dias, mas o homem não é nada conversador e o papo morreu...
Estamos passando pela Mouraria agora. O trânsito está caótico na subida das ladeiras, e passam bondes ao lado do carro: é exatamente o som de fundo da mensagem da Doroteia! Celina estava certa: foi para cá mesmo que ela veio. Só não sei o que vou fazer quando chegar à igreja.

10 de junho, sábado, meio da manhã
Mensagem de texto de Ludovico Beiras para o Comissário Alberto Silvares

Sr. Comissário, comunico que, como fui instruído, estou a observar o que se passa no hospital. Acabo de ser informado que a sra. Alencar teve alta e vai para casa após o almoço. E vejo mais uma complicação: pelo que diz a enfermagem, esta senhora não sofreu um ataque cardíaco real. Acha o médico que foi um falso alarme, causado por estresse. Mantiveram-na internada por causa de pressão alta, mas já está a normalizar. De minha parte, creio que foi uma actuação, quem sabe um drama, mesmo, engendrado para enganar alguém. Pois a quem? Ao genro? A nós, da polícia?

 10 de junho, sábado, meio da manhã
Mensagem de voz de Bernardo para Toni

Oi, Toni. Olha só: meu amigo da Universidade me contatou e disse que, com o lance do programa de reconhecimento facial e do sumiço da garota, ele acabou se esquecendo de pesquisar o outro nome que você tinha me passado, e eu mandei pra ele. Aí ele entrou no site do Centro de Informação e Documentação do Palácio da Justiça e encontrou um documento bem recente, que a gente não viu antes: um mandado de prisão para aquele nome, Aldonço Louveiras Martinho. Então, é oficial: consta que o homem é perigoso e está foragido da polícia portuguesa!

 10 de junho, sábado, meio da manhã
Mensagem de voz de Toni para Bernardo

Caramba, meu amigo! Que informação quente! Te agradeço. Não posso falar muito agora, acabei de chegar à Alfama. Resolvi pesquisar por conta própria o local em que a Dô pode ter sumido, perto da igreja de São Miguel. Se puder, envie essa informação sobre o Aldonço para o professor Cipriano! Ele é a única pessoa que me leva a sério por aqui. Depois de falar com o delegado, até o seu Teodoro deu de me tratar como criança... Tenho de ir, até mais.

10 de junho, sábado, hora do almoço
Do caderno de anotações de Toni

Ah, se eu estivesse simplesmente de férias! Estar neste bairro é como fazer uma viagem no tempo. Casas antigas, recantos com um ar meio medieval... Não fossem os carros, os postes de iluminação e roupas modernas, dava para fazer de conta que são uns quinhentos anos lá pra trás!

Escrevo em uma mesa de calçada, num restaurantezinho supersimples bem próximo à igreja de São Miguel. Antes de parar, dei algumas voltas pelas ruas daqui, mas não foi fácil, por conta das muletas; cheio de desníveis e degraus. A Celina acertou: há uma obra que dá fundos para o pequeno largo, perto de onde sai uma ruela de nome estranho – a Travessa do Terreiro do Trigo – e o som do bate-estacas é exatamente igual ao da mensagem da Dô! Começo a acreditar que tudo aconteceu aqui, mesmo. Como é sábado, o bairro está cheio de turistas, tem lojinhas de lembranças e restaurantes abertos, e andar no meio das pessoas é um bom disfarce para um detetive amador...

A Dô sumiu na segunda-feira à tarde. Pelo áudio, a rua devia estar mais vazia, a não ser pelo som do carro que parecia subir uma ladeira. Na verdade, agora há pouco eu ouvi um som de carro no tom exato daquele da mensagem, subindo pela Rua de São Miguel; o carro estacionou e dele saíram um rapaz e uma moça, que não tinham a menor cara de turistas. Fiquei ligado.

Os dois seguiram pela mesma rua, que, a partir desse largo, é tão estreitinha que só dá pra ir a pé. Foi nesse ponto que eu me instalei no restaurantezinho, de onde consigo vigiar a rua, a obra e a igreja. Pedi um lanche, comecei a escrever, e não é que a minha vigilância foi recompensada?

A mesma moça, a que tinha ido pela rua de São Miguel com o sujeito do carro, voltou de lá, entrou neste restaurante e encomendou quatro refeições para levar. Ela está na calçada fumando um cigarro e esperando a encomenda ficar pronta. E minhas suspeitas estão a mil!

Se ela estava sozinha com um sujeito e pediu quatro pratos, deve haver mais duas pessoas para alimentar... Como já acabei de comer e paguei, vou tirar o som do celular e sair daqui antes dela. Aposto que vai voltar pela mesma rua, e então darei um jeito de ir atrás.

Sei lá, posso estar maluco. Tudo isso pode ser só uma coincidência – mas minha intuição está tinindo e me diz pra prosseguir com o plano!

 10 de junho, sábado, hora do almoço
Mensagem de texto de Bernardo para o prof. Cipriano
Bom dia, professor, espero não incomodar. É que, faz algumas horas, tive uma conversa com Toni, o rapaz brasileiro, a respeito da situação do sr. Aldonço Martinho, procurado pela polícia. O Toni me disse que estava a caminho da Alfama à procura da garota desaparecida. Mas depois daquela mensagem, ele não deu mais sinal de vida. Tentei mandar texto e até telefonar: o celular não atende. Estou preocupado com o rapaz, ele pode ser inteligente e tudo, mas ainda é uma pessoa com deficiência. Gostaria do seu conselho sobre o que fazer!
Abraço do
Bernardo.

 10 de junho, sábado, hora do almoço
Mensagem de texto do prof. Cipriano para Bernardo
Caro Bernardo, recebi tua mensagem. Fizeste bem em comunicares-te comigo. Cá tenho ao lado o senhor Teodoro Manoel, estamos a almoçar. Fomos hoje à Embaixada e à polícia. Até o momento não houve novidades, a não ser que a senhora Alencar foi liberada do hospital e a estas alturas já deve estar em casa. Relatei o que me contaste ao

amigo aqui, e ele tentou contactar o rapaz, Toni, pelo celular. De facto, não atende. Como são imprudentes, esses jovens! Peço-te que fiques em contacto. Caso o moço não dê sinal de vida em meia hora, voltaremos à polícia. O comissário Alberto deve sugerir algum curso de acção.

 10 de junho, sábado, após o almoço
Mensagem de voz do comissário Alberto para Ludovico Beiras
Sr. Ludovico, peço que acuses o recebimento desta. A coisa se complicou, pois agora é o rapaz das muletas que sumiu! Dizem o professor Cipriano e o senhor Teodoro Manoel que ele foi para a Alfama em busca da rapariga e que não dá mais sinal de vida. Acabo de comunicar-me a respeito do caso com os colegas da 15ª Esquadra, mais próxima. Vou ainda enviar um carro para a Alfama, parece que esse António Gonçalo encontrava-se no Largo de São Miguel. Peço que o senhor se desloque para lá, pois conhece melhor o jovem e pode descrevê-lo aos policiais da 15ª.

 10 de junho, sábado, à tarde
Mensagem de voz de Toni para seu Teodoro
É o Toni! Eu encontrei as meninas, mas preciso muito de ajuda! Elas estão sob a guarda de um sujeito armado, na Alfama! Na Rua da Galé, subindo do Largo de São Rafael. É uma casa cinzenta em reforma. Depressa, porque...

 10 de junho, sábado, à tarde
Mensagem de voz de Ludovico Beiras para Comissário Alberto
Senhor comissário, necessitámos reforços imediatamente. Estou na Rua da Galé, junto a um beco. Encontrei o rapaz e uma das moças.

 10 de junho, sábado, à tarde
Mensagem instantânea de Toni para Bernardo, Teodoro e Cipriano
Olha, gente, estou aqui com a Doroteia e ela não está ferida, só muito fraca e nervosa. A agente Analice foi buscar a Maria João. A Dô e seu Ludovico disseram que ela não está nada bem! As duas ficaram presas em um quartinho, no porão de uma casa meio despencada na Rua da Galé, e a garota parece histérica: tem medo de sair de onde está. Mais tarde mando detalhes, agora preciso dar uma força para a Dô. Tem mais policiais chegando e uma ambulância...

 10 de junho, sábado, à tarde
Mensagem de voz do comissário Alberto para Milton
Sr. Milton Vasconcelos, informo que vossa filha foi encontrada. Está bem, foi atendida pelos paramédicos e levada a depor na 15ª Esquadra, na Alfama. O senhor deve ir para lá imediatamente.

10 de junho, sábado, à noite
Do caderno de anotações de Toni

Nem acredito que o pesadelo acabou... Estou de volta ao apartamento de dona Maria Otília. Telefonei para minha mãe e contei tudo. Ela queria me dar uma bela bronca, mas no fim só ficou dizendo: "Que alívio, que alívio, meu filho"... A Dô e o seu Manoel também ligaram para dona Cátia. Agora estão os dois no apartamento de baixo, com a dona Fefê. Ela voltou do hospital hoje.

Bom, eu recebi ordem da agente Analice para me deitar e repousar, e vim para o quarto menor – cedi o maior para a Dô e o pai, claro. Mas nunca vou conseguir dormir com toda essa emoção, tô mais acordado que nunca! Como ninguém disse que eu não poderia escrever no meu caderno, mesmo na cama vou aproveitar e contar tudo... Não quero deixar de lado nenhum detalhe.

Pus meu plano em ação lá na Alfama. Segui a moça que comprou as refeições me fazendo de turista e tirando fotos. Da Rua de São Miguel ela entrou no Largo de São Rafael e, de lá, começou a subir uma ladeira meio sinistra, chamada Rua da Galé. Andamos um pouco e a moça parou, cismada por me ver, e eu fiz que estava tirando fotos do casario com o celular. Ela continuou, e eu atrás. A ruela subia e dava uma virada pra direita, totalmente vazia de gente; os turistas ficaram todos lá para baixo. Dos dois lados havia casas em reforma, cheias de andaimes e tapumes.

Então eu vi que a moça ia entrar por um portãozinho de ferro bem velho. Tinha uma escada estreita que descia. E, no desespero, resolvi chamar a atenção dela.

Joguei uma das muletas no chão e me apoiei na parede, escorreguei para o chão gemendo e pedindo ajuda. Sei que a maioria das pessoas morre de pena de um "moço aleijado", como dizem... Nem liguei para o preconceito, naquela hora eu queria mais é aproveitar a vantagem!

A moça me olhou, relutou, pendurou a sacola com a comida na grade do portãozinho e veio me acudir. Fiz um drama, disse que perdi o equilíbrio e pedi para ela pegar a muleta caída.

Mas assim que ela me ajudou a me sustentar em pé, parei de fingir e resolvi blefar. Disse:

– Se eu fosse você, fugia antes de a polícia chegar. Eles vão te prender como cúmplice!

Se ela fosse inocente, eu esperava que ela risse e me desiludisse, mas acontece que o blefe funcionou! A coitada ficou apavorada e começou a dizer:

– Juro-te, não tive culpa de nada, não fiz nada!

Achei que podia forçar a barra e contei a maior mentira:

– Pode ser, mas o José Augusto morreu daquele tiro... E antes de morrer ele entregou todo mundo para a polícia. Se te pegarem, vai presa por assassinato!

Aí ela entrou em pânico e desandou a chorar, jurando que não sabia de nada, só ajudava a levar a comida pras raparigas uma vez por dia, porque os homens não podiam aparecer...

Eu nem podia acreditar que havia descoberto tudo!

Tratei de segurar no ombro dela e me fiz de bonzinho. Perguntei qual era o nome dela e se estava com a chave. Ela disse que seu nome era Doméria e que não, que um tal Lourenço é que tinha as chaves, ele ia pra lá toda tarde e vigiava até a noite, era ele que abria para ela quando chegava no porão com a comida.

A única ideia que me ocorreu foi dizer que eu mesmo ia levar a comida, que ela devia sumir antes de ser presa. Não deu outra! A Doméria se escafedeu e eu fui para a casa.

Com a sacola, passei pelo portão e desci a escadinha. A porta era oculta da rua por uma dessas lonas finas que cobrem casas em reforma. Não tinha campainha. Bati com uma das muletas.

Ouvi vozes lá dentro, e logo alguém abriu só um pouco a porta. Aí eu disse:

– Sou do restaurante. Você é o Lourenço? A Doméria passou o endereço e pediu pra eu vir te entregar umas refeições.

A porta abriu de vez e eu vi o mesmo sujeito que tinha saído do carro antes. Estava armado, eu podia ver o brilho de uma arma no canto do bolso dele... Olhou pra mim desconfiado e perguntou pela rapariga. Tratei de dizer que não sabia, que achava que a Doméria tinha ficado lá no restaurante; minha ordem era entregar a comida e receber o pagamento. Nossa! Aí o sujeito surtou!

– Estás me enganando? Doméria levou o dinheiro para pagar! Onde ela está?!

Olha, acho que, além de ser detetive, agora posso virar ator de novela! Fiz o maior drama. Comecei a choramingar e a me queixar em voz alta, me fazendo de coitadinho. Falei tudo que me deu na telha! Disse que não ganhava quase nada no restaurante, que se a rapariga fugiu com o dinheiro não era minha culpa, que eu precisava daquele emprego, não era fácil arrumar trabalho sendo deficiente – e terminei repetindo umas três vezes que não queria ter de voltar pro Brasil!

Verdade: assim que falei em Brasil, bem alto, percebi umas batidas vindas lá de dentro, e uma voz berrou algo parecido com: "Ei! Você! Esqueceu da gente? Estamos com fome!".

Na hora, pensei que estava sonhando. Parecia a voz da Dô!

Bom, o sujeito pegou a sacola com as refeições e me disse pra ficar quieto que ele ia pegar o dinheiro. Fechou a porta – e nessa hora eu aproveitei e mandei uma mensagem de voz para o pai da Dô. Logo o sujeito voltou com o dinheiro e me disse pra sumir e ficar com o troco.

Eu sabia que precisava ganhar tempo. Fiquei no papel, agradecendo, abençoando Lourenço por ajudar um "pobre aleijado"... O cara não via a hora de se livrar de mim. Quando conseguiu, bateu a porta com força e passou a chave.

Fui para o outro lado da rua e me escorei na parede. Estava tremendo! Não sabia o que fazer, se ia embora correndo, se ligava pra polícia ou o quê... E foi aí que o seu Ludovico apareceu.

O bigodudo me achou fácil, eu devia ser o único de muletas nas proximidades. Disse que seu Teodoro havia dado o alarme e que a polícia estava a caminho. Sério, demorou uns cinco minutos. Quando os policiais chegaram, a ladeira já tinha se enchido de gente, e foi uma questão de tempo até dois homens arrombarem a porta e saírem com o tal Lourenço, preso.

Eu estava morto de medo. E se o cara atirasse nas meninas?! Então seu Ludovico trouxe a Dô pra rua. Ela me viu e foi me abraçar chorando. Eu chorei junto. Meu Deus! Como queria ficar junto com aquela menina e não deixar ninguém chegar perto!

Não sei quanto tempo passou até que a gente conseguiu conversar. Ela estava suja, pálida e abatida, mas inteira. Disse que a Maria João teve um ataque histérico no quartinho do porão, não queria sair com a polícia. Só saiu mesmo de lá quando a agente Analice chegou e foi falar com ela...

A essa altura já tinha ambulância na rua de baixo, fomos para lá e os paramédicos examinaram as duas. A Dô não largou da minha mão o tempo todo, até que levaram a gente até uma viatura e fomos todos para o distrito policial mais próximo.

Era a 15ª Esquadra. Lá, foi uma canseira só... O Milton e o Teodoro chegaram, levaram as meninas com os pais para depor em outra sala. Eu contei o que tinha acontecido para um outro comissário. Ainda bem que a agente Analice ficou o tempo todo do meu lado. Meu corpo doía, até o lado paralisado incomodava, eu mal conseguia me segurar em cima das muletas!

Só à noite pudemos voltar para casa. A Maria João foi no carro do pai, enrolada numa manta da ambulância e sem abrir a boca. Nós fomos na viatura com a Analice (olha, essa moça devia ganhar uma promoção na polícia! Foi superlegal com a gente, o tempo todo!).

Depois, a Dô me contou que a Maria João mal conseguiu depor, contou as coisas aos soquinhos. E que o Milton a abraçava com um carinho que ela nunca imaginou possível... Ela também ouviu o depoimento dele e me contou o que ele disse.

Que recebeu naquela manhã um telefonema pedindo resgate pelas duas raparigas, muito dinheiro, a ser entregue em 24 horas, e ordem de não dizer nada à polícia. Disse também que nem havia começado a levantar a quantia, porque precisava falar com a dona Fernanda Fátima, já que ele não dispunha de fundos suficientes. Mas nesse meio tempo o comissário Alberto avisou que a filha estava a salvo... E ele foi para a Alfama.

Bom. Acho que não me esqueci de nada. Soube que o José Augusto passou por duas cirurgias e continua inconsciente no hospital, mas acham que vai ficar bom. Se isso acontecer, o depoimento dele vai corroborar os nossos. E prenderam o Lourenço, mas Doméria fugiu mesmo.

Agora, fico matutando: aqueles dois não foram os mandantes. Eles e o José Augusto foram só instrumentos... Quem estava por trás do sequestro? Não posso deixar de pensar que pode ser o próprio Milton, ou a dona Fefê, que, para mim, continua sendo a vilã desta história!

11 de junho, domingo, à tarde

De: <doroteia@...>   **Para:** <luciana@...>
Cc: <mikaella@...>

    Meninas, sei que devo uma mensagem decente pra vocês. Demorei, mas a verdade é que não aguento mais falar nisso, de tanto que já repeti a história – para a polícia, a família, o Toni, a dona Fernanda e a dona Carmen –, porém preciso contar em primeira mão para as minhas queridas.
    Naquele dia (parece que faz um tempão e foram só seis dias!) eu respondi a um pedido de ajuda da Maria João e fui de táxi para a Alfama, mas não achei a garota. Mandei mensagens e nada. Aí vi o namorado dela, o José Augusto, bem na rua onde eu estava!
    Tentei sair dali, mas ele foi rápido. Segurou meu braço, tirou meu celular e me mandou dar o fora, sumir. Mas, antes que eu conseguisse me livrar dele, alguém atirou e ele caiu, ali, bem no meu pé! O celular caiu junto e se quebrou. Eu estava meio entorpecida, olhando para o rapaz caído, quando apareceu uma moça, pegou os restos do celular e me ameaçou. Disse que, se eu não quisesse morrer, tinha de ir com ela!
    A rua estava vazia e eu não vi quem atirou; e estava tão aturdida que deixei me levarem sei lá pra onde. Só me lembro de uma escadinha e de descermos para uma espécie de porão. Alguém abriu uma porta, arrancaram a minha bolsa e me jogaram num quartinho sem janelas, só com uma abertura no alto que devia dar para uma sala iluminada; a única luz vinha daquele vão.
    A Maria João estava lá, aos prantos, apavorada. Custou para me contar o que tinha acontecido. Pelo que entendi, o mesmo sujeito mal-encarado, que ela tinha visto antes com o José Augusto, seguiu-a naquelas ruazinhas e disse que ela tinha de ir com ele porque o namorado estava à sua espera. Claro que não estava: eles a trancaram naquele lugar e não disseram mais nada.
    Não tive coragem de contar a ela que tinha acabado de ver o José Augusto tomar um tiro... Imaginei que eles iam pedir um resgate para a dona Fernanda. E ficamos as duas presas lá. Amigas, que sensação horrível! De injustiça, de indignidade, de... sei lá. Desesperança.
    Uma vez por dia, aquela moça aparecia e levava comida em embalagens descartáveis e garrafinhas plásticas de água para a gente. Banheiro não havia, só um urinol fedorento num canto.
    Eu juro, foi difícil manter a sanidade... Ainda mais com a Maria João em cima de um colchão, no chão, encolhida, achei até que estava febril. Eu perdi a noção do tempo; quando estava mais claro, tentava ouvir pelas frestas da porta o que acontecia lá fora. No escuro, ficava mandando mensagens mentais pro Toni, tentando alguma forma de telepatia. Até nisso já estava acreditando! Pensava na minha mãe, no meu pai, em todas as pessoas de quem eu gosto e chorava de pavor – e se eles nos matassem? Eu nunca mais os veria... Nunca ia conhecer o Toni pessoalmente, nunca

mais voltaria a São Paulo, nunca mais iria à faculdade, nunca mais! O medo de morrer é paralisante, mas o pior é o medo de sofrer violência física. Foi horrível. Vocês não podem imaginar. Eu sempre tentava pensar em coisas boas – sabia que meus pais estariam desesperados, sabia que a polícia estaria à nossa procura, sabia tudo. E isso só tornava as coisas piores... Mais parecia uma forma requintada de tortura. É como assistir ao sofrimento daqueles que a gente mais ama no mundo!

E aí... um dia, a comida não veio. Ouvi passos da moça e do rapaz, mas nem sinal de ela vir com as embalagens. Aí, ouvi a voz do rapaz conversando com alguém – e eu podia jurar que era a voz do Toni! Escutei direitinho quando ele disse a frase "voltar pro Brasil". E não aguentei mais. Comecei a bater na porta e a reclamar. Berrei que estava com fome. De repente, a porta foi entreaberta e a sacola com as refeições foi empurrada pela abertura. Achei que tudo tinha sido a minha imaginação... Como podia ser a voz do Toni, se ele estava do outro lado do mundo?!

Mesmo nervosa, me sentia morta de fome. Comi e tentei fazer a Maria João se alimentar... E foi aí, do nada, que alguém começou a chutar a porta. Ela sacudiu, balançou e acabou se abrindo!

Lu, Mika, eu nunca imaginei que ficaria feliz da vida ao ver o bigodudo misterioso... Era ele mesmo. Entrou, ajeitou o bigode e disse que trabalhava para a polícia! Eu desandei a tremer. A Maria João ficou histérica e disse que não ia sair dali... mas eu deixei o homem me ajudar e me levar para fora do quarto. Quando saí na rua, a vista doendo por causa da claridade, achei que estava sonhando: lá estava o Toni, escorado nas muletas, e me esperando!

Ai, amigas, eu nem posso acreditar que passei por esse pesadelo...!

Bom, pelo que entendi, a quadrilha vendia drogas e já planejava há algum tempo raptar a Maria João para conseguir resgate do pai e da avó; eu só me dei mal porque tentei ajudar a garota. Na última hora, acho que o José Augusto percebeu que a coisa ia complicar muito se me raptassem também, tentou me afastar de lá... Mas os outros bandidos não gostaram e atiraram nele.

E eu... eu só fui salva pela coragem do Toni, que descobriu onde a gente estava. Sério, amigas, ele foi um herói. Não gosto nadinha da sensação de ter sido uma "donzela em perigo", dói na minha alma feminista. Mas, a esta altura, o principal é que o pesadelo acabou!

Beijos imensamente gratos da

Dô

• • •

11 de junho, domingo

Notícia na edição da tarde de um jornal de Lisboa, reproduzida em jornais brasileiros

RAPARIGAS LIBERTADAS PELA POLÍCIA APÓS CINCO DIAS DE CATIVEIRO

Da Reportagem Local

Encerrou-se ontem, mediante a pronta ação da polícia lisboeta, o sequestro de duas raparigas cujos nomes não foram divulgados. Nosso repórter esteve na 15ª Esquadra da PSP e apurou que as jovens, segundo consta, uma portuguesa e uma brasileira, foram mantidas em cativeiro desde a última segunda-feira para a obtenção de pagamento de resgate por suas famílias. Peritos encontraram no local evidências de que a quadrilha responsável lidava com tráfico de drogas e extorsão, após efetivar-se a prisão de dois dos sequestradores, ambos com passagens pela Justiça portuguesa. Lourenço V. foi detido em flagrante e Doméria N. foi detida pouco depois, ao tentar embarcar em um comboio no Cais do Sodré. Outro membro da quadrilha está em estado grave no hospital, vítima de uma briga interna do bando. A polícia ainda investiga as ligações criminosas do grupo para descobrir os mandantes do sequestro e, quem sabe, desvendar outros crimes ainda sem solução.

VERÃO DE SONHO

Hoje, confesso, acordei com vontade de ser feliz.
Amarrei, até, no pulso, o amor perfeito
que foi secando no meu peito e retomei a velha máxima:
não deixar que qualquer vestígio de angústia atinja o coração.

Graça Pires

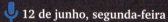

 12 de junho, segunda-feira
Mensagem de voz de Toni para Celina

Celina, oi! Agradeço de todo o coração a análise dos áudios que você fez para mim. Sem as suas dicas, acho que eu nunca teria descoberto a pista de Dô! Valeu, garota! Agora está tudo bem aqui, todo mundo mais calmo, esperando o que vai rolar a seguir. O pior é que não largam do meu pé e querem me obrigar a repousar, enquanto tudo que mais quero na minha vida é passear por Lisboa... Mas a minha hora há de chegar! Eu mereço!

Beijos do Toni

12 de junho, segunda-feira
Mensagem de voz de Celina para Toni

Oi, Toni! Você não imagina como fico feliz por ter ajudado! Acompanhei as reportagens que os jornais e as tevês mostraram e... Uau! Estou impressionada. Aqui também tem se falado bastante no caso, porque a imprensa sempre se envolve mais quando há brasileiros nos dramas.

Você foi sensacional, é o que todo mundo não se cansa de repetir! E eu te admiro muito por tudo que você fez pela Doroteia. Tudo o que você passou para ajudar uma amiga que nem conhecia pessoalmente foi de encher de lágrimas os olhos da gente... Uma atitude dessas faz com que eu volte a acreditar que a humanidade tem conserto!

Agora, concordo com o pessoal: vá descansar um pouco, renove suas forças e depois aproveite muito os passeios na terra dos seus sonhos. E volte logo, tá? O grupo de estudos de acessibilidade precisa de você! As aulas começarão em agosto, falta pouco...

• • •

Dô

Postagem 21 • A donzela em perigo
13 de junho, terça-feira

Tenho certeza de que todo mundo está acompanhando os aconte-cimentos pela imprensa; mesmo assim, quero dar a minha versão. O melhor mesmo é receber uma novidade em primeiríssima mão, quem não sabe? Então, lá vai postagem no blog de novo.

Estou ótima. Claro que levei um susto e tanto, mas só de estar com o meu pai junto de mim e o Toni no quarto ao lado me sinto reconfortada. Mammy, só falta você aqui, mas eu entendo. E logo a minha missão se encerra e vou voltar para Sampa. Então, vamos conversar, que tenho milhões de coisas pra contar!

O Toni foi incrível. Gente, esse cara é muito inteligente! Tem uma sensibilidade aflorada, é superobservador e faz deduções que não passa-riam pela cabeça do comum dos mortais. Até a polícia está admirada com a perspicácia dele.

Falando na polícia: o comissário Alberto deixou bem claro que é preciso "ter bastante discrição" e não ficar contando tudo nas redes so-ciais, porque ele está investigando coisas além do sequestro e isso po-deria atrapalhar. O que eu posso contar é que ficar trancada num porão sem janelas foi uma experiência horrível, a gente sente um medo atroz: não apenas de morrer e deixar tudo de que se gosta para trás, mas prin-cipalmente de sofrer.

Ter de consolar a Maria João acabou sendo uma coisa ótima: preo-cupada com ela, não tive tempo de pensar em mim mesma. Ela parecia criança, só chorava e chamava o pai torcendo a barra da saia... Não que-ria comer e precisei brigar com ela, senão ia ficar fraca e isso agravaria o problema.

Insegurança, ansiedade, dor, desconforto.... Não foi bolinho não, pessoal!

Não saber o que vai acontecer, comer e beber uma vez por dia (sem ter certeza se a comida e a água viriam mesmo), não tomar banho, usar um penico fedido que ficava poluindo o porão até a noite... Ai, vocês não sabem o que é isso! Sem celular, sem comunicação, sem nada pra fazer a não ser se desesperar. Acho que a gente vira outra pessoa depois dessa!

Sabem de uma coisa engraçada? Eu sempre adorei filmes policiais, mas daí a ser a protagonista... ai, é muito diferente! É legal na televisão, mas se ver metida em uma aventura do gênero, me poupe! Até minha alma feminista saiu bastante chamuscada, acreditem... Eu queria morrer quando vi aquela manchete: "Donzelas em perigo". Imagine eu, uma ga-rota forte e decidida, precisando de alguém que a salvasse – não combina!

Por sorte, quem foi responsável pela descoberta de tudo foi o Toni, que é um cara *fixe*, nem um pouco machista e, ainda por cima, hemiplé-gico! Dizer que essas pessoas são frágeis não tem muito a ver no mundo de hoje. Ele enfrentou um sujeito armado usando apenas sua inteligência – e um par de muletas. Meus respeitos! Além disso, teve a ajuda de sua amiga Celina, que decifrou os sons nas duas mensagens de áudio, permitindo nossa localização – e ela é deficiente visual!

Papai conversou com os advogados da Tivó e, devido aos acontecimentos, eles concordaram em fazer logo a leitura do testamento. Querem também aproveitar a estadia dele aqui, já que ele é o testamenteiro. Assim, amanhã, às 10 horas, iremos, meu pai e eu, muito elegantes, é claro, ao escritório deles. Preciso dizer que estou ansiosa?

Meu pai irá embora assim que regularizar tudo, mas Toni concordou em ficar comigo até o fim de julho. Ele alterou a data da passagem dele e voltaremos juntos.

Agora, ao contrário de quando cheguei, o tempo está passando depressa... Em pouco mais de um mês a viagem acaba. Eu quero é aproveitar tudo o que for possível e conhecer o que não tinha dado até agora!

---

14 de junho, quarta-feira

De: <mariajoao@...>   **Para:** <doroteia@...>

Querida Dô, como estás? Eu estou bem melhor e só não fui te visitar ainda (bem como à minha avó) porque o papai piorou da paranoia (como tu dizes) e não quer que eu saia de casa. Mas ele está me tratando bem, não briga comigo, está até mais alegre e carinhoso. As aulas terminaram e eu ainda não sei como ficará a minha vida escolar, já que faltei muito e perdi os exames quando estávamos sequestradas. Mas não estou preocupada com isso. Como diz o meu pai, tudo que importa é "tu ficares bem".

Apesar de o José Augusto ter mentido para mim e de ser parte da quadrilha, gosto de pensar que ele tentou te salvar. Ele não era de todo mau... Só estava passando por uma fase de sérios problemas.

Tenho refletido sobre tudo que aconteceu e fico alegríssima com a tua amizade. Não sei o que teria sido de mim sem ti! Aproveito, então, para pensar no que me disseste e entendo coisas que não havia percebido antes... Mas sobre isso vamos a conversar pessoalmente! Só queria que tu soubesses que a pessoa que encontrarás em mim é bem diferente daquela que ficou naquele porão.

Assim que meu pai permitir, irei te ver. Beijos carinhosos da
Maria João

---

14 de junho, quarta-feira

De: <doroteia@...>   **Para:** <mariajoao@...>

Querida Maria João,

A experiência que passamos juntas foi muito traumática, com certeza, e eu fico feliz em saber que você está se recuperando bem e, melhor ainda, que tem refletido bastante. Minha mãe e meu pai estão

tão preocupados que até já arrumaram uma psicóloga para eu fazer terapia quando voltar ao Brasil... Exagero, claro! Eu também estou ótima, mas dizem que essas coisas voltam um tempo depois e as ideias ficam nos atormentando.

Espero, sinceramente, que o José Augusto se recupere, mas espero, mais ainda, que você nunca mais se encontre com ele.

Sua avó também está bem, embora ainda não tenha se decidido a sair da cama. Está muito quieta, pouco fala. Dona Carmen fica sempre ao lado dela, providenciando tudo do que ela precisa. Eu passo por lá todos os dias, agora que estou no apartamento da tia Maria Otília, como você sabe, com o meu pai e o Toni. Também espero que possamos nos ver logo. Beijos da

Dô

14 de junho, quarta-feira

De: <luciana@...>   **Para:** <doroteia@...>

Cc: <mikaella@...>

Oi, querida! Escrevo copiando a Mika, pra dizer que todos os amigos mandam lembranças e estão felizes com as notícias. Nem preciso comentar como sofremos com você, apesar da distância, nem do alívio que foi saber que você saiu dessa sã e salva! Por aqui, só se fala no Toni: seu amigo foi mesmo um herói! Depois dessa, aposto que os dois estão juntinhos, agora, namorando e se curtindo... Uau, esse garoto atravessou o Atlântico para te salvar! Posso garantir que os seus dias de solidão em Lisboa a-ca-ba-ram, definitivamente! Também, com um namorado desses... Poderosa!!!

14 de junho, quarta-feira

De: <doroteia@...>   **Para:** <luciana@...>

Cc: <mikaella@...>

Ai, amigas, seria bom demais tudo isso... Infelizmente, até agora Toni e eu não conseguimos ficar um minuto a sós... Tem sempre alguém junto! Meu pai não me larga – e não apenas porque os chefes dos bandidos ainda não estão na cadeia, mas também porque, a toda hora, temos de ir à polícia depor, ou à embaixada com o professor Cipriano, ou dar entrevista para a imprensa. Seu Ludovico, então, o bigodudo misterioso que não largava do meu pé, grudou de vez: ele trabalha para a polícia, vocês devem se lembrar, e foi quem ajudou Toni a nos salvar.

Ainda bem que, pelo menos, da dona Carmen me livrei um pouco: ela meio que assumiu os cuidados com dona Fefê, mas volta e meia nos chama para alguma coisa no apartamento de baixo – se não tiver nada, ela inventa um almoço ou um jantar, o que dá no mesmo. Enfim, logo meu pai voltará ao Brasil e Toni e eu teremos um pouco mais de liberdade.

Namoro? Bem que eu quero... O carinha é muito porreta! Só não sei se vai rolar...

Eu não ia contar nada, ou melhor, só ia contar pessoalmente, mas já que vocês estão querendo saber, adianto: quando vi o Toni na minha frente e percebi que eu estava livre, não resisti e me atirei nos braços dele! Ele me apertou forte, dizendo:

– Dô, é você mesmo! Você está bem! Cheguei a tempo!

Eu não tive forças para dizer nada.

Então, de repente, quase do nada, ele me deu o maior beijo na boca.

Não, não foi um beijo de língua, aquela coisa toda etc. e tal, nada romântico, foi algo como um "selão", pela alegria de me ver viva.

Fiquei atrapalhada, porque todo mundo estava olhando! E eu estava horrorosa: suja, fedendo, os cabelos eriçados como os de uma bruxa, faminta e assustada.

– Ai, Toni, não foi assim que sonhei te conhecer... – eu sussurrei para ele.

E sabem o que ele respondeu, também bem baixinho, só para eu ouvir?

– Você não poderia estar mais linda!

Depois dessa, o que vocês acham, amigas?

Porque, então, não aconteceu mais nada! O tempo inteiro é o meu pai ao lado e mais aqueles caras todos que vocês ouviram falar...

---

14 de junho, quarta-feira

De: <bernardo@...>   **Para:** <toni@...>

E aí, Toni, tudo numa boa? Muito estresse ainda? Espero que a adrenalina já tenha baixado... Eu queria perguntar se você sabe de mais alguma coisa sobre o tal Aldonço. Ele andou reaparecendo por aí?

Abraços do Bernardo

---

14 de junho, quarta-feira

De: <toni@...>   **Para:** <bernardo@...>

Fala, Bernardo! Não, não o vi. Mas minha intuição diz que precisamos ficar de olho nele. Talvez a Dô tenha algo a acrescentar nessa história. Mas a verdade é que eu não tenho conseguido conversar direito com ela. É incrível como ela está sempre sendo solicitada por alguém... Se souber de algo, te aviso.

Abração do Toni

 14 de junho, quarta-feira, à noite

Mensagem instantânea de Dô para Toni

Oi, você está dormindo? Meu pai sim, mas eu não consigo. Estou ansiosa com a abertura do testamento amanhã... Topa me encontrar na sala?

14 de junho, quarta-feira, à noite
Mensagem instantânea de Toni para Dô
Também não consigo dormir. Mas na sala corremos o risco de acordar seu pai. Que tal no corredor? Se falarmos baixinho, ninguém vai ouvir.

 14 de junho, quarta-feira, quase meia-noite
Mensagem instantânea de Toni para Ludovico Beiras
Sr. Ludovico, é urgente. Venha onde estamos, no prédio do Belém. Doroteia e eu estávamos conversando no corredor. Ouvimos alguém entrando pela porta principal. Era o Aldonço Martinho! Entrou direto, com as chaves, e foi para o apartamento de dona Fernanda! Por sorte, não nos viu. O senhor sabe que ele está foragido. Por favor, avise a polícia!

15 de junho, quinta-feira
Do caderno de anotações de Toni
Estou exausto e queria dormir, mas não consigo. Preciso contar o que aconteceu e, como não tenho ninguém aqui com quem conversar, vai ser por escrito mesmo.

Dô e eu nos encontramos na sala e saímos do apartamento. Ela fez sinal de silêncio e eu abri a porta devagarinho. Fomos para o corredor do prédio. Sentamos bem no alto da escadaria e ficamos nos olhando por um momento. Peguei na mão dela: era quente e cabia direitinho na minha.

– Você não fica arrepiado só de pensar que pode ter sido aqui que o marido da dona Fernanda morreu? – ela perguntou.

Fiz que sim com a cabeça, mas estava pensando em outra coisa. Tinha levado, escondido na camiseta, o diário da Tivó. Entreguei a ela.

– Sua tia-avó deixou uma carta pra você – eu disse, direto. – Está na última página.

Dô não falou nada, só concordou com a cabeça.

– Você a leu? – quis saber.

– Desculpe – respondi, concordando. Eu me sentia envergonhado.

Quis explicar, mas as palavras não saíram.

– Não tem importância – ela disse, pegando minha mão de novo e apertando.

E pediu que eu lhe contasse o que estava escrito.

Contei. Dô não ficou surpresa, mas lágrimas desciam pelo seu rosto. Ela não pronunciou uma palavra, abriu o diário, pegou a carta da Tivó, leu e chorou mais ainda. Eu a abracei.

– Pobre Tivó... – suspirou minha amiga. – Tão preocupada com um comportamento ditado pela sociedade...

– Aprendi com ela – eu disse. – Aprendi muito lendo essas páginas. Sabe, Dô, a verdade tem muitas facetas e o tempo só dura um instante...

Ela não respondeu, porque não deixei: aproximei meu rosto do dela e beijei-a. Ela correspondeu, mas, então, aconteceu uma coisa inesperada: o som de uma chave virando.

Alguém abria a porta da rua! Demos um pulo, assustados, mas eu a puxei para o canto, onde estava mais escuro. E nós vimos uma pessoa entrar, um homem, todo faceiro e seguro de si!

Dô se encolheu nos meus braços e cochichou:

– É o Aldonço!

Ele olhou para os lados, procurou uma outra chave do molho, enfiou-a na fechadura e entrou no apartamento da dona Fernanda Fátima. Parecia o dono do lugar.

Fim do momento romântico. Alguma coisa de muito maior ia acontecer...

Imediatamente fiz sinal para a Dô ficar calada e mandei uma mensagem para o senhor Ludovico. Em seguida, peguei na mão dela e perguntei com a cabeça: "Vamos?". Ela fez que sim e fomos atrás do pilantra – ou "aldabrão", como diz o comissário Alberto Silvares.

Descemos sem fazer barulho. Queríamos ouvir aquele papo. Com certeza ia ser muito interessante! Não deu outra. A porta não tinha sido perfeitamente fechada e eu a empurrei, alargando a fresta o suficiente para ouvirmos tudo. O que não foi difícil: a discussão aconteceu em volume alto. Vou tentar transcrever a conversa do jeito que me lembro.

Dona Fernanda Fátima e Aldonço brigavam. Um acusava o outro.

– Pensas que não sei que tramaste esse sequestro? – ela gritou.

– Ninharias, pá! – ele rugiu. – A culpa é tua! Tinhas lá de trazer essa menina brasileira para a tua casa e atrapalhar os meus planos?

– E eu por acaso tive escolha? Foi a vontade da Maria Otília, antes de morrer.

Discutiram mais um pouco e, lá pelas tantas, ela disse:

– O pior é que sequestraste a tua própria neta!

– Minha neta??? – ele parecia surpreso de verdade.

– Nunca percebeste, ó parvo, que Maria de Lourdes era a tua cara? – ela revelou, furiosa.

– Minha??? – o homem estava aturdido.

– Quando engravidei, achei que tu te casarias comigo. Mas qual! És um crápula e me deixaste na rua da amargura! Eu precisava dar um jeito na minha situação, pois não? Não podia ter a reputação manchada! Onde já se viu uma Silveira Fortuna colocar um filho sem pai no mundo?! Só me restava fazer o que fiz! Fui a Braga, embebedei o José Santiago, com quem já andava a flertar, fingi que fazia com ele o que fazia contigo e disse que o filho era dele. Ele acreditou e salvou a minha honra, que era o que tu devias ter feito!

O homem enrolou alguma coisa que não entendemos e aí quase gritou:

– Tudo isso são histórias antigas, pá! Vamos falar de hoje: ou dá-me o dinheiro que prometeste ou eu conto tudo o que sei.

Mas dona Fernanda não estava para muita conversa. Furiosa, ela esclareceu:

– Já me arrancaste dinheiro demais para esconder este meu segredo.

Sim, joguei aquele tolo pelas escadas abaixo quando ele descobriu minha artimanha e ameaçou me abandonar! Mas isso são águas passadas. Segundo a lei, essas coisas prescrevem, sabias?

– Ah, mas há as "outras" coisas que fizeste... O que vai acontecer, por exemplo, quando tiveres que explicar direitinho à polícia a overdose que matou aquela que tu agora chamas de "nossa" filha, ahn? Pensas que eu não sei que naquilo bem que teve o teu dedinho mágico, pois não? É tudo muito simples: dá-me o dinheiro e eu vou-me embora da tua vida para sempre.

– Estás demente, ó parvo? Pensaste que ias ganhar essa na moleza, com o sequestro da tua neta, da nossa neta, infeliz? E não me venhas acusar de ter matado a nossa filha! Por mais desgosto que ela possa ter-me dado, era minha filha, afinal! Pior fizeste tu, que a ignoraste a vida inteira! Não, de mim nada terás! Meu dinheiro? Nunca mais!

– Então eu te coloco na cadeia! – ele berrou.

– Mas tu irás junto comigo! – ela sentenciou. – Não vais te safar assim tão facilmente...! Teus crimes hoje são maiores do que os meus!

Como se fosse para ilustrar a sentença, exatamente nesse momento ouvimos a sirene da polícia. Eu e a Dô corremos para o canto do hall, e na mesma hora ele foi invadido. Foi tudo muito rápido. A gente se abraçou e logo o Aldonço saía, algemado e gritando palavrões e desaforos.

Aí foi mais agito. Outra sirene, e desta vez era uma ambulância... Acontece que a dona Fê teve mais um dos seus providenciais ataques cardíacos! Iam levá-la para o hospital.

Dô e eu subimos para avisar o seu Teodoro, que, naturalmente, tinha ouvido a bagunça de sirenes e policiais e já estava procurando por nós. Contamos tudo para ele.

– Mas não adianta nada! – ele disse, consternado. – Não temos provas! Ninguém vai acreditar em vocês.

Então a Dô – grande Dô, que eu admiro cada vez mais – tirou o celular do bolso e disse:

– Como não, se eu gravei tudo!? Claro que a gravação deve estar horrível, mas não é nada que uma boa Celina não consiga resolver...

E então eu nem liguei para a cara do pai dela: tomei a garota nos braços e beijei-a muito, muito, pensando que aquela viagem estava sendo mais dramática do que novela, seriado de tevê e filme – tudo junto!

15 de junho, quinta-feira

Notícia na edição da tarde de um jornal de Lisboa, reproduzida em jornais brasileiros

DETIDO O MANDANTE DO SEQUESTRO
DAS DUAS RAPARIGAS

Da Reportagem Local

Em mais uma acção eficaz da polícia lisboeta, na última madrugada deu-se a prisão de um elemento foragido, A.L.M. É quase certo que o criminoso, além de coordenar uma célula de distribuição de drogas em Lisboa, foi o mandante do sequestro das duas raparigas, que tem sido comentado até internacionalmente. O comissário Alberto Silvares, da 26ª Esquadra, marcou para amanhã uma coletiva de imprensa, em que divulgará mais detalhes do ocorrido.

Uma fonte, que não quis identificar-se, informou que a detenção do foragido deu-se na residência da avó da rapariga que fora sequestrada. As fortes emoções provocaram na infeliz senhora um ataque cardíaco. Não há notícias concretas, apenas de que se encontra internada na capital, em estado grave.

• • •

 Dô
Postagem 22 • O tesouro da Tivó
15 de junho, quinta-feira, à noite

Oi, pessoal!
Estou me perguntando como vocês querem saber a notícia do testamento da Tivó: bem contada como num livro de suspense, ou de uma vez só, POF?
Como não estou ouvindo a resposta, vou fazer um relato charmoso, se conseguir...
Dormi tarde após tantas atribulações e, apesar das olheiras e bolsas roxas debaixo dos olhos, às 10 horas meu pai e eu estávamos pontualmente diante dos advogados. Eu estava superagitada, mas, naquele momento, rigidamente sentada na ponta do sofá, respirava fundo, procurando me conter. Ainda não tinha tido tempo de metabolizar o momento, mas estava tão certa do que viria que não me preocupei muito.
Solenemente, o advogado fez todas as monótonas leituras, nomeando pessoas e citando datas, até que, finalmente, leu o testamento da Tivó na íntegra. Vou colocar aqui só o que interessa, nada além das frases de real interesse, que são duas:

Deixo a minha coleção de miniaturas para a menina Doroteia (etc.) e o direito de primeira escolha em todos os objetos do meu apartamento.
Meu testamenteiro deve decidir o que fazer com a minha coleção de moedas – vendê-la inteira, vender as moedas uma a uma ou em lotes, conservá-la total ou parcialmente, mas, de qualquer maneira, ela deve ser dividida entre os herdeiros na seguinte proporção: 50% para a menina Doroteia e 50% entre os demais herdeiros, conforme manda a lei.

Cadê os imóveis?
O apartamentozinho?
Os euros e as aplicações financeiras?
Nada.
A Tivó não deixou nada.

Fiz uma careta quando me lembrei que ela tinha me destinado dois mil euros, mas nem precisei fazer as contas para ter certeza de que as despesas já eram maiores do que a receita.

E os passeios, as viagens, o mês que passaríamos juntos em Lisboa e, quem sabe, em outras paragens, tudo que Toni e eu planejamos?

Foi-se.

Mordi os lábios, mas não chorei.

A cara do meu pai dava pena. Parecia que ele havia sido atropelado por um trem.

– Minha cliente deixou ainda uma carta para ti, menina Doroteia – disse o advogado me entregando um envelope lacrado.

Peguei-o com a ponta dos dedos, quebrei o lacre e li:

Querida Maria Doroteia,
O final da minha vida foi muito triste. Arrependi-me de tudo que deixei de fazer, recriminei-me pela minha cegueira e, acima de tudo, maldisse-me pela minha falta de energia para encarar a vida e a realidade dos fatos.

Tu sabes de tudo agora. Apesar do que a Fernanda Fátima me fez, jamais consegui me libertar do seu jugo. Fui uma covarde. E a vida não dá valor algum às pessoas como eu...!

Não me preocupo absolutamente com os meus outros herdeiros, da mesma maneira que eles jamais se preocuparam comigo. A ti, no entanto, querida menina, ah, sinto muitíssimo pela decepção que causo-te. Porque não há nenhuma herança, eis a dura realidade. Vendi o meu pequeno apartamento para pagar as despesas de saúde, que só fizeram crescer na velhice. Dei-te todas as minhas economias, para que pudesses vir a Lisboa e aqui vivesses durante seis meses. Não possuo mais nada. Minha coleção de miniaturas pertence a ti, bem como a metade da coleção de moedas, que talvez valham alguma coisa, não sei. Quero, porém, imaginar que estou-te a legar aquilo que jamais alguém poderá roubar de ti: o conhecimento.

Viajaste a Lisboa, minha menina, conheceste as origens da tua família. Foste a outras paragens em Portugal, quiçá até na Europa. Ouviste novas ideias, viste novas maneiras de pensar o mundo. Encontraste pessoas diferentes, viveste impagáveis experiências. É isso que não tem preço, querida Doroteia. E ouso ainda sonhar que tudo deu certo, conforme a carta que deixei a ti no diário, e que desmascaraste uma criminosa! Espero que, finalmente, a Justiça tenha sido feita!

Pensar nisso me conforta.

Oh, como eu sou feliz por ter a ti como sobrinha-neta!

Obrigada, menina Doroteia, e não maldigas a tua velha tia-avó.

Com carinho,

Maria Otília de Almeida Castro e Silva.
Lisboa, 2 de Abril de 20**

Assim que voltamos para o apartamento, meu pai ligou para minha mãe e disse, direto:

– Não há grana nenhuma.

Ela custou para entender. Não sei o que disse, mas imaginei o grito:

– E as contas? E a sua passagem para Lisboa? Quem vai pagar tudo isso?

Eles conversaram um pouco e meu pai, decepcionadíssimo, disse que queria ir embora no primeiro voo, mas teria de ver se conseguiria remarcar a passagem sem gastar uma fortuna.

Eu também queria ir embora, mas era de frustração. De fato, não sabia o que fazer. A caixa do meu celular estava cheia de e-mails e mensagens, e eu não queria ler nenhum deles. Parecia que estava anestesiada; passei o resto do dia sentada na cama a olhar para a parede.

Toni esteve o tempo todo ao meu lado. Não disse uma palavra, mas não soltou a minha mão, o que foi a coisa mais reconfortante que tive na vida. Quando melhorei um pouco, ele me convenceu a irmos à boa e velha *cafetaria*. Um meia leite e dois daqueles maravilhosos pastéis de nata ajudaram a levantar de vez o meu ânimo! E ele sugeriu:

– Você ainda tem um pouco de dinheiro e vai receber a mesada de 500 euros do mês de julho, que já estava programada. Sua passagem de volta está paga. Eu remarquei a minha para voltarmos no mesmo voo. Também tenho euros comigo, suficientes até o último dia. Podemos passear, Dô, curtir Lisboa! Vamos fechar os olhos e ser felizes? Depois a gente vê o que faz.

Era uma proposta razoável. Aceitei.

Combinamos que continuaríamos no apartamento da Tivó, mesmo porque dona Fefê está no hospital. E eu ainda precisava desocupá-lo... Mas deixamos para pensar nisso depois.

---

16 de junho, sexta-feira

De: <toni@...> **Para:** <bernardo@...>

Cc: <lucas@...>, <zeca@...>

Oi, pessoal! E a "novela" chegou ao final. O pobre garoto metido a detetive que veio de muletas do Brasil se tornou um cara respeitado. Professor Cipriano, Ludovico e comissário Alberto não me subestimam mais; e a agente Analice me mantém informado de tudo.

Nem precisamos usar a fita que a Dô gravou: Aldonço revelou à polícia que sabia que João Santiago tinha sido jogado escadaria abaixo por dona Fernanda e que ele a extorquiu por anos, ameaçando revelar o segredo. Ele confessou também ser o chefe da quadrilha em que José Augusto atuava, mas insiste em afirmar que eles só faziam a distribuição das drogas no Belém e que a chefia é de um traficante graúdo, que nem vive em Portugal. Ele está tentando se livrar das acusações de sequestro culpando José Augusto, Lourenço e Doméria, além de fazer acordos para revelar mais sobre as rotas do tráfico e seus contatos. Vamos ver onde isso vai parar.

Seu Teodoro embarcou hoje para o Brasil. Estava preocupado de deixar a filha, claro, e no aeroporto me disse: "Cuide bem dela". Então... estou cuidando!

Dô começou a separar as peças da sua tia-avó e estou ajudando a embalar tudo. As miniaturas, a gente tem de enrolar, uma por uma, em plástico-bolha. Elas são mesmo lindas.

Na semana que vem, nós dois pretendemos fazer uns passeios. Fiz uma lista do que quero ver, dentro do que o dinheiro que temos permitirá, é claro. A Dô já conhece quase tudo, mas diz que quer me mostrar – afinal, ela reforça, sonhou tanto com isso... E, antes de vocês começarem com gozação pro meu lado, eu conto: sim, estamos namorando.

Abraços do
Toni

• • •

Dô
Postagem 23 • Viva o plástico-bolha!
16 de junho, sexta-feira

Espero que vocês não estejam surpresos por eu não responder às mensagens de todos. A decepção foi muito dura. Tenho vontade de rir quando olho aquela mirrada coleção de moedas no pote cinzelado. Nunca vi nada mais infantil! Nem meu priminho teria uma coleçãozinha tão nada a ver, me perdoem!

Mesmo assim, Toni me convenceu a procurar o seu Jordão para mostrar as moedas para ele. Há algumas bem interessantes no meio do pote, antigas: quem sabe até difíceis de se conseguir?

Falando nele, que gracinha! Quando veio aqui em casa, disse que não queria receber por ter descolado as páginas do diário. Ele falou:

– Uma lembrancinha para a minha menina.

São delicadezas como essas que fazem a vida valer a pena.

E ainda tem o Toni, que é mesmo um amor. Sim, estamos namorando. Mas isso é papo para outra hora!

Dona Carmen ficou de me ajudar a embalar algumas das coisas que levarei – basicamente as maravilhosas miniaturas e outras miudezas – além de providenciar uma instituição de caridade para receber móveis, utensílios e roupas. Não posso levar muita coisa. Onde guardaria? Nosso apartamento paulistano é pequeno... E cada mala extra custa 150 euros! Decidimos dedicar estes dias a isso e, na próxima semana, Toni e eu vamos começar a passear! Essa ideia me anima.

Enquanto isso – dá-lhe plástico-bolha!

17 de junho, sexta-feira

De: <doroteia@...>   **Para:** <luciana@...>

Cc: <mikaela@...>

Amigas, nem conto, estou apaixonadíssima pelo Toni... Mas acho que isso nem é mais novidade, né? Todo mundo já está sabendo. A gente se dá tão bem em tudo, nem acredito como pode ser agradável ter um parceiro realmente companheiro, especial, que pensa em você como uma pessoa única, digna de respeito. Ai, tenho vontade de me matar quando penso que aguentei tanto namorado machão antes de conhecer essa pérola! rsrs

É muito bom estar com ele e isso tem me consolado por não haver herança, sabem? Dinheiro é só dinheiro, não é tudo neste mundo.

Superar as sequelas do sequestro é mais difícil. Às vezes, acordo no meio da noite e não sei onde estou, tenho a horrível sensação de que estou naquele porão imundo, com a Maria João chorando, a incerteza pairando no ar. Mas abro os olhos, tento controlar a respiração e logo passa.

Dona Fernanda segue internada no hospital. Sem novidades. Eu ainda não perco de vista que essa mulher está fingindo!

Conforme o previsto, meu pai voltou para casa. Estou sozinha, mas não me sinto só. Além do Toni, tenho a Maria João e o pai dela. Ele virou outra pessoa, dá pra acreditar? Acho que o susto mexeu com alguma coisa dentro dele... Com certeza percebeu o que a filha representa para ele. Milton está mais gentil, conversa conosco, diminuiu o jeito autoritário – acho que ele viu que não adianta nada. Tenta ser mais amigo e até – incrível! – começou a incentivar a filha a sair conosco, sem supervisão! Não é *fixe*?

Ele deve ter percebido que, se não fosse tão mandão, ela não teria se ligado num namoro escondido e com a pior pessoa possível! Falando no José Augusto, continua no hospital. Não sabemos se vai ficar bom para depor e confirmar tudo, mas está vivo...

Milton e Maria João têm vindo almoçar ou jantar conosco quase todos os dias. Ela ainda está fraca e desanimada, mas vai superar.

Sobre a dona Carmen, não sei explicar: eu ainda tenho alguma coisa contra essa mulher! Não gosto de gente fofoqueira. Deve ser isso. Quando os jornais noticiam alguma coisa sobre nosso sequestro e citam "uma fonte que não quis identificar-se", juro que é a nossa querida vizinha!

Mas ela está me ajudando, melhor não reclamar.

E vocês, minhas queridas? Com a confusão que foi a minha vida nas últimas semanas, nem fiquei sabendo de vocês... Contem as novas!

Saudades,

Dô

22 de junho, quinta-feira, pela manhã

Do caderno de anotações de Toni

Antes de tudo, preciso confessar que gostei de fazer este caderno de diário, imitando a Tivó. E tenho de contar que a Doroteia é mesmo uma pessoa muito especial. Ela é tão alegre, tudo pra ela está bem, não reclama de nada, topa todas, uma companheirona! E pensar que nos conhecemos por causa das reclamações dela!

Ontem, oficialmente, começou o verão por aqui. Já fizemos alguns dos passeios que a Dô fez e mais outros que estavam no caminho. Nem vou citar. Tirei muitas fotos com o celular, na maioria, selfies – eu e minha namorada!

Mas o que eu quero anotar aqui hoje é que, ontem, voltamos da rua antes do previsto – e quem estava enfurnada no apartamento da Tivó? A bela dona Carmen, que de bela não tem nada!

Assim que nos viu, ficou pálida e saiu, dando desculpas mais esfarrapadas que roupa de mendigo. Eu disse para a Dô: aí tem coisa!

Tentamos achar algo diferente no lugar em que ela estava para descobrirmos se mexeu em alguma coisa. Mas não teve jeito, não conseguimos. Estávamos cansados e deixamos para hoje.

• • •

22 de junho, quinta-feira, à tarde
Do caderno de anotações de Toni

A espera valeu a pena! O que encontramos... Ah, deixa eu anotar desde o começo, senão não tem graça. A Dô diz que surpresa é coisa boa e precisa ser saboreada...!

Ontem, quando chegamos antes da hora, como já contei, reparamos que dona Carmen estava fuçando em alguma coisa. Hoje cedo, resolvi continuar a procurar; percebi que podia ser naquela caixa da parede, onde costuma ficar a central elétrica. Não tínhamos dado muita importância para aquilo. É um lugar meio banal, certo? Mesmo assim, por falta de opções, disse para a Dô que valia uma busca e fui procurar hoje cedo, enquanto ela preparava o café na cozinha.

Encontrei algo. Uma chave bem pequenina, no cantinho, meio jogada. Se ela estava mexendo ali, não teve tempo de esconder. Aí que a Dô e eu começamos a vasculhar tudo mesmo – agora não temos olhos de coruja nos vigiando! Onde poderia existir uma fechadura tão pequenina para receber a tal chavinha?

Foram horas de cuidadosa busca. Dô ria e dizia:
– Toni, você é mesmo um detetive! Não deixa passar nada!

No final, fomos premiados: a chavinha abria uma porta também pequenina, escondida dentro da última gaveta do armário da Tivó! Nós até já tínhamos visto aquilo quando esvaziamos o gaveteiro, a Dô mencionou em vários e-mails, mas estava sempre fechada e eu me perguntava: onde já se viu um disfarce tão óbvio? Uma pequena gaveta fechada, a chave perdida, clichê de livros de mistério.... Então, aconteceu.

Mais que cena de livro, parecia coisa de filme: assim que eu girei a chave na fechadura, o conteúdo, que é pesado, forçou a saída.

Tive de pular de lado para não ser atropelado por uma enxurrada de moedas!

Felizmente, a Dô estava do outro lado, sob a proteção da porta.

Porque era tanta moeda que elas teriam facilmente arrastado a minha namorada de encontro à parede.

Começamos a rir: e a gente pensando que a coleção de moedas era aquela mixuruquice do pote cinzelado, uau!!!

O chão, forradinho. A cama, a penteadeira, o sofá, não havia lugar que não estivesse cheio de moedas!

O barulho atraiu a dona Carmen, é claro. Ela tocou a campainha e chamou, mas não contamos para ela. Felizmente, com a porta do quarto fechada, não "vazou" nada... Dissemos que eu tinha derrubado qualquer coisa, e fim.

Dô ficou vigiando a casa e eu fui buscar o seu Jordão para ajudar. Ele disse que, só de olhar por cima, podia afirmar que aquelas moedas valem uma fortuna! Ele trabalha com vários numismatas em instituições culturais e prometeu nos ajudar a embalar e classificar – já sei que vai ser um trabalhão de fim do mundo!

Ficamos muito felizes, Dô e eu. Ela não vai ficar rica, afinal, mas aquilo vai dar uma aliviada no caixa da família e será um agradinho que terá a oportunidade de fazer aos primos distantes, os outros herdeiros!

23 de junho, sexta-feira
Notícia na edição da tarde de um jornal de Lisboa, reproduzida em jornais brasileiros

NOTA DE FALECIMENTO

Da Reportagem Local

Faleceu ontem à noite, em Lisboa, a sra. Fernanda Fátima Silveira Fortuna de Alencar, que pertencia a uma das mais tradicionais famílias portuguesas. Ela estava internada desde o último dia 15 em um dos hospitais da cidade e vinha demonstrando melhoras, mas não resistiu a um segundo ataque cardíaco. Embora as investigações em curso a implicassem na morte do marido, na década de 1960, considera-se que o crime prescreveu, o que impediria que a idosa senhora fosse detida por assassinato, se sobrevivesse. Isso, porém, não encobre a verdade: é uma nódoa a manchar a reputação das elegantes famílias lisboetas. A falecida deixa o genro e uma neta, que herdará seus bens. Trata-se da jovem que fora sequestrada a mando da quadrilha capitaneada pelo sr. A.L.M. Segundo uma fonte que não quis identificar-se, este enfrenta graves acusações e está sendo interrogado pela Interpol por suas ligações com traficantes internacionais.

25 de junho, sábado

Do caderno de anotações de Toni

Amanhã a Dô e eu vamos fazer umas viagens. Nada muito distante, por enquanto...

E é assim, bem aberto, que encerro este caderno. Muita coisa ainda vai acontecer, mas eu me sinto forte e bem-disposto.

Só para não deixar nada "pendurado", quero comentar a morte da dona Fefê. Não fomos ao enterro. O que soubemos foi pelo Milton e a Maria João no jantar de ontem. Ela vai receber a maior parte da herança, mas parece que não há muita coisa: além do casarão e de uma propriedade em Braga, fala-se em um prédio comercial alugado, mas nem o Milton sabe detalhes do tal imóvel. O que sabemos é que a velha senhora deu muito dinheiro ao Aldonço e pegava moedas da Tivó para vender, ajudando assim na sua sobrevivência. Mas isso não há como provar.

Também não sei exatamente por que a Maria de Lourdes era tão ignorada pela mãe, e não há respostas – o máximo que eu e a Dô descobrimos é que ela se envolveu com drogas, que se casou com um cara de quem a mãe não gostava, e isso gerou uma implicância sem tamanho dos dois lados. Ouso pensar que a dona Fernanda sentia que a filha lhe trazia tantos problemas que melhor seria se ela não tivesse existido...

Enfim, deixemos o passado para trás, já que o futuro está tão cheio de promessas...

• • •

 Dô
Postagem 24 • Despedida
30 de junho, sexta-feira

Ah, Lisboa! A primavera de medo passou, o pesadelo se encerrou e veio um verão de sonhos!

Temos passeado muito, Toni e eu. Quando estivemos em Arrifana, a cidade do avô dele, meu querido ficou muito emocionado. Até comentou que, só por isso, para viver essa emoção, tudo que aconteceu já teria valido a pena...

E agora, a viagem chega ao fim. Hoje é nosso último dia. Amanhã, bem cedinho, pegamos o voo para o Brasil.

Meu último movimento foi uma vista ao túmulo da Tivó, de onde acabamos de voltar. Engraçado, só agora me dou conta de que também foi o primeiro lugar a que fui quando cheguei.

Claro que o Toni estava junto e segurava minha mão. Eu levava um buquê de flores na outra. Fomos andando, lentamente, cada um com os seus pensamentos, mas juntos, amigos, companheiros. Quando chegamos, eu me abaixei, ofereci as flores e disse:

– Querida Tivó, agora sua alma pode descansar em paz.

Ia acrescentar alguma coisa do tipo: "Este é o Toni. Nós nos amamos muito e queremos ser felizes juntos".

Mas aí eu me lembrei: se há algo que a Tivó não manja nada é de amor... Achei melhor deixar por isso mesmo.

REGINA DRUMMOND

Nasci em Minas Gerais e moro em algum lugar entre o Brasil e a Alemanha, mas vivo mesmo é viajando. Muitas vezes, preciso enfrentar malas e aeroportos; mas, quando fico cansada, é de livro que eu viajo, lendo um exemplar atrás do outro (ou até vários ao mesmo tempo, cada um em uma língua diferente). Nada mais normal para uma boa ratazana de biblioteca como eu, ex-dona de livraria e ex-editora, que fala francês, inglês e alemão, além de ser tradutora e contadora de histórias.

Já recebi vários prêmios e destaques por minha obra. Entre eles estão o selo Altamente Recomendável, o Acervo Básico e o Prêmio Jabuti. Alguns dos meus livros também foram traduzidos para outros idiomas.

Minha parceria com Rosana Rios é antiga. E, como das outras vezes, foi muito divertido escrever este livro com ela! É gostoso trocar ideias e inventar situações bem escabrosas para divertir vocês, leitores!

ROSANA RIOS

Sou autora de livros para jovens e crianças e, em 30 anos de carreira, publiquei 160 títulos, vários deles premiados. Algumas distinções me fizeram muito feliz: o 1º prêmio na Bienal Nestlé de Literatura, várias premiações da FNLIJ, como "O melhor livro para o jovem" e selos Altamente Recomendável, além de ter entrado no catálogo White Ravens e ter recebido o Prêmio Jabuti. Mas, antes de tudo, sou uma leitora – leio sem parar e adoro fuçar em livrarias para encontrar novas leituras. Meu gênero preferido é o fantástico, mas não resisto a uma boa história de mistério, enigma e perigo, por isso vivo inventando contos policiais.

Este livro foi um dos que escrevi em parceria com a amiga Regina Drummond. É muito bom escrever em dupla, compartilhar ideias e personagens. Para contar um pedaço da história fui percorrer, a pé, certas ruazinhas misteriosas da Alfama, em Lisboa, e elas me renderam excelentes ideias. Espero que gostem da aventura de Dô e Toni; foi escrita com muito carinho para vocês!

JORGE MATEUS

Quando comecei a desenhar não sei, mas a linha da profissão já estava na palma da minha mão direita. A ilustração e as histórias em quadrinhos sempre percorreram as linhas do meu trabalho. Caricatura também. Outras atravessaram desalinhadas, como o *design*, a escultura e a escrita.

Tracei para a maioria dos jornais portugueses, assim como para algumas editoras. Fora de portas, tenho trabalhado com a União Europeia. Pelo caminho tornei-me também "muralista". Pintei espaços em Portugal, São Tomé e Guiné-Bissau. O meu trabalho tem, ocasionalmente, viajado por diversos países. Editei uns quantos livros, fui premiado umas quantas vezes. O destino trouxe-me à presente edição.

Este livro foi composto com a família
tipográfica Charter e Special Elite para
a Editora do Brasil em 2017.